中国少数民族
文学之星丛书

就连河流都不能
带她回家

严英秀 著

作家出版社

编委会名单

主　任：阎晶明

副主任：彭学明（土家族）　包宏烈

编　委：（按姓氏笔画为序）

马步升　尹汉胤（满族）　叶　梅（土家族）　包明德（蒙古族）

冯秋子　刘大先　次仁罗布（藏族）　李建军　张清华　孟繁华

哈　闻（锡伯族）　陈　涛　杨玉梅（侗族）　郑　函（满族）

以民族的情意，打造文学的星辰

——"中国少数民族文学之星丛书"总序

邱华栋　彭学明

　　"中国少数民族文学之星丛书"是中国作家协会少数民族文学发展工程的一个新项目，于2018年开始实施，由中国作家协会创作联络部具体组织落实。出版"中国少数民族文学之星丛书"的目的，是重点培养少数民族文学中青年作家，打造少数民族文学精品，为那些已经在少数民族文学界和全国文学界成绩斐然、广有影响的少数民族中青年作家，再助一力，再送一程，从而把少数民族文学最优秀的中青年作家集结在一起，以最整齐的队伍、最有力的步伐、最亮丽的身影，走向文学的新高地，迈向文学的高峰，让少数民族文学的星空星光灿烂，少数民族文学的长河奔流不息。以文学的初心，繁荣民族的事业；以民族的情意，打造文学的星辰。

　　入选"中国少数民族文学之星丛书"的作家，必须是年龄在50岁以下的在少数民族文学界和全国文学界广有影响的少数民族作家。不管是否出版过文学书籍，只要其作品经过本人申请申报、各团体会员单位推荐报送、专家评审论证和中国作协书记处审批而入选的，中国作协将在出版前为其召开改稿会，请专家为其作品望闻问切，以修改作品存在的不足，减少作品出版后无法弥补的遗憾。待其作品修改好后，由中国作协统一安排出版，并进行广泛的宣传推广。

中国是一个多民族的大家庭。每一个民族都沐浴着党的民族政策的光辉、感受着党的民族政策的温暖，都在党的民族政策关怀下，蓬勃发展，欣欣向荣。在这个伟大的新时代，我们正创造着中华民族的新辉煌。每一个民族的发展与巨变，每一个民族的气象与品质，都给我们提供了生生不息的创作源泉。我们每一个民族作家，都应该以一种民族自豪感，去拥抱我们的民族；以一种民族责任感，为我们的民族奉献。用崇高的文学理想，去书写民族的幸福与荣光、讴歌民族的伟大与高尚；以文学的民族情怀，去观照民族的人心与人生、传递民族的精神与力量。

我们期待每一位少数民族作家，都能够到火热的生活中去，到广大的人民中去，立心，扎根，有为，为初心千回百转，为文学千锤百炼，写出拿得出、立得住、走得远、留得下的文学精品。不负时代。不负民族。不负使命。

2019 年 5 月 18 日

谨以此书供献给我的母亲。

目 录

写作的女人　刘大先　/I

第一辑　　我所栖身的生活

写作，像风一样吹过来　/3

走出巴颜喀拉　/I4

远方空无一物，为何给人安慰　/22

天之大　/30

那个春天，堕落于爱和更爱之间　/53

怀念故乡的人，要栖水而居　/63

唯有旧日子给人安慰　/7I

时间书（二章）　/80

众妇女与诗和远方狭路相逢（三章）　/83

远方的幸福，是多少痛苦　/87

这一棵开花的树　/95

在西部写作　/100

这一路云飞雪落的事　/111

小病小记　/120

最是多情凉州月　/129

这纷纷飘坠的音符　/137

第二辑　　我曾经历的阅读

就连河流都不能带她回家　/145

你隔着金色的栅栏　/154

心爱的蒋韵　/163

照亮你的灵魂　/171

我的两个鲁院同学　/183

藏地书札二则　/195

春天，想起两位诗人　/208

看破红尘爱红尘　/219

霸王意气尽，贱妾何聊生　/231

"自传"如何"小说"/239

趟过男人河的女人　/249

一本书，一段历史，一条回乡路　/259

写作的女人

——《就连河流都不能带她回家》序

刘大先

如果记忆没有舛误，那么我认识严英秀至少有十二年了。最初应该是在 2006 年青海第三届"中国多民族文学论坛"，然后是 2008 年新疆第五届"中国多民族文学论坛"，我们甚至一起去过青海湖和吐鲁番，不过似乎没有交谈过什么。我印象中她在两次论坛中的发言都比较"文学化"，不是那种正襟危坐的学术腔，而更多带有感性与修辞色彩。这十多年间，她给我所在的杂志《民族文学研究》投过稿件，我也曾去过她所工作和定居的兰州数次，不过除了通过几次 E—mail 和电话，好像也没有再见过。但是她的文章倒也经常可见，因为除了写论文，她也创作散文和小说，我曾经读过她寄赠的小说集《纸飞机》，集中于当代城市（或者进城的）女性情感书写，颇不同于那些具有少数民族身份并强化自己族裔标识的作家。某一年还曾在媒体上见到她和某个抄袭她作品的人的笔墨官司，好像《文学自由谈》和"藏人文化网"以及我认识的一些藏族作家也都参与其中。

关于严英秀，我所知道的大致就是这些，散淡的文字之交。回头想一想，这些散碎的记忆片段其实也便构成了严英秀的形象——一个写作的女人。她在《写作，像风一样吹过来》一文中历数杜拉斯、茨维塔耶娃、三毛、薛涛、丁玲、阿赫玛托娃、萧红……那些生活在不同空间与时间中的女人们，她们如何对抗又臣服于时间、抵御又和解于生活、迷恋又决绝于爱情，当世间一切都不能给予恒久的救赎，都无法消融历史与现实所必然带来的虚无，写作就成了女人走向自己的道路。因而，评论、散文与小说的文类区分在严英秀这里其实都不重要了，它们都是"写作"，写作本身是她求证与认同自我的方式，她以这种方式将自己置身于简·奥斯汀、伍尔芙、普拉斯、艾米莉·狄金森、萧红、伊蕾、蒋韵、赵玫、叶梅、范小青、白玛娜珍，以及延续下来更长的名单之中。

《就连河流都不能带她回家》这本散文集包括两个部分："我所栖身的生活"和"我曾经历的阅读"。我们会发现"生活"在其中并不包含日常生活，而更多是文艺生活，几乎不见烟火琐碎的凡庸，或者说日常生活被蒸馏提纯了；"阅读"则更以其精神性的层面充实在生活之中。无论是"生活"还是"阅读"，其实都是"写作"的准备与完成、积累与享受、悲伤与欢欣，它们是三位一体的叠合。至少从这些文字所呈现出来的面目而言，她的生活是整全性的、一致性的，并没有太多的断裂与冲突。

有意味的是，严英秀是一位"在西部写作"的藏族女性，但并没有按照惯常期待与想象那样突出地域或者民族的要素，并且耿直地反驳了抱着那种迷思的人们不过是类似于"东方主义"式的"西部主义"。我很同意她的这种文学观念——她首先是作为一个"人"在写作，这个"人"无论身处何方，出于何种族群，有着如何背景，都是一个"同时代人"，都要面对着任何一个当代人所要经历的别无二致的生活和变迁。如果非要在这个"人"上附加什么，那就是"女人"。毫无疑问，她有着明确的性别意识，尽管这种意识可能是本能地、不自觉地从文字中流注出来的。"写作的女人"构成了她的"我"。

　　散文真是一种写作者的真我无所遁形的文体。严英秀的"我"是如此强大，以至于几乎在记人、叙事、写景中都始终徘徊不去，当然，这三者在她的散文中并不多，她更多的是借人、事、景在抒情和议论。某种意义上来说，她是在用写诗的笔法写散文。《致女儿》的开头写道："我紧挨着空虚坐着。整整一个冬天，几乎没换过更好的姿势。有时，我做出忙碌的样子，好像一场雪就要飘起，你也刚好来到了我的门外。事实上，小雪无雪，大雪亦无雪。而你或将归来，但必得远去。我能做的，只是急急伸出双臂再徒然地收回。"你无法从这种羚羊挂角的文字中寻觅具体的人、事、景，但是里面有动作、心理和情绪，它们晦暗难及，却又真切可感，诉诸的是感受和体验。这与知识型和叙事型散文拉开了差距。如果用王国维的话来说，她的散文都营造出了一种"有我之境"，"以我观物，故物我皆著我之色彩"。这个主观性凸显出她诚实的自我。对比邵雍所谓："以物观物，性也。以我观物，情也。性公而明，情偏而暗"之说，我们可以看到诗人情性与道学家之间的区别——那个有偏暗的"情"才是文学栖居的所在，你可以说她是片面的、偏激的、狭隘的，但在那种片面、偏激与狭隘中有某种洞察。

　　严英秀的底色是一个文艺青年，《唯有旧日子给人安慰》这篇文章回眸了她早期的成长，八十年代中后期偏僻地方的隐秘激情，文学被指认为蔬饭之间、疲惫生活中的英雄梦想，成了她自我构建的隐身之处、遁逃之地和安身之所，是那个尽管空无一物，却依然能够提供安慰的远方。我相信，能够这样热爱并且按照自己的意愿过上文学生活的人，其中一定有天赋的性格禀赋，它如同火种因缘际会与时代与环境的薪柴相遇并点燃，挥发出浪漫主义孑遗的能量与热力，如同峥嵘的石头在时间的流水打磨下熠熠生辉。"写作的女人也只能祈望于时间，只能在对时间的恐惧和信仰中走过时间。是的，没有什么人比写作的女人更感知着时间的凛冽和遽促，时间总是最先去欺凌那最优美最敏感的灵魂，但也没有什么人比写作的女人更贴近着时间的温暖和公正，时间总是在最后去恩泽那最柔软也最坚定的精神。"

　　这个敏感而又敏锐的女人，最终用写作证明自身。这种写作无以名状，不能被套用在任何术语程式和批评贯口当中，因为这是一个时时充满自省与反思的作者，深谙写作的一切套路，任何外在的解析与阐释之于她而言都可能是无效的。就像她在那篇《天之大》中写到母亲，那情感是切近、普遍而共通的，却又是一己、独特而专有的，并且她也自知是不能已于言的，但是仍然要写，因为"唯有写出来，记下来，我才能走过自己"。无论她有没有走入或者走出巴颜喀拉，我们都无从置喙，我们所要做的就是体验和感受。

2018 年 11 月 16 日

第一辑

我所栖身的生活

写作，像风一样吹过来

我已经老了。杜拉斯说。有一天，一个男人向我走来，他说我认得你。那时候，人人都说你美。可我特地来告诉你，与你年轻的美貌相比，我更爱你现在备受摧残饱经风霜的面容。

我常常想象着那个男人，在遥远的艺术之都巴黎，那个向杜拉斯的晚年之美脱帽致敬的男人。杜拉斯站在他面前，触目惊心的孤独和沧桑，分明像闪电击伤了她自己。这是时间之笔精心雕刻的面容，年轻的美貌怎能与之匹敌？它美得如此尖锐，彻底，如此一败涂地，万劫不复。经历了这样的面容的女人，将永不能被人群淹没。我常常这样想起她，那个酗酒失度、狼狈不堪的小个子女人，那个在语言的阴影里深深沉溺，在表述的翅羽下恣意穿梭的写作女人——杜拉斯。有几个女人，能像她那样，在垂暮之年，还能让容颜之光照亮别人？能在漫漫一生中坚持让欲望和伤害永不褪色；让爱和美，老而弥坚，老而弥久？

太多的写作女人，都无法追随这样贯穿一生的激情脚步。虽一样地手握锦绣诗笔，写着璀璨文章，但却永不能言说那一份心头之痛。杜拉斯说：没有爱，留下来不走，是不可能的。她哪里懂得，一天一天的尘埃向生活压来，日子里堆积着无法安顿的情节时，太多的心灵已失去了哭泣之声，有几个人还能顽强地发问：所有的"留下"，真的是为了爱吗？在"留下"的最后，还坚如磐石地停驻着那最初的"留下"的理由吗？人常说，逝者如斯夫，时间如流水，其实，时间要是水就好了，水总能见证那两岸的四季晨昏曾有过何等的绽放和谢幕；人常说，时间如刀，刀刀催人老，其实，时间要是刀就好了，刀至少让人记着那看似弥合的伤口下，曾经新鲜的疼痛浇灌过怎样的花朵。可是，时间，它只是风，大多数人漫长的生命，只是它们吹过的风，不知来处，亦无去处，只是一转身，那风就没了。

1941 年 8 月 31 日，诗人茨维塔耶娃自缢身亡。这个"等待刀尖已经太久"的女人，终于走进了她必然的归宿。她死于来自祖国的无理迫害和放逐，"没有保护没有同情"的巨大孤独，死于"我们简直像牲口一样在慢慢饿死"的穷困，死于和家人的疏离冲突。但这一切都不足以构成那最后的死亡之绳索，致命的一击来自时间。时间是风，桀骜不驯的茨维塔耶娃一直以来在风中奔跑着，想要跑到风的前面去。然而，她终于不得不伤痕累累地败下阵来。那个清晨，她从镜子里看到了自己的白发。她眼睁睁地看着最宝贵的东西一点点地从她的鬓边流逝，而她竟然无力挽留。就在那一刻，她丧失了在一切困难中都不曾低头的内心的力量。这个曾与帕斯捷尔纳克激情相恋，曾给病入膏肓的里尔克以"复活"的生命动力的女人，终于被自己的时间之风所击倒。"我原来是那样地习惯于馈赠！"是的，当一个女人，一个诗人，再也不能馈赠无力馈赠，那么，她只有馈赠给自己最后的绝望和尊严。那么，她只能让一辈子颠沛流离的生命，结束于一缕时间馈赠给她的白发。

五十年后，在中国台湾，女作家三毛以同样的方式自绝于人世。只是一条丝袜，却比世间所有的生之诱惑更强硬，更专断，它就那么悄无声息地勒断了一个女人风华绝代的一生。说不完道不尽的"三毛之死"，在当年成就了厚厚几大本探秘之书。至今近三十年话题未息，各种聒噪犹声声在耳：三毛为什么死？可是，三毛又为什么不死？早已"万水千山走遍"，"哭泣的骆驼"已随撒哈拉沙漠的长风成了"背影"，"温柔的夜里"也不愿再去细数"梦里花落知多少"。那个公众视野中的"三毛"，教书、演讲、座谈、开专栏、通信的"大家的三毛"，虽然在"朝阳为谁升起"的感动中，找到了"尘归于尘，土归于土，我归于了我们"的归属感，然而，这终究支撑不了一个孤独女人最深的内里，抵抗不了"滚滚红尘"中时间对一个写作女人的侵袭。摄影家肖全的镜头里，最后的三毛，不再彩裙飞扬、丽若春花，她瘦骨铮铮，皱纹深刻，全部的魂魄只在那对眼睛里，强大和脆弱，坚定和迷茫，深情和决绝。这样的三毛，是浴火的凤凰，是一生只歌唱一次的荆棘鸟。她说出"在这个世界上，有谁不是孤独地生，孤独地死"，又有什么奇怪呢？当她认定"我的生命，走到这里，已经接近尽头。不知道日后还有什么权利要求更多"时，又有什么力量能挽留她绝尘而去的脚步？

茨维塔耶娃和三毛，一样的死法，一样的死因，"无力馈赠"和"无力要求"，它们的名字，其实都叫"时间"。时间的利刃戳穿了所有的真相，也挑破了一切虚幻的光华。它让生命褪去了一切的外在和伪饰，让时间中的女人，赤裸裸地面对了从来处来往去处处的自己，让她们死于年华。

三毛说：岁月极美，在于它必然的流逝，春花，秋月，夏日，冬雪。但她终究没有直面这极美的过程。太多的写作女人都不能坦然面对这极美的过程，笑傲于时间的尽头。会弹琴爱跳舞的简·奥斯汀，被河流裹挟而去的伍尔芙，美丽的普拉斯，还有艾米莉·狄金森，她说：我不能片刻消停，我必须努力完成这些文字，要不然我就会一点一点消失。有谁不会被这样痛彻心扉的话语击中？是的，就是她们，这些写下不朽诗文的女子，她们用生命诠释了海子的诗句："不能长久地生活，就迅速地生活。"她们迅速地焚心似火地投入到爱情，投入到写作，投入到值得经历的一切美好和痛苦中。她们透支了一生的燃烧。所以，当所有的萧瑟和寒冷命定地到来时，她们比别人更早地放弃了抵抗。或者说，她们用最极端的方式完成了对将要到来的被剥夺的自我和被遗忘的时间的反抗。生命就是生命，但有时它或呈现为诗，或呈现为画，或呈现为世间仅有的一种绝对的爱情——写作的女人，需要这些——她们曾经活着正在活着的证据。但老去的时光不能赐予她们恒定的安然和自信，它总是把她们丢弃在一个人的路上。一个人，在路上，繁花似锦的此岸已成记忆，百炼成钢的收成之彼岸还在前方，中间是风，吹刮着越来越逼近的荒败。

写作女人在这样的路上。到了最后，才知道，掌握多么难，安慰多么少。

所以，能走下去，能走出来，能在旷远的时间荒风中持久地有力量地写下去的，必是一些有着更强大的心智，更高远的眼光的女人。时间走过她们，不再是利刃刺中了命脉，而是钝刀割磨着日常中的卑琐、散淡和麻木。是的，时间的炙烤对这一类写作女人，永远是一种警醒，一种鞭策。她们不能被时间击倒，更不甘被时间迷醉，她们大睁着眼看流年易逝，青春成昨。她们一定要看清楚那最致命的美和打击藏在什么样的最后。她们一定要让这所有的日子，殊途同归在她们文字的结晶中。她们知道怎样壮烈的谢幕也只是谢幕，所以她们选择走下去，面对衰老，面对无情，面对不可抗拒的一切残酷；她们懂得怎样漫长的一生最终也只是白驹过隙，灰飞烟灭，所以她们更加珍爱每一缕走过她们的时间之风，她们比俗尘中的人更懂得，更慈悲，更热爱，更疼痛。

"花开不同赏，花落不同悲。欲问相思处，花开花落时。……风花日将老，佳期犹渺渺。不结同心人，空结同心草。"写下这首诗时，诗人薛涛虽才二十妙龄，却已饱经人世沧桑了。十二年屈辱的乐伎生涯中，她曾被罚往荒蛮边关，也曾拥有过节度府校书郎的尊贵地位。公元789年，在终于恢复自由身后，她一身素淡的女冠服，在浣花溪畔开始了新生活。和很多在历史上留下名字的女子一样，薛涛有着出众的容貌，但她的声名不是因为美丽，也不依附于和那些薄情才子的爱情故事。在女子无才便是德的时代，在庞大而炫目的诗歌唐朝，跻身于那些光芒万丈的繁星中，薛涛以绝世才华，灼灼地发出了自己的光芒，成为一个不容忽视的存在。多少著名诗人曾与她诗词唱和，她的"吟诗楼"，至今耸立在距杜甫草堂不远的浣花溪畔，与"少陵茅屋，诸葛祠堂，并此鼎足而三"。王建《寄蜀中薛涛校书》一诗为后世留下了薛涛卓然的诗人风采："万里桥边女校书，枇杷花里闭门居。扫眉才子于今少，管领春风总不如。"

然而，有过曾经的热闹，又能怎样？有了身后的光华，又能怎样？薛涛鄙弃世俗功名，梦想的只是把自己的爱安妥在一个忠诚而又热忱的男子身上。但一个苦寒出身的贫家女，一个曾经是乐伎的女子，又怎么可能真正拥有自由？怎么可能收获到与她的美貌、才情、人品真正相配的美好爱情？她一次次付出，一次次让"结同心"的美梦幻灭。凄风苦雨的日子就像锦江的水绵延不尽，比这样的日子还要多的是心灵的风刀霜剑。年华易逝，知音难求，无法把握爱情又无力留驻青春，薛涛看着枝头的花朵，数着指尖流走的时光，就像看着自己的美丽在徒劳地开放，兀然凋零。

就是这样，一代才女薛涛在她自己的时间里，只是一个在春天里空结着刻骨愁怨的女子。她只是让泪洒落在花瓣上，发出"芙蓉空老蜀江花"的悲叹。她是不幸的，在那么多接踵而至的日子里，她注定了只能是无根之萍，不系之舟。精神上的巨大痛苦倾泻在诗歌里，形成了她"万里桥头独越吟，知凭文字写愁心"的独特诗风。孤独之感，失恋之悲，薛涛以自己的身世之感表达了一代又一代人心口永远的痛。但薛涛的意义，又绝不止于此，她最终完成了从一个让人痛惜的薄命女子到一个使后人无限敬仰的优秀诗人的根本质变。之后四十多年的孤苦生活，她保持着人格挺拔精神高雅，个人遭际并未使她把视野局限在寂寞的小天地里，她依然关怀国事，写下了著名的《筹边楼》。她自制"薛涛笺"，建了吟诗楼，在自己的诗歌世界里，她的生命依然纯粹而完整。"晚岁君能赏，苍苍劲节奇！"薛涛的题竹诗恰是对她自己人格的写照。

一个以柔韧的生命，抗争了流年无情的精神女人。一个以心灵的强大，留住了时间之无限的写作女人。这样的女人，时间的风只能磨砺她们的美丽，却永远无法掠夺她们内心的热力。它只能以破坏之力完善她们，成全她们。那个娇慵甜美的少女为赋新词强说愁，吟诵"知否知否，应是绿肥红瘦"时，她不会懂得只有时间的风才能将她推到"冷冷清清凄凄惨惨戚戚"的境地，让她在国仇家恨中以杜鹃啼血的绝唱，成就了大痛大美的最后的李清照。

1986 年，丁玲走到了生命的尽头，在驾鹤西去时，她对身边的老伴说：你亲亲我吧，我是爱你的。这个八十二岁的女人终于为她刻骨浪漫的坎坷一生画上了完美的句号。政治女人丁玲，风口浪尖上的丁玲，我相信一切的因缘际会，一切的荣耀苦难，都只是因为她无法从根本上逃脱她是一个写作的女人。她终究只是一个在时间的风中经受了一切的文学女人。想起丁玲，就不由得想起阿赫玛托娃，俄罗斯诗歌的"月亮"女神。当古稀之年的丁玲在强制劳动中手上肩上磨出了厚茧，她决心"要在心头上也磨出厚厚的茧子"以抵御精神痛苦时，她其实应该知道，这样的感受在所有的专制社会从来都不是新鲜的体验。早在苏联人不堪回首的大清洗时代，阿赫玛托娃就留下了一个文学女人在恐怖年月所能发出的低沉的最强音："我要连根拔除记忆／我要让心儿变成石头／我要重新学习生活。"只有"让心儿变成石头"，只有"在心头上也磨出厚厚的茧子"，才能不被时间击倒，不被时间中的一切不洁之物击伤，才能"重新学习生活"，才能让文字"作为世间一切的见证"，永远地留下来。阿赫玛托娃，这个美丽高贵的诗歌女人，她做到了这一切。多舛苦难的一生，"爱情像烙铁和烈火"折磨着她，"诽谤到处追随着"她，她以女性的柔软之躯一次次地承受来自强大的国家机器的"石头一样的判决词"。然而，她以最强韧的心灵之力抵抗住了"命中注定要下地狱"的命运，她没有重蹈好朋友茨维塔耶娃的悲剧，她在时间的尽头，等到了一个人应该拥有的尊贵晚年和"迟来的荣誉"。然而，就像在过去面对苦难一样，面对荣誉和桂冠，她依旧是平静的，清醒的，她说："不可能给诗人添加什么东西，同时也不可能剥夺诗人什么东西。"

这样的写作女人，又怎能被时间的风裹挟而去，当她用一生的苦难对世界吟唱："如果你不能给我和睦与爱情，那就给我苦涩的名声。"

总是为这些无可比拟无可替代的写作的女人感动着，震撼着。那些早夭的死于华年的花一般星一般的女子，她们在时间的暗夜中划过的闪闪寒光；那些走过春的繁华夏的躁动秋的丰盈冬的严酷的山一般河一般的女子，她们在时间中定格下来的顽强和庄严。当我默念着她们的名字，就像诵读着一部部时间的大书，就像预览着一个个写作的女人未完成的人生。多么快啊，衰老多皱的面容，臃肿病痛的身体，枯黯烦乱的心绪，一切都好像只是抽象的概念，但已真实地兵临城下，四面楚歌。在我的年龄，青春年少只是昨天的事，却分明看到黑惨惨的最后之门半开半闭，在狞笑着生命的脆弱和虚无。这样的时候，阅读和写作都呈现出了之前不曾领略到的意义，那些欲露还藏的暗示和契机。对时间心生恐惧的人，在自身面临松弛、坠落和凋零时，疼痛使之无师自通地进入哲学，进入语言。然而，述说就能获得救赎的力量吗？谁能逃离时间的深渊？才情与智慧，光荣与梦想，在最后风歇雨住场光地净的时间里，能给写作的女人一角坚实的庇护，使之完成最后的美好造型吗？也许答案是否定的，一个人肉体的失败其实就是真正的失败，那样的坠落和沉沦就像秋风中的黄叶跌进绝望的山谷，怎样的精神之力能使之再次轻扬向上？然而，即便这样，写作的女人也只能祈望于时间，只能在对时间的恐惧和信仰中走过时间。是的，没有什么人比写作的女人更感知着时间的凛冽和遽促，时间总是最先去欺凌那最优美最敏感的灵魂，但也没有什么人比写作的女人更贴近着时间的温暖和公正，时间总是在最后去恩泽那最柔软也最坚定的精神。

曾经喜欢轻盈灵动的泼洒恣肆的飞一般的女人的语言，慢慢开始更关注沉潜的蕴藉的清明的表达，那些不再年轻的，已面对时间之拷问的女人们表达的那些朴素的简单的文字。然而这样的朴素和简单，是历尽繁华的简约，是千帆过后的水天一色，是万弦俱寂中唯一的清音。是语言的至境。曾为蒋韵的小说潸然落泪深深沉溺，并情不自禁地写下阅读心得。知道那是正走在时间途中的女人，才能讲出的故事。是已承受了时间的馈赠的女人，才能写下的文字。澄澈，深邃，沉静，悲悯，不再是蝉鸣乱心中的炎阳高照，而是冬日上午一院子的好太阳。喜欢艾云，那是中国女作家中最哲学的女子，然而在北戴河的沙滩上，她一遍遍对我说，关键是生活，你看，这乱麻似的生活，这浪一样扑上来的生活。赵玫的散文随笔，深刻犀利，明白通透，那样的文字后面该是一个因智慧而笃定自信的女子吧？但她却说："我知道，真正的本质是：我的日渐衰退的记忆；我身体中越来越多的不适；我的，有时力不从心的感觉；有时候，仿佛每分每秒都在黑色深渊的边缘；几近疯狂的绝望……"

就是这样。这些话，这些日常中的趔趄，一把细沙从掌心慢慢渗走。它使人们看到了在写作女人的文字中，通常被遮掩起来的那一面——关于她自己在写作中的焦虑，无助，所有的负重，以及在生活中走下坡路。但这确实是一个写作的女人在时间中的真实。赵玫说："但是我坚持着。"让人敬重让人心酸的坚持。这才知道，其实，一个写作的女人，光有强大的心智、高远的目光也还是不够的，当再无多少好时辰供自己大把挥霍时，她还得有对日常凡俗的整合能力，尤其必须得拥有健朗的身体，她需要能支撑思想将写作进行到底的体力。多么傻啊，年轻时，不懂得这个，以为有缤纷葱茏的才思，有漫天飞舞的灵感就够了。若只是这样，波伏娃怎么能成为笑到最后独领风骚的神话，而热烈博爱的桑夫人又怎么会是写作女人中绝无仅有的传奇？若只是这样，勃朗特姐妹该有怎样的另一番盛大气象？聪慧的萧红又怎能把那半部红楼留与别人写？

无法不想到萧红。想她一路的坏日子，那些呕心沥血的成长，那些前赴后继的被放逐。而1942年的病魔，该是最后的那把盐吧，重重地燃烧起所有的伤口。还能怎样呢？仅有的相濡以沫已相忘于江湖，一切的憧憬追寻也零落成泥。千山万水处，一个早已无家可归的女人泪眼回首，却发现她的故乡并没有消逝，也许能慰藉她残破心灵的，只有留在那遥远的北国小城里的依稀的儿时记忆。于是，她奋力紧攥着这一根泰山压顶的稻草，她在烽火连天的病榻上完成了《呼兰河传》的最后一个字。然而，注定了，就连写作也只是一场幻灭之旅，当呼兰河从幽深的岁月奔涌而来，三十年的时光像不可抗拒的浩荡的河流，流进萧红的生命时，她再次懂得，家园，永在她无法渡过去的彼岸。她三十一岁的生命最后的停泊点，依然是"别人的故乡"。这个字字泣血的女人，当她终于松开手中的笔，脸上该是冷月葬诗魂的凄绝吧？

命运，何以如此多舛，就连河流都不能带她回家。

许多年后，在萧红客死的他乡香港，又一个写作的女人在喧嚣万丈的都市抒写着生命的繁华和枯败。李碧华不喜煽情，伤心的男女故事里她只淡淡地说：她对他的绝望，是鱼对水的绝望。这渗冷入骨的句子，就像拿着一把刀片细细地，慢慢地，割过人的心。我无端地觉得这该是当年萧红一次次重复的切肤之痛。可为什么，她是鱼，她也是鱼？为什么，她们只能是鱼？既为鱼，怎可摆脱水的控制？水要鱼死，鱼怎能不死？既为鱼，又怎能不依附水的需要，不顺应水的欲望？鱼也叛逆，鱼也抗争，但除了在水中折腾出几许无谓的浪花，或将自己抛尸在干涸之地，鱼能奈水何？

但幸亏，这一生遭遇的，不只是男人和水，不只是做一条鱼的命运。幸亏，除了这一切，更有文学。有了文学的缘故，她确曾在低的天空，以稀薄的羽翼美丽地飞过。时间最终成就她，以鱼之身，完成了飞鸟的抵达。

"我梦想像个女人那样写作。"这是德里达的惊人之语。这个狂傲的哲学男人，如此地高看女人的写作，是因为他自认为懂得了写作最深层的奥秘，窥见了女人和写作之间的那条幽秘通道。但他是否懂得写作的女人所承受的别一种压迫，以及来自时间的那仁慈无比而又严酷至极的启示？当写作的女人回顾来时路上所有的悲壮和凄美、坚持和陨落时，她们是否会说，离开写作吧，我只梦想像个男人那样生存。在浩荡而来呜咽而去的时间中，写作也许一开始是女人的，但最终还会是吗？它也许是福地，也许只能是深渊。谁能收获那持久的永不枯竭的写作的力量，让它的光芒照亮一生？谁，能立于时间的不败之地？

所以，翟永明说："完成之后，又能怎样？"

然而，没有选择。杜拉斯说，写作像风一样吹过来。是的，当写作像风一样吹过来，写作的女人只能迎着它走去。除了走向写作，在无底无痕的时间中，她们还能怎样地走向自己？

走出巴颜喀拉

一

有一幅画，许多年来我常常看着它。我不知道是怎样的机缘使我遇到了它，也忘记了有过怎样的最初的悸动，总之在接下来的时间中，我常常突然就停下步子，莫名地盯着它看。我不是一个懂画的人，我对艺术所知甚少，我每一次看它时，心里总是无端地想着我和我身边的人，想着一些没有来龙去脉的琐碎和纠结。这样狭隘的思路很使我羞惭。

画叫《走出巴颜喀拉》。那么多的人中，那么大丛大丛刀刻般的线条中，我的目光总要落在她身上。落在她身上，心便像漏了门窗的旧屋，呼呼地灌进风，刺骨地痴迷和疼痛。但明明，这个长袍褴褛、乱发像破毡片般飞扬的女人，她和她所寓意的一切离我那么远。

为什么，往事不能如云飘散？

那是第一次，在过年时离开母亲。尽管只是几百里路途的小别，我仍思量了再思量，小心地一步步退出她的视野。那时候，更大更彻底的远离还没有到来，那么多的黑暗还没有到来；那时候，少年矫情使我常常滥用一些苦难的严重的词汇。我以为那样的一脚迈出去，便是千呼万唤也无法回转的前定，便是宿命。

母亲始终对着我笑，忙忙地说些这样那样的话。这样的母亲形象在三十多年间已烂熟于我心。只是，今天的她老得很快，对于爱和伤害更加穷于抵挡，像个无助的孩子，总急着掩饰，又一览无余。一览无余的伤感和认命，认命之下倔强的信心和要求。这样不调和的神情结晶在眉梢唇角，使我母亲的晚年之美有一种高于慈祥和安然的力量。我久久沉溺在母亲突如其来的弱小中。当我不再对着她肆意地哭出我的泪，我突然就想到了那幅画。在某一瞬间如被雷电击中般想到那幅画，想到我为什么在过去的日子中常常对着它眼热喉干。

二

朋友寄来信，不是 E-mail，是久违了的那种邮寄信件，打开是一首诗：《雀鸟的天空》。

我从那两页方格稿纸上抬起头来时，城市的夜色深得很混浊了。我趴在窗台上，面前是无法安顿的晦暗，自身的存在像极了一个古已有之的大疑惑。其实我知道，这样的夜不是没有星星，而是我找不到一个可以凝望星星的窗口。

无法不想到另一片夜空。

曾几何时，旅游开始成了压倒一切的时尚。在我的身边，一群人刚从远方的某一个人头攒动的景点回来，另一群人又开始紧锣密鼓地准备出门。而我，在弥足珍贵的假日，也将加入到这个行列。漫漫一生中，我徒然地看着自己在这样的行列中劳心费神，无可阻挡地走向枯萎。我已没有心力再说，再问：热衷于夏日去沙滩上玩救生圈的人永远是浅薄的幸福者。见过冬的草原吗？一生中，哪怕一次？

是一生中的一次，再也回不来的那一次。

朋友一步步走进那里。身前身后是一种巨大的存在。雷霆万钧的静默，静默中的风雪高原。他谛听着这种存在，同时奇怪地发现太多的人脸上的漠然和疲顿。怎么可以这样？怎么可以？他愤怒地喊。那时候，他只是被那种无处不在的力量震撼，被那种落地生根的激情裹挟。他那么单薄，尚未学会以同样的静默表达它。

风呼啸着。千里而来，千里而去。

荒原，每一寸枯了的草原坚硬地容纳着冰冻的雪粒和足印。哭不出泪，只有心窒息着，又雀跃着，好像急于离开你的躯壳，扑向冻土之下的珍藏。空旷的野地在你双腿战栗的那一刻，突然生长出无数双手，从四面支撑起你。看一眼天空吧，看一眼天空，草原说。

那浩荡的倾诉之夜啊！

看一眼天空。这一眼看走了一个异乡少年的十年时光。十年里他因严重的风湿病、肺病住院六次；十年里，他成为一个写诗的人。是的，他还不曾被称为诗人。在他的身前身后，总刮着太大的风，太多热闹的名称来不及坐实便被吹回原形，一些漂亮的加封被另一些人相互授赠，飘忽如风中呼哨。

我本无心回望那个方向，深掘那夜空那荒原背后的许多。许久以来，我再不敢寻求一种别样的人生。它像是一个谎言，一个注定无力兑现的承诺。它启示我摒弃了该摒弃的，却始终没让我收获到该收获的。

就是这样。我离开了，而朋友矗立在我曾经的窗口。那么孤单的天空和人，像是我扔在半路上的诗的碎片。一场大雪在那个黄昏悄然而降，纷纷扬扬，像适时而至的安慰，又像是不期而至的大遗忘。

三

只有以死担当的自由与爱，才是彻底的和无限的。

也许，我还不能深谙这一切。也许，我在深深地懂得以后，又被更有力的东西击穿。所以，日常的沉溺中，我穿梭在似是而非的幸福中，渐渐地流逝了我的痛苦。然而，当我以旅人的脚步走过高原，走过那一片被无数的歌谣赞美过的蓝天白云，疼痛横空而出，它一下子把我和人群隔离开来。我是那么的孑然一身啊，在欢呼雀跃的同伴中。从没有过那么一刻，我的双脚在匆匆而过的邂逅中，深深地扎进了母土的每一缕皱褶。疼痛那么多，那么尖锐，孤独那么步步惊心，那么美妙绝伦。我知道那一刻，我唯有在心里对自己说，我，是个藏人。

是的，没有什么关于我的种种比我是个藏人更抵达我的本质，我的内里。这粗重凛冽的血脉日夜磨砺着我，洗涤着我，使我想起我的祖先，想起那些生生不息的荣光和忧患。怀念使我双目清澈，步履艰难。当我一次次置身于巨大的醒悟中，眼前横亘着的总是更坚硬的放逐。太阳很烈，空气很薄，是谁置我于如此的高地，是谁让我如此地接近美，接近苦难？

如赴心灵之约。

好在有那片葳蕤的支撑，那片迷乱坚忍的星空，星空下亘古沉默着的荒原。风吹过青稞，不留一点灵感给我。佛说：你要始终如一，永远不奢求答案。

我一点一点成长着自己。污泥缠绕着乱花野草开满了我的行程。风声鹤唳的梦境永在目力所及的远方。人到中年，我终于懂得了我的需要。或者说，我至少明白了该筑造怎样一只船怎样一根稻草，才能渡我到彼岸。我是多么痛苦地骄傲着啊，一个人，在所有的好时光渐次离去时，她所理解的真谛，她所情愿的跨越，终于将光芒撒播到她的身上，这算不算太晚？

太多的雪已经下过，太多的雨点敲下来，灼伤我，刺痛我，飞升我。我已出发太久，我已在老地方被血泪凝结，被骨肉锻打。每时每刻，我无法潇洒。我无法潇洒，我轻扬如那一片地老天荒的云朵。

感谢我的高原，感谢我脸色黝黑目光纯净的父母兄弟。感谢一切的慈悲和坚强。

那么，让我继续前行。与流行的深沉告别，与空洞的玄虚告别，与缀满花边的旗帜告别，与一切可能的荣耀告别。在这么长的分离里，让我只带着心前进。也许，黑森林会隔开我们，长风里我听不清你的声音，但我始终在与你同行。

为着心头这唯一的清音，这仿若天籁般的痛苦，没有人比我更懂得你的存在。你的存在是对我的注定。

四

许多年了，我已记不得是怎样得到了这小小的画张。这样的一群人，他们何以要如此必然地挤进我狭窄的生活和思想的空间呢？

这是一幅省略了背景和远景的中国画，所有的功夫都在人物身上，在精练硬气一如雕刻的运笔下，一大群伛偻着身影的藏人密集地站着。只一站，便站出了在象征叙事中那些挟风带雨的苦难，站成了前仆后继的神话。他们从大大小小的雪山赶来，当他们站到一起时，没有人会彼此倾诉路上的故事，语言其实是多么轻飘的多余，他们懂得，忙着说出什么，急于搂住谁的手，其实是因为内心的那道藩篱。而他们，一见便是终生。所以，他们不言不语，不离不弃，他们要做的只是紧紧地站在一起，相携着走下去。他们已走了太久，却还要走下去，光华炫目的红珊瑚早就被磨成了钝石的生命之链。走出巴颜喀拉，走出巴颜喀拉是怎样一支心血淬砺的牧歌啊，而我倾听着的双耳只有风嘶鸣而过。

我是知道的，知道他们会对我守口如瓶。当我只能从图画上面对这样一群人，这样的一种大痛大美时，便深知自己被彻底拒绝。画里画外，一纸之隔却是万里之遥。我孤独的孩子啊，你根本不曾走进巴颜喀拉，你又何以走出？

然而，我无可逃遁，我总是情不自禁地去面对这给我无穷威压的群体。当我的目光一次又一次落到画的左上角的那个女人时，暗示就像冬夜的火苗，扑哧一下亮光四闪，倏忽间又归于寂灭。那当然是断乎称不上漂亮的女人，她已经很老，看不出或曾有过的明媚鲜艳，她走了太久，破旧脏污的衣袍掩不住来时路上的风尘荆棘。她平静地站着，和身边的每个人一样手捻经筒，目视前方。我认得她，许多年以后，我在通往母土的路上，天天都遇见这样的女人。是的，这样一个女人最终却掳掠了我，我身不由己地跌进一个大疑问。是她的眼神击中了我，穿透了我。那样一种茫然、凝滞、隐忍、坚定的眼神。那样一种在世间任何的面庞上都不可能被复制的眼神。我一生只能读懂一次的眼神。

那个眼神，当它从纷纷的故事中脱颖而出向我走来时，我的母亲正日复一日地早睡早起，在清晨一边低吟着一支母语的长调，一边洒扫庭院，开始了一天的劳作。我盯着寒露中的她，听着在忧伤的氤氲中随着歌声飘动的她。这首歌，我一点都不陌生，在那么多的儿时光阴里，她曾无数遍地唱过它。今天，它如此地来，来到我心间，低回不已，盘旋往复。简单的旋律，简单的词句，好像什么都没说，又好像什么都说了。我莫非是第一次听它，为什么新鲜的疼痛切割着我？我好像什么都懂了，又好像什么都没懂。它仿若真的是为我而生，为我的这个冬天而生。

那么，还说什么呢？除了，在这样的歌声中一路跋山涉水，一路呕心沥血，我还能做些什么？除了，在这样的歌声中，沉沉睡去慢慢老去，我还能说什么？我还能唱出什么？我不知道这欲藏还露的契机对我的最终意味。一生是何等费解的长旅啊，我要培植怎样的热望和勇气，才能破译那一道道如影随形的沟沟坎坎？

黑天低垂。母亲沉默地煮着奶茶。

举棋不定的日子终于被席卷而去。当我走出家，走过我混迹于其中包容我又背离我的熙攘人群，一阵脚步声急急地跟了上来。这生命中唯一的注定错失的足音。

我该走了，时候不早了。

哦呀。

你不要留我。

哦呀。

那么——我疑虑地转过身，面前伫立着我的母亲。这个母亲，真是我爱过熟悉过的那一个吗？此刻，她的双眼平静地望过来时，竟像刀锋冷冷地抵在我的心口上。什么时候，她变成了那幅画，那幅画里站在风口的强大而无助的女人？什么时候，她已彻底背弃了泪水？

一言不发，我的母亲像一支静歌送我前行。一步，两步。她是明了这足迹的分量的，她是深知这离别的含义的——这个远离了缤纷的青春的女人，这个失去了水草丰美的家园的女人，这个一生都在路上的女人。

走出巴颜喀拉。

深深地躬下身时，巴颜喀拉是一条母亲的河流。她说，没有一种记忆，会在时间里泯灭。

五

仿佛在梦中，我听到朋友的声音破空而来：快看，雀鸟的天空！

整整一个下午和黄昏，我聆听着这个声音。那首短短的诗，那白纸上的一颗颗分行小字，在我的眸子深处，渐渐幻化成一点两点灰色的鸟影，翅膀拍击出的巨大风声，呼呼地刮痛了我的脸。

它们向我飞来，飞来。这些穿过天空的鸟，这些历尽了寒冷和戕害的凤凰鸟，它们在击打它们的翅膀。它们干干净净的嗓子，带来了远方夜空的声音。

我紧紧抓着自己的双手，心细细密密渗过指缝。我是如此地庆幸啊！这双手还能抓一把鸟声贴在胸口，还能触摸到那不可抗拒的接纳。当它停止了颤抖，它还能颤抖地捧起从未陨落过的我的星空，我的旷野——我命定的血脉之水流过道道岔路，又汩汩地义无反顾地奔向那里。

打开窗，城市的夜依然五彩得像一块后现代的脏画布。可是，当我从十七楼的高空望出去，我不再眩晕得失重，我知道这是雀鸟的天空，失而复得的心愿在飞。那两千公里之外的草原风，正在以狂飙突进的温柔拂过我的花园。

原来，冬天如此原色如此拒绝红枝绿叶，原来，分别如此漫长如此不可逾越，只是为了让荒原拥抱一个简简单单的孩子。那么多迷途知返的星星在绕着她飞旋，呢喃如歌。

走出巴颜喀拉。

高高地昂起头时，巴颜喀拉是一座巨大的爱情。鹰的翅膀划进了无穷的蓝，那最辽远的雪峰澄明如洗。它说，你看，总有这么多坚持的理由。

远方空无一物，为何给人安慰

前些时，某报约我写一篇关于"写作与旅行"之类的文章，我踌躇数天，却终于说不出什么有意思的话来。

其时，恰逢我又一次从远方回来。

又一次，"远方除了遥远一无所有"。

我素无写生活日记随笔的好习惯。平常日子里不写，旅行中更不会。所以，走过的许多地方，也同经过的许多人和事一样，在脑海中不留印痕，说过去就过去了。当时或曾有过的不一样的发现，甚至确信自己将会铭记不忘的那种壮怀激烈，最终在日子中渐行渐远，像童年的蒲公英，风一吹，就散了。历史证明，我这种人的记忆是靠不住的。因此，我向来钦佩那些随身携带着纸笔记下所见所思的人，但自己，却终究绝缘于这样的勤勉。每每读《鲁迅日记》，就想，别的且不提，就单说这从日复一日的三百六十五天中透析出来的明晰、完整、有序，也是多么不容易。这个伟大的人，他并不因为心境的高远，因为思想的"生活在别处"，而懈怠于"直面惨淡的人生"。他对身处其中的日常生活具备了高度的整合能力，同时，让手中的笔冲出泥淖鼓噪的当下，指向更苍茫辽远的所在。

说到旅行，人大抵想到的都是游山玩水，而鲁迅先生似乎并不是对此有十分喜好的人。他说："我对于自然美，自恨并无敏感，所以即使恭逢良辰美景，也不甚感动。"其实，他也是很去过一些地方的，只是，足迹所到之处既不能成为身心安妥之处，又无法使一个胸结块垒的人暂时地领略到纯然看风景的乐趣。从绍兴到南京到远涉东洋，在日本上野的樱花开得最烂漫的时节，他叹息"东京也无非是这样"；从北京到厦门，人家介绍"山光海气，是春秋早暮都不同"，而他只说"海滨很有些贝壳，捡了几回，也没有什么特别的"；从广州几赴香港，见识却是"香港总是一个畏途"，"虽只是一岛，却活画着中国许多地方现在和将来的小照：中央几位洋主子，手下是若干颂德的'高等华人'和一伙作伥的奴气同胞。此外即全是默默吃苦的'土人'"。如此这般，先生便慢慢冷却了"走来走去"的兴致。虽有"北方固不是我的旧乡，但南来又只能算一个客子"的漂泊感，但终究在上海一隅安定下来，静默地生活，读书，写作。在人生的最后十年，他越来越少出门了，日记里鲜见有关旅途的记载。"整个中国都像一个墓场"，先生又能去哪里呢？但万卷书万里路已俱在胸怀，笔力所到之处，江山扑面，千帆尽是。

帕乌斯托夫斯基却是个甘愿受"漫游之神"支配的人。他常常旅行，他说："几乎我的每一本书都意味着一次旅行。换句话，说得更确切些，每次旅行之后，我总写成一本书。"一个作家，能如此成功地在旅行中体验到他想要的"生活"，并且如愿以偿地把"生活"变成"书"，实在令人振奋。实际上，像帕乌斯托夫斯基这样的写作方式并非个案，自 16 世纪始，欧洲文学就形成了这种游历行走的传统。作家们执着地在"茫茫黑夜漫游"，然后以手中之笔捧出广大而真切的社会人生的"湖海"。他们的足迹和视界，为世界留下了太多真正的文学经典。在中国，浪迹天涯、云游山水自然更是古已有之的事业。那时候，定然没有今天蔚然成风的所谓"接地气说",没有公费资助的"定点深入生活",没有微信微博之类的新玩意儿一路直播、广告式的"调研"、"田野作业",没有书商和媒体层层炒作、包装的"行走文学",但哪个文人书生没有写过关于"行行重行行"的羁旅诗篇呢,哪个诗人墨客不是走在"念天地之悠悠,独怆然而涕下"的路上?夸张点说,整个中国古代文学史其实就是一部"行走文学史"。单唐一代,旖旎万千的"山水诗派",雄奇绝伦的"边塞诗派",怎一个辉煌了得!

我常自惭,生为一介女子,注定的"第二性",情归之处,却偏偏是属于另一个性别的"江南游子,把吴钩看了,阑干拍遍,无人会,登临意"的大飘零,那些遥不可及的慷慨悲歌。唐诗三百首,字字珠玑,但最让我意乱情迷的每每都是"轮台东门送君去,去时雪满天山路。山回路转不见君,雪上空留马行处"这类感觉的诗句。在我浅陋又煽情的想象里,那该是个怎样快意恩仇的年代啊!汪洋恣肆的谪仙人李白就不用说了,就连瘦瘦的杜甫,在焚心似火枯焦了那把胡子之前,也曾拥有过南北漫游、裘马轻狂的少年!他二十岁南下吴越,二十四岁回洛阳,翌年又东游齐赵。三十岁再回洛阳,往来偃师、洛阳间。三十三岁,他遇到刚被"赐金放还"的李白,两人同游梁、宋,建立了千古传颂的友谊。之后,又遇高适,三人北上齐鲁,过历下,登泰山,酣饮纵游,慷慨怀古。就是那样青春做伴、指点江山的好时光,使杜甫在"会当凌绝顶,一览众山小"的豪迈情怀中,写下了一行行激扬的不朽诗句。后来,往日风流换成了血泪苦旅,但沿途风景依旧润物无声,一步步丰富着他,壮大着他,成就着他,使他成为国破家难、离乱忧患中发出时代最强音的诗圣。当瘦骨已作铜声,行走却还要继续时,"即从巴峡穿巫峡,便下襄阳向洛阳",那又是怎样一幅断肠的情景啊!

我常常想象着这些令人唇齿生香的情节。由来已久的向往之情曾使我抑制不住地在一篇小说中做过如下的叙述："我，风尘仆仆，衣衫褴褛，但风餐露宿无法阻挡我寻找同类的脚步。终于，我日夜兼程找到了那些在我的心里熠熠闪光的人们，他们眼含热泪迎接了我，他们为我奔走相告，为我欢呼雀跃，吟诗作文。我们彼此从未相见，但文学的味道使我们这么容易就从人群中互相辨认出来，我们一见便是终生。我安心地换上穷诗人仅有的长袍，安心地享用富文豪一掷千金的招待。他们的就是我的，我的就是他们的。一夜豪醉，推开书房后窗，南山悠然入目，那漫山遍野的诗情真意啊！……"

其实，哪怕就是在虚构的遭遇中，"我"也是知道的，自己不是想象中那个云游四方以文会友的才子，那些发生在遥远的行走年代的文学和友谊，那些光华万丈的山水和人事，于如今已是炫目而温暖的传奇。

所以，在故事之外的现实叙事中，我，只是一次次惘然在去往远方的路上，然后，让自己两手空空地回来。是的，看山是山，看水是水，看人却已不是那人，提炼、结晶和升华永远胎死腹中，难以最终完成。当然，也有仅有的例外，让行走中偶遇的感动，以文字的方式留存给自己。我之所以说留存给自己，是因为我深知我的文字和现下大多数同行们的一样，对于别人，它们是速朽的。我打时间里走过，它至今未曾赐我一支神助之笔，但毕竟，我已练就了一双识别的眼睛和作为一个写作的人应有的自知之明。

那是几年前的夏天，在去往邻国的一个边境小城里，我邂逅了那种想要写点什么一定要写点什么的冲动。是的，只是冲动而已，并没有什么电光石火的灵感和构思闯进我的脑海。但一个萍水相逢的地方能撩拨起如此的冲动，也很弥足珍贵了，要知道，我是自小至今不会写游记的那种人。

是它的静抓住了我，那小城的静。想象中不该是那样的，一个出入境的地方竟然没有喧闹，不见躁动。一条河清清地穿城而过，河堤上，三三两两太过漂亮的树以典型的亚热带姿势风情摇曳着。阳光浓得像是泼洒下来，但远近层叠的绿还是那么厚实，那么干净，丝毫不见蔫了颜色。街上，听不到中国任何一个城镇都被裹挟其中的那种巨大的商业声响。车和人自然是有的，但都懒懒的，淡淡的。整个小城，仿若在热天气中睡过去了一样。

我在细细的静里，慢慢走过那个尖耸的绿色山峰掩映下径自美丽的小城。我知道我已爱上了它。有点委屈，有点恍惚，突然觉得，前路，归途，都像极了白日下的梦，唯此刻真实。一种久违的软弱侵袭而来，我钝钝地在一棵开着硕大的白色花瓣的大树下坐下。那时候，从右边河岸的方向，来了一缕风，那么沁人心脾的风。同来的，还有我突然想表达的冲动。

后来的行程中，好风景纷至沓来，而我的心里只装着那个城。一定要写点什么，一定得让什么故事发生在那个小城，我对自己说。什么故事呢？我那根深蒂固的古典英雄情结于这样静美的所在，怕是不大相宜吧，那么，自然不外乎是爱情故事？

那是唯一的一次，旅行结束后，我完成了一部中篇小说。但我完成的并非配得上那个美好的小城、配得上自己千年等一回的创作冲动的好作品。一个浪漫的女人和孤独的男人，在缥缈之地相识，他们自以为跌进了爱情——其实，他们只是跌进了生命的不甘空虚和荒芜，跌进了对自我灵魂的破坏、确认、救赎？你看，我这样庸常的表达，在任何一个作家的笔下都可以实现。无疑，这个萌生于不可复制的旅途感受中的小说，只是我许多个不成功的作品之一。如今，我再想起它时，男女主人公的面容已经模糊，掠过心头的只有和最初的情景高度吻合的一首歌："还记得昨天，那个夏天，微风吹过的一瞬间……"

　　有人说，文学之道其实就是探讨旅人的途径。是的，荏苒几十载，谁不是人生这条路上的旅人，过客？我们貌似较长久地拥有在这个世界行走的时间，但究其实质，这和极短暂地去往某地途经某处是一样的——浮生如寄，我们不知道下一步人生是怎样的，就如不知道下一处风景是怎样的。还有，或长或短，我们都会必然地遭遇到自己的盲点和限制。也许，前路上只有一种安排是可以预知的，是确切无疑的，那就是每个人都得承认自己的有限。这二者，未知和已知，是构成旅途之魅的核心物质，也是构成文学之美的能量源。

　　那样的事是常常需要面对的：爬了多半的山路，写到峰回路转的小说，却因为体力、心智、视界、表达等原因，不得不停下来，不走，不写。比之更令人绝望的是，你终于走完了，写完了，但那些路，那些字，与你千山万水，宛如根本没有发生过一样。这样的时候，就连仅剩的孤独也是虚妄的：你经历了它，而它却隔岸观火，从未让你收获与你曾无数次感受过它的那些长夜相称的广阔。所以，你必须又一次相信你一直在相信的东西：写作从来都是漫漫黑夜，在无限可能中慢慢澄明，慢慢光亮，就如旅途的意义会逐渐呈现出来一样——这样，你才能重新起程，迎向又一轮黑夜，荒芜和疼痛，失败和寻索，而不是成长，进步，被馈赠和赋予。

　　聂鲁达说"我活到一定的年岁，诗就来找我"了。我不知道这样的岁数，离我还有多远。通常被认为是生命中最美好的那些事物，青春，梦想，热望，激情，正在一样样渐次挥手作别，那么残余的光阴里，被"诗"登门造访的概率又有几多？"诗"之难以进入我正在经历的生活，正如任何其他的人和事在不绝如缕地进入一样。太多的人告诉我说写作的人应该一定程度地远离身边的人群，远离日常生活，他应该孤独。可是，"一定程度"到底是怎样一个恰如其分的姿态？日常生活的泥沼里滋生着无处不在的触须，它缭绕你，暗蚀你，那种拖曳下沉的力，细碎，圆滑，却又强大，坚硬，有着毋庸置疑的程式化面孔。置身其中，而又超脱于一定距离之外，断不是我这般心性的人能完成的事吧？而人群，又是怎么可以说远离就能远离得了的啊，与他们爱恨纠结、浑浑噩噩的每一天，既是损耗又是养分，这一切构成了我之所以能证明自己的全部依据。如果远离他们的给予和破坏，那我的"孤独"该是怎样失氧的苍白？父母越发地老了，孩子正在迅疾地成长，无论是惨淡的暮年风景，还是被书包压弯了腰的少年背影，都是我醒里梦里如履薄冰的心之疾患。还有，一份已走成习惯的婚姻，像满城玫瑰习惯了年复一年在初春的沙尘天气里绽放，还有，越来越不堪琐屑的职业生涯。常常，在冬天的黄昏，我茫然地立在街头，失去了家和彼岸的概念。那样的时候，我不是没有想到过"远离"和逃脱。然而，硬硬的西北风总是转眼间就刮走那间歇性发作的迷梦，我唯有抱着一篮混沌暮色中已不复鲜艳的水果蔬菜，走向万家灯火中的某一个窗口。除了走向它，我还能怎样地走向自己？我的脚步，总是急促而沉重，每一步都像是适时而至的回头是岸，又像是走向更大的迷途。

如果，心生不出翅膀，纵是身到天涯，怕也成画地为牢吧？

大舍才能大得，这肯定是许多伟大的人淬心砺骨的经验。一个旅人，怎么可能将沉溺于当下与极目于远方真正地兼而拥之？既然你确定自己的生命是为了表达那尚未倾诉的思想，发掘那正在沉睡的感情，是为了赞美大地上一切迷人的事物，抚慰黑暗中所有的心灵，那么，出发永远是必须的。安徒生是一个一生都在路上的人。他终身未娶，漂泊不定，常常构思着童话，从一座城市游历到另一座城市。他虽外貌黯淡，但并非没有资格获得爱情。在旅途中，他的善良和才思往往那么容易博得别人的好感。在一则广为传诵的故事里，一位叫埃列娜·葛维乔里的美丽高贵的女人，在夜行的驿车上与安徒生相逢，她深深爱上了他。而他，根本不可能不爱她。但最终，安徒生拒绝了爱情，选择继续做一个只以手中之笔编制爱情的"流浪诗人"。许多年后，在人生的尽头，他说："爱情是多么美好的事啊，但我从来没有在爱情里生活过，因为我要童话。"

或许，这样的"远离"，也可以解释为怯懦：安徒生不敢让虚构让位于现实，他缺乏在生活中真正经历爱情的能力和勇气，但我仍然认为这种缺乏勇气，就是勇气本身。这个伟大的作家孤独一生，却从未抱怨过自己的生活。如果一切可以重新开始，他要构建的人生依然如此："我真愿只有二十岁，这样我就会在我的背囊里放上一个墨水瓶，两件衬衫，身边带一支羽毛笔，走向那广阔的世界。"

生活充满了太多形态，但属于每个个体的从来只能是他能抓住能拥有的那一部分。譬如我，在远方的大海边，沙滩上，让赤足奔跑的欢笑声和着水鸟的鸣叫飞向更远的天空；在异域的历史陈迹里，感觉到时空苍茫、人在天涯的岑寂辽远；或者，像上文提到的那次旅行一样，在一座擦肩而过的小城里，在一棵静默的花树下，绿色的小河突然荡漾出心有灵犀的涟漪——这样的事，虽时有发生，但梦一般短暂而飘忽，更像是一幅定格的浪漫，一个象征的姿势。真实的情况是，我和大街上太多的人一样，被每一天的日常洪流裹挟着，来去都不由己。日子里布满了皱褶，皱褶里盛满了灰土，而我要做的唯有领受，感恩，致敬，让自己也像一粒尘埃，融于一切包容着我成长着我的平凡卑微的事物们中间，然后，执着地"从尘埃里开出花来"。

杜拉斯说："爱之于我，不是肌肤之亲，不是一蔬一饭，它是一种不死的欲望，疲惫生活中的英雄梦想。"疲惫生活中的英雄梦想，说得多么好。文学之于我，亦如是吧？远方之于我，亦如是吧？

它们空无一物，却始终给人安慰。

天之大

一

那天，二哥打来电话，说母亲住院了，情况严重。不容我询问一言半句，他即刻挂断了电话。我紧攥着手机，一时间脑子有点迷糊。沙发上坐了很久，手机又响，二姐微信语音说，你回来吧。我的手指哆嗦着，只发出一个字：好。

那天是 2018 年 9 月 17 日，农历八月初八。我之所以如此确认生活中从来都习惯忽略的农历日期，是因为——下一个初八，戊戌狗年的九月初八，是母亲的出殡日。

我的母亲，从发病住院到最后的葬礼，只花了一个月。短短的三十天时间。这么急，这么快，她撒手离开，好像，再也等不及一时半刻。好像，再也忍不了一时半刻。

也许，这一次，确是遂了她的心愿了。她常常喟叹自己的老而不死，到头来却死得这么干净利落，一点都不拖泥带水。她常常惧怕自己病瘫在床上，累及儿女，生不如死，事实上，她将生活自理坚持到了最后，尽管那是无比艰难的。她让我们端屎接尿的事情只是发生在医院的强制中。出院后，为了让她接受放在床边的坐便器，我费尽口舌。她是那么执拗地不愿意麻烦别人，她死爱面子，爱干净，极端害怕任何不洁的气味。

也许，尽管如此，她看上去还是活得太久了。久得使她的离去已不足以使太多的人怜惜。我多少次从人们口里听到过关于她的精妙的譬喻，年过八十的人就像在树上熟透到烂的果子，就像是山路上违章行驶的报废车辆，啪嗒一声落下来，吱呀一声彻底熄火，根本是眼皮子底下的事。他们那么自然平常地谈论她的生死，有时当着她自己的面，有时甚至谈笑风生。一个人的死，真的应该是另一些人越来越随意地挂在嘴上的盼望吗？我在心里一遍遍死磕过这个问题，一遍遍不能原谅。但除了拒绝面对，除了不甘心放手，我并不能做到比任何人更为周全。我不能原谅自己，雷霆万钧地胜过了不能原谅别人。

火车。汽车。赶回老家县城的路上，我一直在心里对自己说，肯定只是生个病住个院罢了，母亲不会有事的。人家老人一年里住好几回医院，但母亲从兰州回老家好多年这才是第一回住院，她肯定不会有事的。我相信着自己的安慰，但我的口腔里突然地起满了燎泡。夜色里站到县医院的大楼下时，剧烈的心痛从左胸口电击般蔓延全身，几乎迈不开腿。电梯里挤满了乡音，每一声发音都催人泪下。

终于站到了病床前。母亲的 19 床。大哥只叫了一声妈妈，便别过头抽泣了。那样的母子相聚，在漫长的分分合合中从未发生过。她蜷缩在各种管子下，蜡黄着皱纹纵横的脸。她大睁着眼，以事不关己的涣散眼神打量着我和大哥，然后却又把目光投向监测仪的红光和蜂鸣——她已认不出我们了。

那天距离我暑假开学离开母亲，只过了二十八天。二十八天，我的母亲彻底变成了另一个人。

无法用言辞描述那个夜晚的煎熬。二姐说，你们赶了一天的路，今晚就别在医院守了。于是我回家休息。但我没想到，脚一踏进院门，我立刻后悔了。我无力安顿自己在没有母亲的家里。那个院子，从来没有过没有母亲的时刻。那个院子里，永远都是我们走，永远都是她眼巴巴地看着我们走。当我们回来，无论时隔多久只消推开门，喊一声妈我回来了，她就会出现在面前。她永远伫立在老地方等着我们。

那是第一次，一生中的第一次，我回来了，却不见我的母亲。巨大的虚空，横亘在家的每一个角落，塞满了院落的每一处缝隙。无边无际的虚空，无法被漫漫长夜淹没的虚空。卧室窗外的石榴树，在风中摇了一夜的枝叶，我的心随着那唰啦唰啦的声音抖了一夜。

终于捱到天亮，一口气跑到医院，母亲的气色却比头天晚上明显好转了。早餐她吃了半个油饼，并且说好吃。21 床的大妈过来招呼说，儿子女儿一回来，你就好了啊！母亲微笑着，催促我送香蕉给大妈吃。

情况似乎一点点好起来。第二天只剩下我在她身边时，她埋怨说，谁把你叫回来的？要是我随便这么一病你就回来，那你学生的课还上得成吗？

那时候，母亲的生命已进入最后的倒计时了。但母亲不知道，她以为自己只是随便地一病。她像以往一样，习惯性地念叨我的工作。我更不知道，我以为我和她之间还会有许多的未来。我对她说，那过两天等你好一些，我先回去上班，国庆节长假再回来？她像个孩子一样乖乖地点头，眼里却是深重的不舍。于是我立即打消了去而再返的念头。还是那个 21 床大妈，她悄悄对我说：放心吧，闺女，你妈还很有些活头！我快八十的人了，什么没经过？我仔细端详了你妈的脸，周正得很。一般过世的人一两个月以前，鼻子就慢慢歪了。你妈妈的鼻子，还笔挺着呢。

后来，在最后的日子，锥心蚀骨的疼痛中，我想起大妈的话。我趴在母亲身上，我伸出左手指，又伸出右手指，我一点点地，一次次地，小心地抚弄母亲的鼻子。我就那么眼睁睁地看着，在我的手指下，在我的泪滴中，那个笔挺的鼻子，慢慢塌陷了。

但 9 月 27 日那天，我们是欢悦的。住院十天后，母亲出院回家。我无法预知厄运当头，天真地以为那天是一个失而复得的节日。医生说病情基本稳定，脱离危险期了，但高龄老人的肺心病不可能痊愈的，情况还是严重，几样药一顿都不能停，要按时服用。

母亲是那样地渴盼着回家。在医院的每个早晨，她都央求我们，今天让我回家吧！我们告诫她，好好吃饭就让回家，不吃饭回家没有液体输没有氧气吸怎么办？于是她努力地吃饭，一天天地更加配合医生护士。主治大夫查房时大声说，老太太，你这两天表现好，病也就好了。像你刚住院时那么耍脾气胡闹，我们还怎么治？她认真又礼貌地欠身听着，脸上是羞惭的笑。输液时针管脱落流出的血弄到了床单被套上一些，她希望我们出院前洗干净。这是人家医院的床啊，她小声嘀咕了又嘀咕。

扶母亲走出病房，她招手和护士们一一道别：麻烦了啊，麻烦了！我的母亲，她将克己恭人进行到了最后。她将自己认为的得体和优雅坚持到了最后。

逼仄的电梯，在我的眼里却一派天地豁朗，多日来纠结在我胸口的痛悄然消释了。母亲不知道，我比她更不能忍受她在医院的分分秒秒。她每一回遭的罪，都那么真切地击在我的身上。那天，从中午开始，因为插着尿管她一直喊下体痛，一直呻吟不断。到夜里三点半，我连续三次去找医生，他才同意拔管。母亲不知道，任何人都不知道，那段时间里，我也尿不出来了。我一趟趟跑卫生间，我憋得全身痉挛，却怎么也尿不出来。那根置她于疼痛和羞耻的塑料管，同时也深深地插进了我的身体。

我不能忍受这一切。我不能忍受她的治疗单上，写着的却不是她自己的姓名。每一次护士例行询问 19 床什么名字时，我总是惶惶起身，却暗哑无声。我说不出那个陌生的名字。那个冰凉的，坚硬的名字。

二

一个小村庄，被连绵起伏的大山环抱着，一派云蒸霞蔚的气象。已值仲秋，村子四围的树林灌木依然葳蕤葱茏，鸟声啁啾，衬得整个村子呈现出了乡村想象中典型的唯美模样，蓝天白云，红墙碧瓦，俨然画境。

称为"小村庄"，其实它应该是故乡方圆几十里一带村落中十分有规模的村子了。几百户房舍依山而建，从东到西依次展开，错落有致，视野豁朗，而狭长的南北却呈高低逶迤的坡势，没有坦途。好在四通八达的路已基本硬化，雨雪天气也不会有太多的泥泞了。整个村庄很是焕然一新的样子，家家户户都是藏汉合璧风格的朱红大门檐。据说这里正在进行美丽乡村项目建设，政府投资几千万，前不久，还上了电视新闻。

但村子里并没有多少人，一半以上的人家都锁着大门。青壮年农民的进城务工是和全国任何一个地方一样的，但不一样的是，在村里比青壮年更难得一见的是儿童。是的，村子里只有留守老人，没有留守儿童。这是一个纯藏人的山村，却是一个有文化传统的，对教育具备完全的自觉性的山村。村里的为人父母者无论挣钱多少，当务之急就是把孩子们送去县城读书。尽管村里修建了看上去非常好的学校和幼儿园，但他们还是不辞辛劳为孩子选择教育质量更能保证的地方。

所以，一大群人一长排车突然进村回乡，惊扰到的只是那些在秋日的好天气里倚在家门口昏昏欲睡的老人们。但当他们睁开了眼睛，弄清了事情的原委，他们便慢慢走来，以平和亲爱的声调打招呼：你回来了？回来就好。好像她昨天刚刚离开，好像他们一直晒着太阳等着她回来。

是的，母亲回来了。

居斯。我出生的山村。母亲回来等死的山村。

从此后，世界上，还会有一个地方比它更重要吗，还会有一个地方，让我如此地确知人生已没有前途，只剩归途吗？

我知道，我还需要比较长的时日消化人们对母亲的盖棺论定。关于她的寿终正寝，善始善终，关于她的福泽深厚，功德圆满，关于她的四世同堂，枝繁叶茂。甚至，那天，火葬仪式开始时，天下起了雨，然后，停了，然后结束时，又微微地下起来。喇嘛说，那些懂得的老人们也都说，那是再好不过的吉兆，母亲洗了骨头，干干净净地走了。这意味着她必将顺风顺水地抵达极乐之境，无牵无挂地投胎转世，也意味着她会继续福润子孙，恩荫门楣。

我相信所有的肯定、赞美和钦羡不只是因为死者为大，基于根深蒂固的乡土伦理认知，它们是真诚的。城里生活了一辈子，繁衍儿孙几十人，几十人里没有一个不上路的败门风的。耄耋之年，金秋季节，适时返乡。回乡第五天便安详离世，叶落归根。五天，时间不长，自己既没太受病榻之苦，又使儿孙免于伺候之累。但五天也不短，不致使后事准备落于仓皇，又大可告慰四面而来告别的亲人。就连最后的时辰，都是上上好的。是的，在所有人的众口一词中，母亲的离去就像是画了一个完美的句号。

但为什么，为什么，这一切都安慰不到我？

鞭炮齐鸣，鼓乐合奏，活佛超度，嘛呢诵唱。在长达八天的葬礼过程中，在称为喜丧的一切隆重盛大的习俗仪式中，我都是那个隔绝在人群之外的人。无论他们说什么，笑什么，忙什么，哭什么，我的心里只有一个声音：我的妈妈没有了。我的妈妈没有了。

那天黄昏，当我一个人走到老屋门前的大酸梨树下时，我不禁再次失声痛哭。六岁时彻底离开故乡，如今整个村子东西南北我能记起来能认出来的地方只有这酸梨树下。这是母亲生下我的老屋，这是我幼童时期和母亲两个人相依为命生活的老屋。这里，是我一生走不出的恐惧的起点。我生命中所有的阴影都源于此。母亲，从这里开始，从五岁开始，我便日夜担心失去你。我们曾离开了那么久，我们曾走得那么远，但为什么一切又回到了原点？我终究在这里，失去你。失去你，我的外在身份符码，我的社会生活标识，所有的一切都像是偷窃而来的夸饰，突然被一件件扯落了。一夜之间，我从头到脚被打回原形。居斯村的老人们，居斯村的同龄人们，他们远远就喊出了我的乳名，他们一眼就认出了四十多年前的黑夜里那个为母亲的病痛，东奔西撞四处求援的绝望的孩子。如今，她回来了，终于沦为赤条条的孤儿。

谁能告诉我，五十岁成为孤儿，和五岁到底有什么不同？有什么不同！

这是我一个人的遭遇。这个世界上，无人分享这百年不遇的被掳掠。

一个路过的阿婆扶住了我，她没有劝慰我，而是以近乎严厉的口气教训我：你哭什么？这世上有一直陪着儿女的父母吗？投胎为儿女，不是天经地义就该送父母走吗？你妈走得这么好，你还哭个不停，真不应该啊，你不如赶紧多念几声嘛呢去！

她是对的。身边的人肯定都是对的。我知道错在于我。说到底，我是一个不明事理的人。一个极端自私的人。而且，是一个没有文化根基，没有心灵信仰的人。

母亲停在我们家后来的新屋中。说是新屋，也有三十多年光景了。依稀记得上初中时，父亲经常回乡，说是在建新屋。后来建成了又嚷嚷找亲戚看屋。总之，关于这座房屋的讯息在几十年间总是源源不断地传到我们城里的家，但我从来没来过这个屋。每当家人说起山里的老家，我想到的只是那个酸梨树下的老屋。

这是我第一次来这座叫新屋的老房子。第一次，便是在这种情形下。

母亲停在堂屋的中间，正对着敞开的屋门。她肯定看得见出出进进交织的人影，肯定看得见一院子熙熙攘攘的热闹。是的，一院子装不下的热闹。几天时间内，村里出门在外的人们因为这件事，都前前后后地赶回来了。当许多人一起开口说话时，声浪喧腾得彼此听不见在说什么。山里藏人心肠热，性子急，声音大，当他们全力以赴地投入一件大事时，便全然顾不得自身的形象了。他们步履匆促，搭在身上的外套不时滑下来。他们言语交错，互相交代各种任务。每个人手上都有活，每个人脸上都挂着土，烟灰，煤尘，香屑，甚至肉末，菜星。虽然，我们兄妹几个人已彻底隔膜了乡村生活，不说丧仪礼制，就连自己的吃饭睡觉初来乍到我们都无法安顿，但有了他们，一切便开始按部就班地完成，所有的担忧迎刃而解。我的母亲，历经了八十六年难以尽述的种种岁月，最后，便这样地交回给了她的族人，交回给了乡村古老的宗法礼规。

我的心里，深刻着对这些人的感恩。但我明白，我无以为报，我甚至不知道他们大多数人的名字。事实上，他们是那么容易满足，不求回报。长年在外的我们，回乡时若给他们敬一支烟，端一杯酒，他们便笑逐颜开，掏心掏肺了。我六岁时离乡，我能忆起来的故乡实在太有限了，我不知道过去的老家人是什么样的，但我看到现在的老家人确乎是如此之好。多少年来，无论是在文学的叙事中，还是在日常的表达中，大家都习惯了慨叹"每个人的故乡都在沦陷"。然而，当我归来，我看到的善良，真诚，淳朴，慷慨，却超出了我的想象。醇厚的人情，严格的族规，强大的乡土伦理在我的故乡居斯村，依然发挥着金钱权力不可替代的作用。每有重大事件，村人会立即忘记街头巷尾的龃龉，撂下鸡头狗脑的恩怨，密密地站到一起。他们七嘴八舌，说话就像在吵架，但他们永远团结一致，彼此依傍。

我在所有人的忙碌之外，看着，守着母亲。母亲走后的整整七天，我做过的唯一的事情，就是在堂屋的门口，看着她。这陌生的新屋，这在我们弃置不用的三十多年时间里径自荒芜了的老房子，成了母亲最后的驿站。这座屋的热炕上，我一直紧握着她的手，一直紧握着不肯放松。直到五天后的那个黄昏，那个傍晚，她的手在我的手里一点点，一点点地变得冰凉。直到身边的人硬生生地把我的手和她的手掰开，掰开。

现在，母亲在堂屋，而我只能看着她了。

我看着母亲，我知道她一定是能看得见我们的。她肯定看见了热心的乡亲们，看见了她那么多的娘家侄甥为了她，从四面八方，新疆，四川，内蒙古，甘南州府，舟曲县城匆匆赶来，一来便日夜不停地忙碌。她会不会感到不安，受之有愧？这得耽误孩子们多少工夫呢，母亲肯定在这样嘀咕。但她的心里是欣慰的，她是爱体面的人。她生前一怕死不对地方，二怕死不对时候：若遇酷暑，自己身上会有味道；如逢严冬，儿孙们要受冷遭罪。现在，天时地利又人和，母亲是不是终于放下了最后的心？

我久久地看着母亲。事实上，我只是看着她栖身的居所，那最后的叠床架屋，最后的鎏金鎏银，最后的流光溢彩。她殚精竭虑的一生终等于这些浮华的颜色，这些铺张的荣耀了。

今天天气变冷，妈妈的膝盖肯定受冷了。她肯定冷。我说。

大姐夫瞪了我一眼，立即从我跟前走开了。大嫂斥责我，你为啥老往那儿看，你到别处去行不行！

我到哪里去？茫然四顾，四处都是人。可他们知道母亲的膝盖在冷着吗？我知道他们不相信我。从最初的那一刻，母亲从热炕上被移到这重重叠叠的颜色中的那一刻开始，他们便只懂得天人永隔，阴阳无涉了。我知道我只能接受这个，但我清清楚楚地感知到从敞开的堂屋门，丝丝缕缕吹向母亲膝盖的风。我真真切切地触摸到母亲的冷。这一辈子，她吹了太多的风，受了太多的冷，到晚年，她的膝盖，她的腿关节，是再也招架不住一丝一毫的风寒了。发病住院前的九月，别人都还是未换季的夏装，她却已套上了厚厚的保暖裤。现在，连我们都穿上了棉衣外套，她却那么一动不动地，让膝盖对着大开的屋门，对着秋叶飘零的院落，她怎么会不冷，怎么会感觉不到风！

母亲感觉到的风，像刀子一样剜着我。

我想拿一床毛毯去盖住母亲的膝盖。意念恍惚中，我甚至感觉到自己正在完成那些动作，我的手已经触摸到了她——啊，不！我知道那是多么疯狂的，不可饶恕的举动。我使出全身的力量，让左手紧紧压制住右手。

大侄子平儿听到我的话，便抓着我的手哭了。那贴心贴肺的泪砸在手背上，灼人的痛。表妹文说，姐你不能这么想，我大姑她现在不在咱们这个屋里，她是在自己的好地方。你看这轿棺金碧辉煌的，这是她的庙宇，怎么会冷呢？而表弟英吉悲愤地摇着头：要是知道冷，那她还算死了吗！

英吉一年半前死了年轻的妻子，三个月前又遽然送走了还不算年迈的父亲。我亲爱的二舅，母亲走时是喊着他的名字的。英俊能干的表弟，曾那么充满信心地操持一个殷实温暖的家，如今，人去楼空的感觉使人不忍直视他家的院门，而他偏时时地照顾着我。我觉得在他面前，我为八十六岁母亲的辞世太过悲痛几乎是可耻的，但我无力自控。

所有应答我的人里，只有小堂弟媳妇的话是及物的，温暖的，是在那么一刻稍稍抚慰到我的：小姐姐，你放心，你不知道婶子身上里里外外穿着五套衣服呢，厚实得很。

是的，我不知道。但问题是，那最应该是我知道的。作为女儿，那应该是我为母亲做的最后一件事，是我不容推卸的责任和义务。在我们回村的第三天，大舅妈就特意交代过我，等母亲咽气了，我和二姐千万不能慌神，哭是万万要不得的，一定要头脑清醒、手脚麻利地为母亲沐浴净身，更衣穿戴。虽然儿媳妇们在，虽然这么多的亲戚女人们都在，但按照老祖宗传下来的规程，亲生女儿动手才是最妥帖的。孩子，这个你可要记住哦！送我走到她家门外时，大舅妈又叮嘱了一遍。

但我那时候并不想记住她的话。我本能地排斥，不想直面那可怕的结局。母亲眼见着是更虚弱了，但她意识清晰，她还在吃着一点点饭，我还在悄悄喂着出院时医生交代的那些药。当她每咽下去一口饭，一匙药，我就觉得我们离人们所说的那个结局又远了一步。我握着母亲的手，用我全部的生命谛听着，感知着那依旧怦怦跳动的脉搏。我趴在她身上，她耳边，一遍遍地念叨：妈妈加油，妈妈加油！求你不死，求你好起来，我们回家去，回城里去。

我不知道，大限已至。大限正在一步步逼近。

第五天，傍晚，当最后的时刻到来时，我和母亲的手是硬生生被分开的，我是硬生生被推出屋的。母女一场，我就那样丧失了最后一次触摸她，安抚她，亲近她，孝敬她的机会。一切都是我自己造成的。我咎由自取。我罪不可赦。

后来，当我瘫倒在火葬场的雨水泥泞中，我听到一个声音在说：你哭死都没用，你把头磕破都没用！你妈是白生了你一场了，你连真正意义上的最后送她一程都没能做到。你是你妈最牵心的小女儿，可你因为愚蠢的自欺欺人，从来没看过一眼那些衣裙，那些裤褂，那些靴袜，你不知道它们的用料，厚薄，款式，颜色。她从这个世界带走的最后的温度里，没有一丝是你的气息。

母亲，这是一个死结。这是我对你生生世世的亏欠。

圣者仓央嘉措说：最好不相伴，如此便可不相欠。那么，母亲，因着我对你今世再也无法偿还的亏欠，来生，我们是不是还可相伴？是不是？

三

我和母亲之间横亘着一个夜晚的离别。只是一个夜晚。但它重过了之前我们漫长的分离的总和，也区别于最后的诀别。它就像是命运特意安排给我的深重的惩罚。

那是 2018 年 10 月 4 日，母亲出院回家的第八天，我离家返兰。我走出院门时，时针不偏不倚指向正午十二点。然后是第二天，第二天的同一个时辰，我在原路返回的火车上对着忽有忽无的手机信号，一遍遍哭喊：我回来了，马上就到了！让妈妈等着我！告诉妈妈，她不能死，她不准死！我没日没夜地伺候她半个月，我刚离开一个晚上，几个小时，她偏偏要死，她难道是我前辈子的仇人吗！

是的，只是一个夜晚，情势急转。我头天晚上抵达兰州站时，时已八点二十,二姐电话里说,下午妈妈吃了些面片,还行,但身上软得很。九点钟回到家,再给二嫂打电话,她说好着呢,已安顿睡下了。于是我关机上床,一夜无眠。第二天清晨七点,一开机便是噩耗!父亲说,你妈咽气了。二嫂抢过电话喊,没有,老人急得胡说呢!反正情况不好,现在我们所有人准备出发去老家村子,你们也直接回乡来吧!

感谢上苍,它没让母亲在城里咽气,没让母亲在从城里回乡的颠簸山路上咽气,没让母亲在我们比她迟到村子的那三小时里咽气——她坚强地挺到了第五天。五天里,她等到了一些人,呼唤了一些没等到的人,她表达了未尽的心愿,也听到了儿女们的承诺。五天里,她流泪两次,不过是眼角滑下的一滴、两滴。笑了三次,却是嘴角绽开着,双眉高扬着,从内到外笑透了的那种。母亲最后的欢颜,依然有着摄人心魄的美。五天里,她被儿子女婿背出去看了老家的院落,那些山和树和蓝湛湛的天。她看到了什么,想到了什么,终于确认了什么,她累了,不想再说。

就是这样,在2018年10月5日,母亲回到了阔别四十三年的老家。10月9日,她永远地闭上了眼睛。

可为什么,在这一个个时间段里,有一个只属于我的时间,2018年10月4日中午十二点?那是母亲今生今世最后一次眼巴巴地看着我走,那是今生今世我最后一次狠心丢下她走。是的,我和母亲之间横亘着一个夜晚的离别。只是一个夜晚,却险些使我们母女一场,成为孽缘。

尽管在村里的几天时间里,她的手在我的手里,她的眼一次次温柔地看向我,就是在最后的时辰,我也知道她清楚地感知着我,尽管我说妈妈我没有骗你吧那天我走时说请了假就回来伺候你现在我回来了我不上班不上课了时,她重重地点头,并且出声答:哦呀。

尽管如此,我的生命中还是陡地多出来一道坎。余生,我每迈一步,都将有这道坎横在面前。母亲，尽管你相信我，原谅我，可我自己怎么原谅得了自己！10月4日我走时，你还在城里温暖的家里，你还一如既往地坚强自律，卫生间门口，你甩开我的搀扶，你说你得靠自己。10月5日我来时，你却躺在老家陌生的炕头，喘着粗气。来来往往的每一个村人，就连门口大白杨树上的喜鹊和乌鸦都知道，母亲，你是一个回来等死的人。

人生何以如此残酷。一个晚上，到底发生了什么，为什么成了生和死的距离？一个晚上，我离开是为了什么？

母亲出院回家的第二天，精神比头一天还要振奋一些。清早扶她到院子里，她说你先忙去，我锻炼一下，然后便和平日里一样，一下一下小心地踮脚，一下一下往后仰脑袋。等她锻炼完了，我让她洗脸刷牙，她说还要梳头呢，我说早饭吃完再梳吧，大早上摘帽子怕感冒了，她几乎是以豪迈的口气回答我：不会的，没那么娇贵！

母亲干干净净地坐到了沙发上，她和父亲一左一右在我的身边，我们三个人安静地吃早餐。父亲替母亲剥了一个水煮蛋，母亲说，给女儿也剥一个。我说我不吃，两个老人同时瞪圆了眼：为啥你不吃！

那是2018年9月28日，没有人告诉我，那是我作为父亲母亲最小的孩子，最小的女儿，最后一次享受父母双全、承欢膝下的人生。

那天的幸福一直持续到晚上。晚上，二姐家里在给小孙子卡卡过生日，他们再三请我过去凑一下热闹，我看母亲离不了人，就坚持没有去。老天开眼，那晚我没有分心离开母亲！老天开眼，让我在接下来的几天里，无论亲戚侄甥们怎么盛情邀请，我都执意守在母亲身边，一步都不曾迈出院门。

只有失去以后，才醒悟到：当时一个平常的简单的疏忽，在今天慢镜头般分分秒秒的回放里，会成为无限放大的悔恨和痛苦。

那天晚上，母亲和我说了许多话，让我安心的，以及让我气愤难过的。有些叮嘱，譬如关于父亲，关于大哥，关于大姐的二女儿燕，现在想来确是遗嘱无疑了。她甚至很亢奋地坐起来，披着棉衣清点了一遍手头枕边的她的个人物件。

如果我有关于这方面更多的一点生活阅历，我或许能从母亲的言行举止中嗅出不祥之兆。但我没有。或许，我在潜意识里拒绝承认。上天做证，我就是在回到居斯村后还一直没有放弃过再把母亲带回来的决心！我一直等着奇迹出现，直到一败涂地在自己的愚顽上。

次日下午开始，母亲却眼见着颓靡了。然后是 30 日，然后国庆假期开始了，孙子孙女们都领着孩子来。白天，孩子们的欢笑吵闹声几乎挤破了院子，恍若让人回到了过去，回到了母亲的全盛时代。但夜是寂静到让人心悸的。父亲睡去了，我一个人守着母亲，越来越发现她的无力，她的空洞。我说妈你说点话吧，她说说什么？我说随便说什么都行，她呆呆地看我半晌，然后恹恹地闭上了眼睛。像 28 日那样的母女长夜谈心，再也没有发生过。

出院五天了，六天了，一周了，就是在那样的每况愈下中，我才明白过来，母亲即使好起来，也好不到哪里去了。我第一次在心里有了最坏的推算：也许，她最多能熬过这个年。

那么，我怎么能有心力，有体力，完成寒假前这几个月的工作教学任务？

我做了决定后，便买了 4 日回兰的火车票，我对母亲说，我需要回去请假，我这一学期都请假，请假伺候你。母亲盯着我，她的眼睛里三分的欣喜，七分的不放心。那表情让人心碎。她依然是隐忍而克制的，她说去吧。

但父亲一听我要走，直接哭了。英雄好汉了一辈子的父亲，我习惯了他的不服老，不认输，习惯了他的倔强，暴躁，但我不能习惯他的眼泪。于是我也哭了，我哭着对他说了必须离开的理由，也说了一定请假回来的决心。父亲听着，一次次点头，一次次伸手抹去眼角的泪水，像个无助至极的孩子。

心碎到再也没办法打量一眼父亲母亲，我几乎是小跑着出了家门。是的，我必须得走。长时间的离岗请假有严格的手续交接，肯定不能打电话完成。有一部小说集的再版校样和合同催着我签字，一部散文集的书稿要赶紧定稿，发给编辑。朋友的儿子6日结婚，不能不去。

这些事情，我一样都未能按计划实施。没来得及请假，没在合同书上签字，没发出书稿，没能参加婚礼。这世界没有因为我的不在场发生一丝一毫的缺损。鲁迅说过，"时间永是流驶，街市依旧太平"。是的，不同的只是我和母亲。因着貌似重大的这些未遂事件，我和母亲几成阴阳之隔。

只是一个夜晚。我久久地想着这个问题，从母亲弥留之际想到万事皆休，从居斯村想到北京城。现在，当我一个人在荒漠般的家里再次一遍遍回想母亲最后的日子，当所有人的面孔一张张定格在我的眼前，我如梦初醒，我终于明白，为什么我离开了一个夜晚，为什么我和母亲之间隔着一个夜晚。那不是上苍对我的惩罚，而是母亲对我的保护。

几乎是从十年以前，母亲就开始说了，母亲一直在说：女儿，我的事情上，你不能说话，你的哥哥姐姐让你做什么你就做什么。什么时候，你都不能站出来拿主意。

母亲告诫多年，但终究还是不放心我。母亲选择了让我缺席的那个夜晚，那个清晨，成为拿主意的重大时刻。那个覆水难收的主意，那个万劫不复的时刻。

四

母亲葬礼的第二天，我就从居斯出发，回兰，赴京。城市的灯火依次更加璀璨，壮大，我越来越陷入巨大的惶惑：眼前这一切，才是我适合的地方，才是我熟悉的生活，那么，那个遥远乡村里，那些煤烟熏缭的晨昏，真的存在过吗？谁能证明，那些人，那些事，那些哭声那些嘛呢声，真的不是在我的梦中？

和平里大酒店的套房之夜，我把所有的灯，从客厅到卧室到洗手间，一盏一盏地摁亮，然后又一盏一盏地关掉。房灯，顶灯，环灯，射灯，廊灯，台灯，镜前灯，我想我是在琢磨，一个房间里为什么要装这么多的灯，但我的眼里心里只有一个画面：从老家堂屋的木梁上，吊下来一根节能灯管，白炽的灯光照在忙里忙外的杂沓脚步上，照在母亲的棺轿上，那些造型，那些披挂，那些线条，那些颜色，静静地迷离在光影交错中，难道不是像极了一场华丽的梦？

我打电话给表姐金，我开口就问：你说，我妈真的死掉了吗？等了好一会儿，她说，你在哪儿，你还在老家吗？声音里带着抽泣。而我并没有泪。我想，这么说，确实，是真的了。我挂断了她，然后翻出母亲的号码，132094116××。132094116××。

您好，您所拨打的电话已关机。您好，您所拨打的电话已关机。

那么，好吧。就这样吧。

熟悉的东土城路25号。中国作家协会上空的天，有着物是人非的剔透的湛蓝。这是我遭遇如此重大变故后，第一次面对自己的社会角色，第一次面对居斯村外的人。我对选我做"文学之星"的每一个评委心存感激，我认真聆听了他们的发言。中午聚餐时，我也和大家礼貌微笑。我想，除了红肿着的眼睛，看上去我应该与别的参会者没什么异样吧。

但北京城是一座无边无际的空城。

从酒店出门左拐，过斑马线时，迎面一个推着轮椅的中年妇女，她和轮椅上的老太太有着一模一样的眉峰和唇角。再左拐，再过斑马线，不料又逢着一个同样情形的，但这回，推轮椅的和坐轮椅的竟然看上去一般大小，都苍苍着一头白发。心内大恸，望向别处，一个八九岁光景的女孩童音清脆如莺啼燕鸣：爸爸，我给你说！爸爸，我给你说！……但那个年轻的爸爸一直埋头在手机上，无论是过斑马线，还是走到林荫道上，他一直看手机，一直顾不上看顾不上听牵着他衣角的女儿。

地坛公园北门售票处窗口贴着"票价二元，请付现金"的告示，我翻遍随身包并无两元现金，躬身歉意问售票员：不好意思，找不到零钱，可以手机微信付吗？她端坐不动，不张口，不抬眼。又问一遍，还是端坐不动，不张口，不抬眼。若是她与刚才那个冷漠的爸爸一样，是执迷于手机懒得搭理人也罢了，但她并没有，她的手是空着的。我提高了音调，第三次锲而不舍地问：可以微信付款吗？她照旧不张口，不抬眼，但这回身体动了一下，伸手从窗口扔出塑板的二维码。

一个人，何以会如此莫名其妙地野蛮，傲慢，这也许不是问题，问题是公园怎么会把这么不可理喻的人安置在服务窗口，这不是严重地破坏首都北京的形象吗？因为纳闷于这个问题，我简直忘了愤怒，忘了以往来这里时最先浮现在脑海的另一个问题。那是史铁生的声音。他说：死是一件不必急于求成的事，死是一个必然会降临的节日。剩下的就是怎样活的问题了。

怎样活，当然是个天大的问题。所以，史铁生曾经摇着轮椅踽踽而行，走遍了这个公园的每一个角落，试图想清楚。但问题是，怎样活，不是靠想清楚就可以解决的问题。怎样活，甚至不能靠活本身左右。大多数情况下，活比死还要被动，不由自主。所以，他久久地思考只是带累了他的母亲。在这公园里，凡有过他车辙的地方，也都有过他母亲的脚印。后来，那个母亲，没有了。

曾客居北京的一年时间里，我也多次光顾这个公园。我也曾在这里，不止一次地想念过我的母亲。我总是在冷天气袭来的时候更多地想念她。一入秋，一入冬，我便止不住地日夜担忧她。现在，她也没有了。

现在，我终于开始拥有无牵无挂的每一个季节了。

我终于可以放心了。

银杏大道上不绝如缕的游客，拍风景的，拍人的。人们总是性急了一些，看上去，银杏显然还没到最好的时候，那猎猎作响的炫目的金箔之光正在蓄势待发。但与此同时，落叶却已开始飘零了。一片一片，一簇一簇，哗啦哗啦地堆积到了道旁。这些叶子，它们中的大多数都还没长到应该的样子，那最后的金黄尚未实现，便在猝然而起的冷风中萎然落地，沦落为污迹斑斑的焦黄。树上和树下，这黄和那黄之间，该有多少不甘心的安排？

花开叶落，生老病死，自然规律。是的，这么多天来，我听到最多的就是这些宽慰的话了。这些人人都懂的道理，其实，我也是懂的。但剩下的就是如何面对，如何消解的问题了。一个人离去了，你眼看着她闭了眼咽了气，眼看着她化为青烟，眼看着亲人们收敛了她的白骨，但为什么，她的脸还在你的手中，那种亲肤感真真切切地停留在你的指尖，她的呻吟她的呼唤还在你的耳边，夜半梦醒时，她的喘气呼呼地吹起了你脸上的发。这泰山压顶般的存在，我要如何统统视为虚妄？这虚妄的纠缠，我要有怎样的时日才能卸落？

母亲，十二天了，十三天了，终于十四天了。你以每一个夜晚指证着你的存在，如同在寸寸思量的白天里，你的不存在如此地穿过我。

　　离开北京的那一天，天空不见了来时的蓝，驶往机场的出租车走走停停，像是我对这个城市欲走又留的眷恋。是的，我平生第一次对这个城市生出了眷恋。神州之大，却偏偏逢着它比任何一个地方更早地容纳了我的恍惚，我的惊惧，我的颓散，我无处安放的丧母之痛。从此之后，它的每一个落叶季节，都将是我遥望祝福的方向。我甚至冲动地想要掉转车头，奔向二侄子的家。那个北京城里唯一的亲人，我想刻不容缓地见到。

　　其实侄儿也是刚刚从老家回到北京。那晚在老家，大家问询他一路的辛苦时，只有我说：奶奶已经没了，你现在这么日夜兼程地赶来，有什么意思，不如这两年回来看看她。听到我的话，他没有辩解，没有怨怼，而是伸手握住了我，搂住了我。在母亲咽气的那面土炕上，我们久久地相依无言。灵犀相通的安慰，使我明白，就是那时候回来，哪怕就是在葬礼的仪式上回来，也是值得的，也是亲人们需要的。

　　我从来没有像这一刻，如此地需要血浓于水的支撑。我怀念居斯村，怀念那些昏暗，那些局促，那些不适，那些硬凳子。我怀念居斯的人，那些喜欢讲国家政策喜欢谈古论今的人，那些吹牛皮说大话的人，那些扎堆说话就像吵架的人，那些做事不使坏心眼的人。我怀念我所有的表哥表弟表姐表妹堂弟弟媳，他们煮出来的肉，擀出来的面，烙出来的馍，比他们自己想象的更好吃。他们哭过的那些泪，守了的那些夜，背过的那些东西，以及，最后顶着、抬着的那面轿，这世上，再不会有什么，比它们更重了。

　　我怀念我的家人。母亲的孙子孙女们，我亲爱的侄甥们，你们曾团团围坐在她的身边，等着她锅里的饭菜，笼屉里的馒头。后来，当你们一个个长大，远离，那是她不堪重负的孤独，也是她借以慰藉余生的念想。你们有些人一出生就离开了居斯，有些人甚至从来没有去过那个山村，为了她，你们齐刷刷地赶来了。你们对得起她太多的辛苦操劳，对得起她一生的焚心似火。当你们黑压压一片跪下去，便成就了她最后的繁华。没有谁可以独善其身，她的完满和齐全是因为你们的馈赠。

当我降落兰州，当我再次走到去往家的方向，千万个不愿，不舍，不忍，拉扯着我。我的脚步滞重似铁，每迈一步都想退后一步。就在这一刻，如此彻底地沦丧了家的概念，家在哪里？我不愿回我孑然一身的家，我甚至忘了舟曲县城那个院子才是多少年我们真正的家。现在，我只想回到母亲最后的家，我的居斯。

我不想一个人待着。我想回到许多人中间。虽然没有一个时刻，一种来自群体的同在感曾一丝半滴地抹杀属于我的个体疼痛，但我还是想回到他们中间。回到那绝无仅有的母语的庇护中。

母亲，我不想自己一个人待着。

五

后天，是母亲的四七。这么快，已经过去二十八天了。

今天是第二十六天。第二十六天，我坐到了键盘前，我开始写你，母亲。

我不是要纪念你，我是想要救出我自己。

曾经，我不喜欢一切的追思文字。我以为最痛的伤只能深藏在心，最苦的那句话说出来便失了分量。仅仅是在现在，仅仅是到了此刻，我才懂得，为什么杜拉斯说"身处一个洞穴之中，身处一个洞穴之底，身处几乎完全的孤独之中，这时，你会发现写作会拯救你"。是的，当所有的彼岸都弃我于无眠的夜晚，当白天接着夜晚一个个都变成无边无际的洞穴，我终于知道，我和所有的写作者一样，只能企望于这样的拯救了。

我不试图写出母亲的模样。也许，关于母亲，关于她长长的一生，我终究不能不写，但那一天尚未降临。我也不试图提高自己，努力抵达人类共同的情感和经验，以文字表达痛惜和怀念，以文字温暖伤悲和残缺，以文字记录生命与尊严，以文字见证平凡和伟大——不，这些现在我还都做不到。我的悲，我的痛，前无古人后无来者，写出来却不过一堆泛滥的感受。烈焰焚心，我沉迷于一己的执念，没有沉淀，没有提炼，没有结晶，没有升华。我打不开那面朝阳的窗，我的褊狭之笔无力成为一叶救赎之舟，泅渡我于黑暗的河流。

然而，我只能写出来。一枚钉子钉在我的胸口，我想把它拔出来。母亲最后的时日，我想一天一天一笔一画地写下来。

唯有写出来，记下来，我才能走过自己。

六

萧红说，我一生最大的痛苦和不幸，都是因为我是一个女人。

1932 年，农历壬申猴年，在萧红的家乡哈尔滨落入日军之手，东三省全线沦陷的那一年，我的母亲降生于青藏高原南部边缘一个普通的藏族家庭。八十六年的人生中，她依次是父母的长女，六个弟弟妹妹的大姐，一个强势男人的妻子，五个儿女的母亲，十个孙儿的祖母，十二个重孙的曾祖母。她有时耿耿于自己吃过的所有的苦，所有的亏，有时又为今生的一切庆幸连连，感恩不已。年纪大了，像个小孩阴晴不定，其实，许多时候她也拿不准自己。但毋庸置疑的是，她不喜欢在下一个纪元的轮回里，再做这样一个自己。她说，我要投胎转世为男人。我下辈子肯定是男人，一点问题都没有。

　　说到高兴处，她在花木掩映的庭院里站起来，她目光烁烁，望向我们，望向高天流云，最后定定望向禁锢了她晚年的那扇门。好像，她将要脱胎转世的那个男人，那个下辈子的男人，就要吱呀一声推开那扇门，走进来，走过来，站到她的面前。

那个春天，堕落于爱和更爱之间

当我再次抬头望出去时，我看到了那一树粉白的樱花在我的窗前绽开了雪也似纷纷的花朵，以及，更远处的某一处，淡淡地氤氲着明艳的色块，那娇黄，该是迎春，而像一只只振翅的白鸟镶进灰色天空中的，只能是玉兰的姿势——可这，是什么时候的事？明明，寒流前几日刚刚席卷过我的城市，明明，天气预报说，它即将再次光临。

为什么，我总是嗅不到第一枝春天的气息？

为什么，我总是不明白川流不息的冬去春来中逝去的那一个自己？我从一个地方急急赶往另一个地方，我走路总像在奔跑。但在貌似焦灼于光阴的紧迫中，我日复一日，让时光在面目全非的荒废中流走。事实上，总是有人更洞悉我的虚度，半生为人，听惯了你要是抓紧时间肯下功夫便会怎样怎样诸如此类的忠言劝诫。是的，我若抓紧时间肯下功夫，相信人生已然是另一种风景。甚至现在，我若抓紧时间肯下功夫，有太多事情或许还来得及。然而，那些有重大意义的动作，那些我终究不能完成的业绩，潜伏在等待中，已一点点接近于风化。它们被我伤透了心，就像一顶旧草帽，终于被风鼓荡而起，扣到了另一些更有准备的人的头上。

女儿说，妈妈，我们开始排练毕业典礼的节目了，到六一儿童节，我们要给家长表演，还要和老师告别，和中班小班的小朋友告别，反正，到那天我们幼儿园会有很多人，你要穿上那件漂亮的连衣裙来参加。我怔怔地望着她，一时间不能明白她和毕业典礼这样的词语之间的关联。这么快，她就要告别滑滑梯，蹦蹦床和旋转木马的快乐相伴，让小小的肩背驮上沉重的书包，从此开始一步步走进无数不情愿的日子？这么快，曾咿呀学语的她就能如此清晰地表达自己小小的虚荣了？是的，她希望我能更鲜艳地站在许多妈妈中间。那对于她，肯定是一个重大的日子。

而镜子里的我，一副与窗外的春天极不呼应的样子。这样的表情和姿势，定然不适宜出席将要隆重降临的那个儿童节。这样一天天消磨下去的我，或许越来越不适宜出现在我的女儿将要接踵而至的更多的成长仪式中？那么，一个注定要渐行渐远的女儿，她到底更需要一个让她骄傲为她榜样的光亮的母亲，还是被一辈子的鸡毛蒜皮折损了心智的庸碌的妈妈？在偶或闪过的警醒里，我忍不住这样想。这样想时，我仿佛已经看到了自己最后的一幕，容颜凋落，心神枯干，在未来的美丽新世界紧闭着的大门外瑟缩发抖。这无事生非的臆想，看起来更像是一种水落石出的谜底。我时常为此陷入弥散不绝的凄惶。说到底，我终究是一个自私的人。

已经很久了，关于生活，关于生活中一切好的，坏的，我正在从头开始学习三缄其口。我不再将纷纷的意绪诉诸笔端，文字的润泽，像一管被挤瘪了的牙膏，喷涌而出已是豪奢的想象。是的，我匆匆穿梭于活着的一切具象化过程，忘了有一些心愿曾经那么切近地照耀在我的头顶。写得密密麻麻的那本旧笔记簿，其实还有最后的二十页空白，如今它躺在步步为营的灰尘中，不忍回眸正视我的困顿，如同我以同样的一言不发逃避着我的遭遇。

也许，我是在等待什么？或者，我只是还不习惯一场旷日持久的冬天终于过去的事实？其实，习惯总是伴随着承受突然地发生，从来不会有一个春风化雨的过程，让你反刍所有的来龙去脉，一切的可疑和许多值得辨认的细节。一个人要走过如影随形的戕害后，才会懂得，一些时间渺如云烟，而另一些，总是长得像透不进光亮的隧道。

没错，事情就是这样，一次失败之后，必定还有许多次。我从遍布的沉沦中走来，前进一步总仿佛倒退一步，只空自消磨了些根蒂。那些终被挥霍的怜惜，那些焚心以火的喟叹，那些落地生根的荒凉，它们像一座座峥嵘的冰山，凸出在我所经历的岁月之海中，仿佛每一座都别有深意，最终却无一幸免地融进了最庸常的撤离。谁说人不能两次踏进同一条河流？去年的堂前燕子翩然飞来时，我仍困守在残羹冷炙的重复中，就连茕茕孑立的身影都不出意料地被放逐。又一年就这么过去了。

母亲来电话说让孩子吃好穿好，千万别生病。总是这样。总是说不尽的孩子，我的孩子和更多的她的孩子们的孩子。而我也习惯了开口第一句就说：妈你好吗？孩子挺好的！从我成为妈妈的那一天起，母亲就把放在我身上的一颗心放到了我孩子的身上。这就是母亲的时间，我七十三岁的母亲。她做过的饭菜已长成我们身上的血肉，她臂弯里的孩子一个个长大，走向远离她的世界。可孩子们长大后又有了孩子，我的母亲的时间仿佛是一座不断吐故纳新的仓房，从没有过青黄不接的空漏。但为什么，充实和虚弱越来越长成了一样的面孔？真的有一座这样的仓房，在我母亲的生命中吗？有谁真正懂过，又有谁真正愿意去懂，岁月带走了我母亲的什么，又留给她什么，如今，还有什么是她能紧握在掌心的？

没有谁能了解时光背后的东西，其实，对于我的母亲，许多事情还没开始就已经结束了。或许，她都来不及回忆那最初的一步是怎样迈出的，转眼间便荒芜在微不足道的错误里。这仿佛是千年的定局，残阳真的如血，那种搅混了一切天命的黏稠，那种冲淡了一切戕害的释放与凝固。我的母亲在走过的路上，唯一学会的是熟悉它。熟悉藏匿，牺牲，以及光荣的难以为继。但没有什么，比爱的承诺和坚持更为重要，我白发苍苍的母亲啊，仅仅是在三年前，她还让自己笑得那么年轻，还那么执着地沉浸于手中的粮食和蔬菜，那是她一生的物质生活，也是从无旁枝逸出的精神砥柱。忙碌在厨房的油烟中，我的母亲，总无暇抬起头打量四季在她窗前的绽放，但一个热气腾腾的院落，就在她的眼皮子下面。它在，她所有的苦心经营便都在，她所有的旖旎情致便都在。那个让人过目难忘的庭院啊，哪一处角落不是对我母亲浪掷了的年华的证明？每年春天，红玫瑰和紫丁香总是同时开放，梨花融融芍药灼灼恍若画境，天气热起来时，高大的芭蕉树撑起了一树清凉的阔叶，蔷薇的花瓣一直攀到了金银花墙上，石榴花是火焰一般的，还没等到满树盛放，整面的青砖墙便被蹿红了，寒露时节，葡萄架下云蒸霞蔚铺开了各色菊花……

就是这样，我的母亲曾使我那么真实地拥有过一个梦似的花园。现在，没有了。

现在我在另一个春天，确认着自己和那个废弃在花木如荫中的娘家之间的距离。我知道，远方在发生着什么。这一天一天熬下去的春光，对我母亲意味着什么。朵朵昨日之花，变成了一根根黑色的芒刺，在深溺无底的梦境里扎进我喊不出声的胸膛。而母亲的眼神依然有着光热的穿透，当许多事物的真相脱颖而出，一些水乳交融的人情渐成秋后的草场，如一场终于散了的盛宴时，我的母亲，却还没有学会接受自己的不能馈赠无力馈赠。她已完成了一生的充分燃烧，当火星灼痛双眼时，她不懂得那不过是余烬在烛照记忆，她总是恪守着自己内心的规则，开口便是过问，劝诫，叮嘱，她仅剩的所有的热情都是关于孩子。总是这样。总是说不尽的孩子，我的孩子和更多的她的孩子们的孩子。她看不见自己，当她蜷缩在被筒里，她就单薄得像一个孩子。当她立在人面前，她一天天矮下去，更像一个孩子。一个已然失去了生长和前途的孩子。

终于到了这一步。爱，一度是神话，后来便成了一种习惯，成了恒久忍耐的生活本身，再后来，走到岁月的尽头，它是绝境。

倒春寒果然说来就来，昨夜，连风都失眠了，呜呜的声音撕裂了案台上我刚刚写到第十七行的关于玉兰和白海棠的诗稿。我知道气温正在逆向前行，以最快的速度逼近零度以下，我知道有一场雪将要落下，那么，那些已经开了的花，这个已经莅临的春，在乍暖还寒的凛冽里，是怎样一副最难将息的姿势？我是如此急切地想到了它们，可我终究是不能焐暖它们的，我与它们隔着两层窗玻璃，一个长夜的距离，甚至在一首终于动笔了的构思中，我都不能将关心进行到底。半途而废，妥协，放弃，这些居心叵测的词语总是藏在更多词语的后面伺机而动，一有风吹草动，便倾巢出动，鱼贯而上，我和我孱弱的笔在这样的全线出击面前，总是溃不成军。是的，当又一篇文字宣告流产时，我是无奈的，无力的，而不远处，飓风正在凋一树一树的繁花。大雪助纣为虐，带着这个节气才有的沉甸甸的水分，重重地压向在风中凌乱的残红愁紫。

送女儿上幼儿园，她不明白自己的棉毛衣裤为什么已被收进了柜橱却又拿出来套在身上。一个快要幼儿园毕业的人了，却还是不明白天气的反复无常和寒冷卷土重来的速度与力度。她穿戴得像个小狗熊，极不甘心地瞪着镜子里的自己，再一次发问：妈妈，今天真的不可以穿裙子吗？我五岁的女儿对穿裙子有着近乎狂热的追求。为什么天天都不能穿裙子？老师说迎春花都穿上黄裙裙了，我也要穿！她气愤地摇着我的胳膊。有时候，她会因此哭着不肯出门，委屈的泪弄花了她胖嘟嘟的小圆脸。然后我牵着她走进清晨的冷空气，袅袅白气随女儿小小的话语飘荡。妈妈，我可以先玩滑滑梯吗？我低下头，女儿的小脸上是让人不忍拒绝的企求。我回过身，被风雪扫荡过的校园里，所有童趣缤纷的色彩上都抹上了难以面对的冰冷和坚硬。我知道我宁可毁掉女儿新的一天的又一个快乐，也不愿让她的小屁股坐到结着冰渍的塑料梯椅上。不，宝宝！早上不能玩滑滑梯，现在天还没有暖起来。

像个无助的小猫咪，我的女儿低眉顺眼被牵进高高的楼，我望着她的背影，掌心骤然失去了一双小小手隔着毛手套传递的温热。疼痛似乎如此无足轻重，却又浸漫到身体每一根神经。我知道我不是一个心智健全的好妈妈。我知道我该让风冻红女儿的鼻尖，让阳光晒黑她的小脸，让她快乐的笑声像鸽哨清凌凌地飞过我的耳畔，可我竟然不能。我恨不得自己化作口罩、帽子、围巾，将她重重叠叠地包裹，我恨不得将自己的最后一点热力挤给她。孩子呵，妈妈多么不愿意你过早地懂得生活中无处不在的妥协。可五岁的你必须得面对妥协，向不能穿裙子不能玩滑滑梯的冷天气妥协，向愚蠢而专制的妈妈妥协。

一群小鸟啁啾着飞落秋千架旁，觅食清冷的太阳。就几缕稀薄的光束，它们捕捉得那么执着。我的意念里，是无限放大的女儿受伤害的表情。我不知道丢下她在这里，我该回到哪里去。就在那一刻，莫名身心溃散，失去所有需要奔赴的目标。只有她的哀怨牵扯着我，只有她的依恋肯定着我。天地之大，而我能拥有的却不过是卑微的一景：她鲜艳的身子从几步开外就扑过来偎进我的怀抱，急切的呼吸像小雀儿的绒毛拂过我的脸。而当我抱起她，我们缠绕在一起的臂膀就像是生出了朝向天空的翅膀。

　　但现在，我只是更多地拉着她的手。她越来越大了，我已经不能轻而易举地抱起她了。当我拉着她的手，走在每日要走的路上，我总是无法不想起几百公里之外的我的母亲。我知道，我也曾将自己的手像此刻的女儿一样，安然地交付给另一双手。只要拉着那双手，就是在最黑的夜里，我都没有过害怕。而现在，那双手是那么地怯于表达，就是在久别重逢的喜悦里，它也只是低敛着自己的愿望，不肯急急伸出去。当它彻底地拥有了枯槁，它便开始止步于理直气壮的抚摸。我常常想着那双手，握着它们，不愿松开，一如在现时态的生活中，我能做的，只有更紧地握住女儿的手。我们相依着，一日日走向我的衰败，她的成长。我的漫漫的孤独，她的远远的未来。这样生生不息的交错，是多么令人伤感又使人振奋的生命的奥妙啊，一个人的后面还有一个人，一条路的尽头总会生出另一条路，四季轮回更替从无死灭，万事万物都在既定的轨迹上行走着，既如此，本无偏差，何须埋怨？

　　难道是为了让我更深刻地明白这些道理，老天才安排了这个突如其来未老先衰的春？是的，我竟是如此必然地来到了一个季节的遭遇前，面对曾隔窗遥望过的那些姹紫嫣红们体无完肤的被掳掠。正如我在昨夜风雪中所担忧的，它们已被猝不及防地推向了荼蘼。仅仅只是隔着几小时的距离，所有的百媚千娇无一幸免变成了扑簌簌的花雨，蜷卧在园里的旧草间，树下的淤水中，路边的践踏下。就算早夭对花儿来说从来不是稀奇的命运，但这样遽然的零落终究也是太过仓促了吧，然而，映入我眼帘的它们，那么知命，安静，没有狰狞的挣扎，狼藉的自弃，也看不出诡谲的随波逐流。当风流陷于泥沼，展现给世界的却是一样的含蓄蕴藉，一样的舒卷自如，仿佛它们从来不曾以那样炫目绝伦的形象高挂枝头之上，仿佛昨日的繁华和今天的忧患实在是同样的遭遇，仿佛它们早就明了花开叶落无非是一场命定，宠辱不惊才是善缘。

是不是，我读懂了一场花事，便真的懂了那向我席卷而来的一切？那么，我从此不会再逃跑，不会先自离开属于我的天命、责任，从此变得更忍耐，有足够的勇气去看清那些最致命的美和打击藏在什么样的日子中吗？可为什么，远方永远在比黑暗更黑的地方，等待着我的跋涉，却分明又摆着那样事不关己的面孔？——这简直是一个天大的骗局。那些容易被归纳被领悟的规律，总是披着放之四海而皆准的普世的外衣，看上去确乎像是一种真理。当我踌躇于这样的似是而非时，又一夜噩梦渐次隐退，灰色的晨曦盖满了窗。呵口气，我看到了玻璃里的我，黑发柔顺，不带丝毫厮杀的痕迹，双眼依然盛满了貌似天真的疑问和企求，饥渴，孤寂，外强中干，这样的一张脸，与我想要索取的纯粹和决绝相去甚远。

寒流似乎终于过去了，几场润润的雨，而后是天晴如海。园子里像是重新开张了又一场盛宴，另一拨花儿敲锣鸣鼓，有的开，有的蔫，一天一个样子。这个迷途知返的春天，长得像一道了无结局的引诱。

可诗是不能再重新出发了。那首落在我久违了的笔记簿上的春之语，像它所吟咏的花儿一样，在错开的季节里蹉跎成了擦肩而过的邂逅，终究没能完成一次弥足珍贵的停驻。无力诉说的永远无力诉说。绿色，热望，花开鸟鸣的企求，丰硕的爱与梦幻，这些总是在煎熬着我的东西，以及更完整的幸福，当它们再一次从我的手中滑落，远逝时，我甚至被疼痛遗弃，那因爱成伤的收成怎么也撒播不到我佝偻的身影上。

但这样的结局让人始料不及：青春，终于像一件缀满花边的锦绣衣裳，被时光之手褪离了我，终于像一群欢乐之鸟，一哄而起脱逃了我，但我竟然还能不可救药地感怀所有的得而复失。窗外是恒远的天，是我混迹于其中的背离我又包容我的人群。怎么可以拒绝这个多舛的花季，怎么可以拒绝泪水和感动啊？有谁能在没有爱没有恨的路上望到尽头？

记忆在心底沉淀出一面澄明的湖，那些生命中的所有的人，鲜活地伫立在水中央。当我回望他们的方向时，怀念如雨后新苔般洇开，我不得不自问，谁有理由如此长久地沉陷于独守岸边的畸零？是的，我曾确凿无疑地接受过他们手中大朵的太阳，我本应知道在我走过的路上，每一步都有他们的足印深深浅浅相伴左右，像无言的鞭策，又像坚实的依傍。当隔绝无可选择地横亘于我们之间，事实上，我已被丰盈，被壮大，已被深深地滋养。这个苦恨无边的世界，惯于将人们的满目疮痍玩弄于股掌之中，但它终不会让一个人两手空空地走开，赐予和剥夺总是同时降临，而抵达早已藏身于远离中。

深深的夜，贪玩的女儿在睡前故事中睡着了。她的梦走进了童话的大森林，那里有数不清的花草野果，小兔儿的篮子里装满了露珠儿滚滚的大蘑菇，胖胖熊和小松鼠从树皮小屋里伸出脑袋喊，快来跟我们做游戏！她胖胖的小身子燕子一样飞过去了。我看到她在梦中绽开了花一般的笑。这一刻，连她也松开我的手了。我知道我站在她的梦境之外，一如我的母亲，早已必然地收回去了那双牵引之手。我知道其实所有人的日子都是这样过来的，日子总是比落花还多，比遗忘更快。前仆后继的日子里，人们没有往事，一路姣好地走向明天。可谁能逃得开那最后的功课？——没有什么能湮灭爱的无始无终。就连时间都不能。

窗外夜色如诉，清冽的春日夜空中是一轮硕大明亮的月，那样的苍凉却蕴蓄着一种赤子般的绝色，仿佛昭示着可以重新起程的答案。我再一次打开那本笔记簿，是的，不能被述说的生活，在经历了这么多之后，依然是无法想象的。尘归于尘，土归于土，我，终于归于了和母亲殊途同归。尽管，港口仍在，我却再也回不到原来的岸上了，尽管，在这个春天，那开满阳光和花草的庭院，从此构不成我母亲的现在，但我从这个夜开始，或许还来得及以心培土，以泪为墨，把这支补救的颂歌供奉到她的足下。是的，是时候了，我这样地堕落于诵读光阴之书，已经太过长久了。我知道我必须起身，关紧门窗，默默地为心中的另一个花园浇水。当季节风再吹过时，让自己挺立成一棵开满了花朵的木棉。

那么，这么多日子和故事，你们看着我走下去吧。

怀念故乡的人，要栖水而居

2016 年 10 月，我携着中国作协定点深入生活的任务，回到我的家乡——甘肃省甘南藏族自治州舟曲县深入生活。

我曾经以为，我是不需要到那里体验生活的。我一直浸淫于那一方水土热气腾腾的气息中，与它的生活水乳交融。那是一个群山环绕的小小的城，落后，封闭，单调，勤劳暗淡的人群恪守着周而复始的节气，和比寒暑交替更坚硬的习俗礼规。用功读书的少年，从小就立志远走高飞。事实上，那是一个美丽的小城，北方古城的典型形貌因暖温带气候平添了几分水灵和旖旎。它多树，花香果香氤氲在润泽的空气中，弥散不绝。它多水，九十九眼泉流经城里大小角落，看门护院的大白鹅在水面上游来荡去，隔老远就对着抄近路上学的孩子喔喔地叫。一条激荡的大河，从西南方向穿城而来，呼啸而去。因为它，我的儿时波光激滟，四季葳蕤。

多年后，我成为一个写小说的人。我写了不少故事了，但我还没有写到舟曲。甚至，我都没想到要写它。从一开始，我就不是那种善于挖掘、利用题材便利的作家。我总在写一些现时态的生活，而舟曲，毕竟于我已是一个需要回望的方向。还不到怀旧的年龄吧，将来总有大把的时间可供面对故乡，我这样想。我以为那个童年之城永远在我的身后，就像我愚蠢地以为我那个花开鸟鸣的娘家始终属于我——直到2010年，一场宿命般的夜雨，一场倾城之殇，把承载着我太多成长记忆的物事埋到了泥沙的深处。

在灾难的两周年忌日，我完成了献给舟曲的第一部小说，那是我自己的一个仪式。它虽未能有效解决劫难留给我的巨大的空和惑，但由此开始，我慢慢明白着自己和那座城之间的许多。我还不清楚这一切预示着什么，但一个故事之后接着是许多个故事，"往事不会逝去，往事甚至不会成为过去"，它必将在文字的镌刻中留下见证。

离开故乡的人，能栖水而居是幸福的。在我生活的城市，有一条更大的河自西向东，日夜奔流着。它常常使我恍若身在故乡。事实上，我离开那最初的河流已经很久了。事实上，我之所以走上文学之路，就是因为有那样一条河，横亘在我寂寞的少年。记得人生第一首诗突然涌现的那个午后，风卷着枇杷花的芬芳，吹皱了少不更事的沙滩。命定的出发，就那样开始了。那时候，年岁太轻，更多的隔绝和封闭，空虚和荒凉，还没来得及展开，我不知道，那些珍重存留的，最后都要像细沙从时间的指缝中散落。

如今，所有的失去落地生根，那条河却在梦里梦外萦回不已。我分明听到它两岸的蒹葭呼呼地掠过我的耳边。隔着二十年浩荡的时光，我依然辨得清那无与伦比的风声。文字的指引使我看清，这么久的踉跄前行中我在抵近着什么。我终于懂得，世间从没有徒劳的开放，兀然的飘零。原来，文学成为我疲惫生活中最后的英雄梦想，是为了以它稀薄的翅羽，为我构筑一角故乡的屋檐。是的，没有谁，可以与一种来自血脉的庇护彻底错失。

然而，文字变得异乎寻常地困难，当我试图继续开掘业已开始的故乡题材时。之前的写作经验里从未有过这样多的停顿，纠结和思虑。人说近乡情更怯，人说每个人的故乡都在沦陷，而我的故乡是那么凶猛那么突如其来地完成了沦陷和重建。是的，当我又一次站在故乡的大山下，寻觅童年的足迹时，我看到了一个崭新美丽的舟曲城。不只是怯，更多的是震惊，振奋和感动。那样的感动像极了一种疼痛和伤感：我那些逝去的亲友们，真的是永远地逝去了。而故乡，已是一座全然陌生的新城。

这才发现，其实一直以来，我的故乡想象停留在炊烟袅袅、鸡犬相闻的田园诗意中，它与那种庸常而肤浅的怀旧情调并无二致。但事实上，现在进行时态中的故乡早已被时代的车轮卷进了恩怨纠结的城镇化进程。事实上，一次次的回乡之旅中，我看到的，听到的，感受到的，始终与最深入切肤的故乡真实，隔着温情脉脉的距离。尤其是，经历了 2010 年 8 月 8 日，我的母土大地上，除了削铁为泥的灾难，还发生了什么？除了泰山压顶的废墟，还面对了什么？除了呕心沥血的记忆，还告别了什么？而除了一幢幢楼，一座座桥，一排排渠，一条条路，我的父老乡亲啊，他们重建的，还有什么？关于这一件件一桩桩，我从来不曾深切地懂得。原来，我一直站在故事之外，站在故乡之外，打量着故乡。

时间已是深秋，那天，车到舟曲城时，天一点点黑下来了。我在夜色中徐徐前行。我看到了一种无边旖旎的夜色，它和我生活的城市不同，也和我脑海中那个根深蒂固的舟曲城的夜色不同。这夜色，氤氲着一种巨大的气息，那是安宁，祥和，沉静，亲爱。现下的中国，从大城重镇到小乡边里，都太缺乏这样的一种气息了。而这座遭受灾害重创的山地小城，在经历了世间最惨烈最黑暗的考验，见证了淬心砺骨的生离死别后，却结晶出了这样的气息，它就是夜晚最初的样子吧？它就是生命最本真的颜色吧？当我在重逢之夜流下猝不及防的泪水，我想，肯定不只是我，每一个踏上这片土地的人在扑面相遇的第一时间，都能强烈地感受到一种久违的抚慰，心灵经过最初的震颤和悸动，迅疾变得安静而满足。是的，还有什么不满足，当一个涅槃重生的新城以树荫下的婴儿车、夕阳中的老年广场舞和河边牵手走过的对对情侣向你诠释幸福的含义？

后来几天里，我又在夜里走向街头。到处都是跳舞的人。我熟悉的旧广场，这次回来第一次看见的新广场，都是健身广场舞，交谊舞，甚至，还有街舞。我知道我为什么出神地盯着那些在乐曲中忘我地动作着的人们。是的，在哪个地方都能见到这样的情景，但这里是劫后余生的故乡，一切在我眼里便有了别样的意味。这样欢欣鼓舞的场面，更像是一种告慰和祈福，感恩和表达。那些面容沧桑的女人们是那么投入专注地做着简单划一的动作，仿若在举行庄严的仪式。

她们蹦跳着的新广场，是由那个曾有美丽的景色和同样美丽的名字的城中村变成的大废墟：城关镇被整体冲毁了的月圆村。

而今，月圆村不再，月圆依然。我去了当年最初的事发现场，遭受重创的三眼峪村，罗家峪沟。虽然多少次在电视报道和新闻图片上见过那些地方，但一旦真的站到了那里，双目立即被刺痛，被灼伤。六年时间了，我清楚自己依旧无法面对。只有把视线急急投向罗家峪旁的受灾群众安置区，汹涌的泪水才能宽慰地流出来：那里，一幢幢楼宇依山而建，前后错落，浓淡有致，在高峻粗粝的群山映衬下，柔和得像是一幅水粉画铺到了川地里。

南街村的重灾户薛国新老人如今就生活在那个环境幽雅舒适的住宅区。泥石流冲毁了他辛苦修建的前后两院，十几间房屋，一辈子的家业瞬间荡涤一空。事后，政府在安置区补偿了他家两套住房，去年他的儿媳又在镇政府的扶持下办起了养殖场。目前，一家人生活安定富足。老人坐在宽敞明亮的家里与我细述当年灾情，他再三感慨，共产党，人民政府，恩人啊！没有眼下的这些好政策，这老老小小三代人，遇到那么大的灾，家里连根草连片瓦都没剩下，到哪里落脚啊！

我去了正值秋收的玉米地，菜园和果园，感受了农民劳作的辛苦和欣悦，也参观了城关镇设立的文化站和电子阅览室，农村文化建设让人备感振奋。正碰上各个乡镇都在忙精准扶贫工作，我便在城关镇女干部严燕和贡保草的陪同下走访了许多家精准扶贫户。中年妇女杨成先，丈夫遇难，她自己的腰椎被砸伤，基本不能干体力活。目前，靠政府的扶助供养两个孩子上大学。我走访时给她买了牛奶和水果，她立即洗了苹果，硬塞给我们吃。面对她淳朴的笑脸，我一句话都说不出来。她反倒像是安慰我似的，一遍遍说：娃好就好，国家在供娃们上学，娃们的书念出来就好了。

是的，孩子好就好。有孩子就好。有孩子，就有明天。

舟曲县位于甘肃南部，甘南藏族自治州东南部，总人口 13.69 万人，其中藏族 4.6 万余人，占 34%。这里历来是汉藏两个民族共同生活的地方，灾难中他们风雨同舟，如今，也以不同的方式表达着同样的怀念。那天，我再一次去了在重灾村三眼峪旧址修建的特大山洪泥石流灾害追思园。没有雾霾的天空蓝得碧透，阳光很好，温煦地照在肃穆的纪念碑上，照在新修的山洪排导渠上。三三两两的人坐在追思园的台阶上，花径旁，或轻声细语地交谈，或默声不语地沐浴着平和的太阳。那些撕心裂肺的哭叫声，肝肠寸断的呼唤声，那些在绝望的废墟上将手指刨出淋漓鲜血的场景，宛如从来没有发生过一样。一切都化成了平静的缅怀。

我遇到了几个藏族妇女，她们鲜艳的装束引人注目。我一开口，她们惊喜地捂住了自己的口，你是藏民女子？开朗直爽的她们，不一会儿便给我讲起了泥石流灾害中亲历的往事。那些解放军，那些兵娃子，个个都是好样的！她们说。她们叫他们"金珠玛米"。这来自我的母语的称谓，曾在社会主义初期的新中国，通过藏地电影和歌曲，被更多的外族人所熟知，而今，它一声声在耳边盘旋，令我回到了一种久违的感动中。

我被一个藏族阿妈的吟诵声所吸引。她，坐在追思园纪念碑背面的石阶下，手捻一串佛珠，口里反反复复地念着：唵嘛呢叭咪吽，唵嘛呢叭咪吽……一件宽大的深色衣袍罩着她，低沉而悠扬的吟唱绕着她。她，是谁，有着怎样的故事？她是在祷告亡灵，还是在救赎生者？她是在倾诉往事之殇，还是在感恩眼前之景？我不由自主地走近她，却又悄悄地退开。而她一直坐在那里，不为周围所动，她的目光是伤痛的，又是安宁的，她沉静地注视着身边的花园，树木，就像旧日子抚慰着她自己。

我终于离开追思园时，阿妈还在那里念着。我觉得那声音一直跟着我，一直跟着，而且越来越大，变得无穷大，就像那是从草原的尽头，大地的深处，神山的高处，一齐吟诵的嘛呢声。我在那样的万众一声中，突然觉得自己再一次抵近了故乡。我已谛听到了母土的命脉之声。就是这样。每一天都走在触动中，感怀中。我不知道，此行能在多大程度上完成自己深入生活的目标，我也不再去想，怎样的途径才能有效排解我的故乡书写中遇到的重重障碍。沉重的思念和莫名的愧疚，使我只想投入地走一趟，真切地感受一回，聆听故乡最温热动情处的血脉之声。

老城区每一个角落都焕发了新颜，泥石流灾害中唯一未受灾的西街村，历来是举办元宵节松棚灯会的地方，现被政府打造成中国楹联文化长廊，越发地有了民间文化艺术的浓郁氛围。溯江而上，青山相对间，峰迭新区拔地而起，明丽的特色民居、现代感十足的场馆、巍峨的办公高楼鳞次栉比，交相辉映。灾害之后，为缓解人口压力，县城被"三分天下"。如今，老城重建，新区落成，舟曲规划治理的这种"双核"结构，将一个安居乐业、生态文明、安全和谐的新家园呈现在人们眼前。作为边远贫困县份，这一切绝非一己之力，舟曲县灾后省内外对口援建、代建与自建相结合的重建模式，可谓国内灾后重建的一种全新的科学的模式，向党和全国人民的关爱交上了一份满意的答卷。

转眼又到了再一次作别的时候，当我站在老城区的十字街上，内心的感受比以往任何一次都更复杂，更难以言表。目力所及，到处是密密麻麻的高楼，漂亮的新楼。它们拔地而起，遮去了远山，遮去了星空和月色，只让夜幕下的一切沐浴在霓虹的招摇中。是的，夜色变了，人流变了，一切都变了，可这十字街，却还是二十年前那条街，是三十年前那条街。这是多么好的事啊。多年来，只有走在这条旧街，这条旧路上，我才觉得自己确实是回到了舟曲的土地上。而这次，我开始懂得，开始接受，所有的新和旧，都是我的故乡。而所有的重建，所有的崛起，所有的发展，比所有的逝去，所有的坍塌，所有的沦陷，更应该是我的故乡。那么，就让脚下这条旧路，连接过去，见证未来吧。

我在离开的最后一天，见到了泥石流灾害纪念馆的任润基馆长。讲起他的纪念馆，讲起他在纪念馆度过的这几年时光，那个朴素平和的小城干部，突然爆发出了出乎意料的激情。压抑的激情，伤痛的激情，比那些我司空见惯的诗意的外在的激情更有力，更不容置疑，我几乎是在他张口说第一件事的时候，便感受到了他的执着，他的热爱。他说关于这场灾难，关于这期间发生的一切的好和坏，他的心里沉淀了太多，但他写不出来，他甚至无处言说，他能做的只是坚持让纪念馆成为真正的纪念馆，一个静穆，厚重，有文化，有灵魂的地方，而不是邀功乞怜的表演，更不是地方旅游经济的牌码。

我得承认任馆长给我的震动。那些说出来的话和没有说出来的,我都懂了。是的,他说得对,这一切不仅应该永远珍存在人的心中,更应该留存在文字中。文学的观照将抚慰过去,现在和将来。可我只有惭愧。他极内行地说,你写小说的肯定不行,虚构文体不行,舟曲的故事,我心里的故事,只能写报告文学,只有报告文学!

暮色温柔,我久久踟蹰在河流边。我知道我无力诉说它带走的所有的岸。这是一个写作者永无止境的痛。谁能了解时光背后的东西?流逝与恒久,领受与馈赠,这些都是一辈子的事了,而我还远未收获与自己曾无数次感受过的那些漫漫长夜相称的广阔,我唯有在一次次的渐行渐远中,重新抵达岁月深处的故事:关于舟曲这座城,关于蹒跚学步时就远离了的遥远的草原和村庄,古歌般的记忆里,我的母亲挥手作别的水草丰美的家园,那些混沌无名的时间,随日光流年渐次隐退的爱恨情仇,那些闲云成雨的人生,百转千回的溪流,在大地的皱褶里无声地流淌,像是遗忘般诉说着苍茫大地上亘古不息的欢乐与忧愁,消逝与生长——所有这一切,都还没有来到我的笔尖。

我又一次想起任馆长的话。是的,也许只有报告文学。可是,一个写小说的人走过的路上,怎么会有被浪费的经历?暖流在心底奔涌,像是喧腾的白龙江水,又像是清冽的老城山泉,那么甘美,那么澄净,那么切近,又那么无垠,这是我终于在时光中等到的一个巨大的礼物。我甚至闻到了它遗留在青春年少的气息,也听到了它在今天历久弥新的流淌声。

那么,画家达利说过的那句话,我想再一次说给自己:我什么都不放弃,我还在继续。让我再一次,郑重别过。如果对故土的审视,必得以候鸟的姿势才能完成,我只能继续前行。也许,前方尚未澄明,归途已相失于云水,但我相信,只要心底有一条回乡路,所有的断肠春色便都在。

唯有旧日子给人安慰

H 师院三十年校庆，嘱我这个老校友写一篇回忆性文章。我感觉颇为恍惚。三十年，对我的母校来说，是毋庸置疑的大好事，她终以令人瞩目的成长宣告了三十而立。而对于我，数字昭现的却是另一种真相：这么快，我就到了回首往事的年纪了？时光，是多么不经挥霍。

那一年的某一天，记不清是几号星期几了，我来到 H 师院报到。H市并不是一个陌生的地方，但迎面而来的风，依然使刚刚离开温润的南部家乡小城的我，感到了凛冽的意味。空旷的校园里，远远近近地开着些高原之花，虽挂着明艳的颜色，却无一例外地呈现出颓萎之势。它们之前并未经历太多的好日子。六月，草才泛青，九月，风霜已至。事实上，这听上去令人颇感遗憾的物候，使那片土地上的太多事物，在接近坚硬和寒冷的同时，更接近美，更接近美的本质：汹涌而来，惊鸿而逝。当然，我要走过许多时间，才能越来越懂得这个道理。在二十七年前，那些早凋的花事，还未呈现出应有的意义，它们似乎仅仅是以一种修辞学的存在，衬托了我怅寥的心情。

新生注册早就结束了，所以我的手续办得不够顺畅，总之无非是敲开了一扇一扇部门之门，盖上了一些这样那样的章子之类。终于在晚自习时间，来到了我所在的班级教室。那里，灯光下，四十多个同学已赫然表现出熟稔且和睦的气象——没错，我迟到整整一周了。一周时间，足以使一群年轻的心靠拢，碰撞，生发出热切的友情，二人结伴，三五成群，构划重新出发的梦想。而缺席的这一周对我则意味着一次考验，从失败的高考衍生而来的一道单选题：要么上 H 师院，要么高三复读。家长亲友希望我选后者，他们坚持认为那样的高考成绩反映的不是我的实力，而是确证了我自高二第二学期以来的误入歧途：我广读闲书，荒废课业，我常常捧着日记本，莫名忧伤，我沉湎于听歌唱歌，倒腾磁带。在备考的最后阶段，我竟然一集不落地看完了被称为"经典八七版"的电视连续剧《红楼梦》，并且，由此开始，不合时宜地提前踏进追星时代。我是那么地迷恋扮演林黛玉的陈晓旭，为了得到一张有她的卡片，我背着书包从小城的东头游荡到最西头。以上种种，都使曾对我寄予厚望的人们在愤怒之余重生期待，如果我能悬崖勒马，如果我能卧薪尝胆，那么，在下一年，我肯定会收获到一张不一样的录取通知书。但任何来自他者的一厢情愿的假设都是危险的，他们深谙此道，于是，选择权最终还是被掷回到我自己手中。我几乎没花完三天时间，便交出了背负众望的答案。前来报到的路上，我意绪灰黯，但一点儿也不后悔。我当然向往更显赫的大学，但一想到为此还要重复与数学题纠缠的噩梦，便宁愿壮士断腕，自绝于一切可能的灿烂前程——二十七年前的那个秋天，十八岁的我就那样完成了人生第一次的重大抉择。就是这样，从一开始，每一步细小的足迹，都在证明我是一个知难而退的人，缺乏远大目标和拼搏精神的人。我随遇而安，从不预设有难度的人生。但我又固执于自己内心的某种东西。如果说，我曾貌似主动地有效地参与到了自己的命运中，那么，一切便只是为了那点东西。我可以忍受生活，但我不能放弃仅有。

入学一个多月后，我参加了学校的现场作文比赛。感谢文学社在多年后编辑的纪念册，让我在今天还能重温自己二十七年前青涩的造句："应该说，这不是中学时代玫瑰色的梦的所在。一排低低的涂着淡绿色的房子，称之为图书馆。两排简陋的二层楼，是你的教室，你要在这里学《诗经》，还要听康德，读艾略特。可梦中那高高矗立的富丽堂皇的教学楼呢？那关于学术讨论、专题讲座的五颜六色的海报呢？那激烈的思辨，热情的呼唤呢？哈姆雷特的忧郁，堂吉诃德的疯狂……你曾想过许多，许多，而如今只有淡淡的回味……"

我表达了自己浅尝辄止的人生失意，但可以肯定的是，那几乎也是 H 师院建校之初最早的几届学生普遍的一种校园情绪。时至今日，那简单的文字或许已具备了某种"校史"的价值。因为，如今的 H 师院，教学楼自然是恢宏的，图书馆是博雅的，体育场是阔达的，再不会有哪个孩子像二十七年前的我们纠结于校园环境的鄙陋。年轻的心习惯于让目光投向理想之地，但脚步却被现实的泥淖重重地绊住。对自己失望，也对外界失望，这双重的失望使我与母校最初的遇合成为一种疑似创伤性的体验。尽管如此，出发是必须的。我的作文在一个悒郁的开头之后，还是有了很励志的"正能量"叙述："那么一片静静的杨树林，你随意走走，就会发现许多和你佩戴着同样校徽的人。捧着高等数学冥思苦想的，拿着外语单词比比画画的，吟着唐诗宋词摇头晃脑的，背着藏文神采飘逸的……"

是的，太多的远行都是从那里启程的。怎样的荒寂，终究敌不过青春的热望，同样势不可挡的，是从本能而渐趋自觉的热爱，朦胧但却热切的追求。通往教室的必经之路上，有一座极为简陋的土桥。常常，桥是冷的，桥下的小河是结着冰的，但冰层下总有水的流动。坏天气都无法冻结那凄凉的激情。经历了最初的失重，我一天天快乐起来，眼前似乎有一个方向越来越清晰起来——慢慢地，我觉得理想这个词，又是我可以说出口的了。其实，我所想望的，是怎样的卑微啊！走过急功近利的高中阶段，我要的不过是安静地自由地读一切我愿意读的书，在文字的缝隙中与更辽远的"别处"，与更广大的人生相遇。而我的母校，创业时代的H师院，是那样地适宜于安放我的心愿。她静静地坐落在离H市区五六里远的马莲滩上，四面除了连绵的山，便是刮过山头的风。通往市区的路上，只有路，没有车。一辆辛苦借来的自行车总载着三个以上的男同学，而一些女同学曾不止一次地横在马路上，勇敢地拦下呼啸而来的大卡车，央求司机把她们捎到汽车站。多年以后，在H市全面进入公共交通的时代考到母校的学弟学妹们，大概永远也想象不到我们曾拥有的另类浪漫：一辆藏族牧民的马车，或者牦牛车路过校门口，然后，载着一群欢天喜地的大学生，浩浩荡荡地开往大街。

就是这样，这样的硬件条件保障了我们全身心地投入学习，读书，而免受外部世界的诱惑。事实上，那时候的H市大街上，可以构成诱惑的事物屈指可数，它们分别是：坐落于前后两街的两个百货商店，政府招待所斜对面的电影院和大大小小的清真饭馆。当然，也包括羚羊塑像旁十字路口的新华书店。那里的书总是少得可怜，售货员织毛线的姿势三年间没有变过。尽管如此，必须上街的理由还是层出不穷。既然千辛万苦地到达目的地了，那就得高效率地使用。通常是先逛商店，然后去更远的军区或地质队洗澡，那是全H市仅有的两家对外营业的澡堂。虽然天气冷，但女孩子们暗中攀比着讲卫生的好习惯。澡堂里当然不可能有吹风机，如果是冬天，每个人的头上肩上便挂上了无数根硬邦邦的冰溜子。我起初被那种怪异的美打动过，很快便见怪不怪了。电影是晚上才有的，但我们除了星期六，另外六个晚上必须要上晚自习，所以，电影是可遇而不可求的邂逅。每次上街保证可以完成的只有吃饭这一项。

一碗清汤牛肉面，我们吃得和过节一样热闹。当然，真正过节时，我们
也吃炒肉面。那年夏天，我收到了一篇散文的稿费。如果不算高中时登
载在《少年文史报》的作文，那应该是我人生第一次发表文学作品。于
是，周围的同学纷纷要求请客。已经是下午了，没能遇到进城的牧民
马车，大家一路走到了盘旋路一家叫"桥头饭馆"的清真店。吃牛肉面
吗？掌柜问。我豪迈地摇头，吃炒肉面。炒肉面加工啦？掌柜又问。这
下子，同学们的脸都转向了我，我心一横：加工。

　　"天气很晴朗，然而很坏"，这是我那篇竞赛作文中的话。我总是关
注一场突降的太阳雨，一份迟来的花信，学校宣传栏前总是要死不活地
暧昧着的松树，以及学校马路对面那大片油菜和青稞的长势，等等，诸
如此类的身外之事。我的心里，每一天都充盈着来自细小事物的悲喜。
是的，不以物喜，不以己悲，我从来都做不到。早上去上课，天干净得
碧透，十二点走出教室时，却被大雪遮住了回宿舍去食堂的路。雪总是
说下就下，就像在六月，雨还没说来就来了。H市的天，姑娘的心，说
变就变，一些男生摇着头叹息，那沧桑的样子，好像他们真的有幸经历
过姑娘的变心似的。雪总是下了一场又一场，雪总是静静地从中午落到
晚上。下雪的时候，我们的校园像一座天籁之城，散发着迷幻的气息。
我们欢笑着撞进白茫茫的雪雾，脚下的棉鞋在厚厚的雪地上咯吱咯吱地
响，隔着毛线手套，我们牵在一起的手感受着对方指尖的冰凉。然后，
我们门窗紧闭。下雪天，睡觉天，我们说。但到头来，用于睡觉的时间
总是很少。我们说话，我们把大把大把的时间花在说话上。我们也探求
话题的意义，以及谈论能达到的高度和深度，但更多的时候，我们所拥
有的只是说话本身。我们从一场又一场雪，说到它们在春的节气里化为
溪流，我们终于说到了夏天。高原之夏，H师院的校园之夏，在走过了
许多的地方，见过了许多的好风景之后，在今天，我依然认为它是世界

上最迷人的夏天。

但一贯精于姗姗来迟的它，在那一年的降临却是猝然的。是的，夏天来了，我们肆意挥洒的夏日快乐，却不复再来。我们不是对毕业，对别离缺乏准备，但那个最后之夏还是有着令人心碎的颜色。

我们，是女生楼303室六个相亲相爱的女孩。亲爱的303，亲爱的她们。后来，我在小说散文里一次次地写到它和她们。思君如流水，何有穷已时。当年，在那些遍地开花的说话中，我们有过三年、五年、十年、二十年规格不同的重逢计划，我们甚至讨论了从宏观调控到细节安排的全过程。但整整二十四年过去了。二十四年里，我们从未实现过哪怕一次的六人齐聚。她们中的两个，自打毕业后我再没见过。这样的不能相濡以沫，是二十四年前我们终于松开彼此的手时，决然想象不到的。但我依然相信着，我们从来不曾相忘于江湖。

"那些美丽的雪花／曾被我们握在掌心／现在伸开双手／满把都是泪水"，不知为什么，二十四年里，当我想起303，想起那些永远年轻美好的脸，我便想起那一场又一场无边无际的白雪，想起阿信的这首《给桑子》。

桑子、阿信是两个诗人。从一开始，他们就是诗人。阿信桑子，桑子阿信，所有人都这么说，这么叫，好像这两个名字天生是二位一体的。他们是政法系两个年轻的老师。我入学伊始，便听到了他们的名字。为什么，诗人在政法系而不在中文系？这使我长久地耿耿于怀。但校园那么空，我总能远远地逢着他们。桑子疏朗而儒雅，阿信清冽且忧郁。阿信桑子桃李不言，下自成蹊。当他们以诗人的典型姿势走过校园时，身后便倏地踏出来一条前赴后继的道路。没有人可以拒绝诗歌，在那样的年纪，那样的年代，并且，在那样的地方。诗歌使我们庸常的日常熠熠生辉，使我们寒冷而边缘的校园不再孤陋寡闻，我们举办征文，搞篝火朗诵会，我们与别的大学文学社团通信交流，我们一点点地凑钱，油印一份几十页的小册子。我们先有了一个文学社，后又创办了另一个，我受命写了发刊词，因资料流失，所以我再也看不到自己在那篇发刊词中的豪言壮语了，大致无非是自己的书包自己的饭盒自己的青春之类的话吧？它们肯定是无以复加的稚嫩，浅薄，修藻，印证着一个初学写作者全部的笔力不逮。但今天，如果我与它们相遇，我定然不会感到脸红。就是因为它们，因为与它们有关的遭遇，我二十多年后的凝眸回望才如此地闪耀着金属般的光泽。从来不会有被浪费的才华，而所有的孤独和寒冷，都是值得经历的。

就是这样，诗歌，文学，肯定是我大学生活的核心内容，它与以下几个方面共同构成了我在 H 师院所经历的重大事件，曾长久或短暂地影响到我在当时或之后的成长：我们年轻的才刚新婚的写作老师车祸身亡；在外地实习途中，一个男同学以失踪的极端形式表达的青春叛逆；社会实践去四川，在峨眉山，我因过分执着于一树杜鹃花而掉队，其实只几百米山路之隔，但同学们焦急的呼喊使群山回荡着我的名字；某次校园歌手大赛；最终夭亡的舞蹈《高原迪斯科》，以及，1989 年那个著名的春夏之交。

课堂的收益总是很多。老师们很年轻，甚至比我们大不了几岁，他们还没来得及成为副教授、教授，而硕士、博士在我们时代的 H 师院简直是天外的名词。但单薄的学术阅历并不妨碍这些年轻人成为好的老师。教文学概论的全老师引经据典，妙语连珠；教哲学课的杨老师有着极严谨通透的表达，她在课堂上从来不苟言笑。二十多年后的北京，在中国作协为我和另外几个作家举办的中青年作家作品研讨会上，我与杨老师不期而遇。当我们惊喜地认出彼此，我发现她原来活泼而率性。教外国文学的安老师说"爱神阿芙罗狄忒"这几个字时，脸上总划过少年般的羞涩。他正在成为后来人们眼中那个有思想有情怀的人；教现代文学的赛老师，是一个操着一口字正腔圆的普通话的藏人，他温文尔雅，举手投足都是学者风范。他也是诗人，中文系有许多爱诗的同学围绕在他身边，他与他们亦师亦友，谈诗论文，翩然同行。我知道那样的校园风景，在今天的大学，已是很难看到了。

此刻，当我的笔写下有关赛老师的片段时，我的心是沉痛的。但回忆中，他的表情一如往常地投入，好像他还站在讲台上，动情地讲述着鲁迅的《秋夜》；他的笑容一如往常地温煦，仿若他还坐在他那张办公桌前，抑扬顿挫地朗诵着新写的古体诗；他的目光一如往常地沉静，似乎那样的生死诀别从来就没有发生过，似乎这十余年的阴阳之隔原本虚设，似乎他还好好地走在老地方——你看，这就是一个英年早逝的老师，一个纯净赤诚的人，留给我们的永远。在怀念的人群中，没有谁可以轻而易举地离去。

"在黄昏的余晖下，万物皆显温柔。"是的，当我不能忘记，当我又一次忆起暮色苍茫的草原，我忍不住把目光投向浩渺的远处。但我知道我无力穿透时光，就算一遍遍沉陷于深重的怀旧，我也只能以停留复远行的方式，重新抵达或不断告别那些匆忙逝去的故事，也只能以这篇薄薄的文字表达对母校 H 师院三十年庆典的热忱祝福。事实上，毕业后的二十四年里，我不止一次地走进她。事实上，十二年前，我才最后一次离开她。但她发展的迅猛和壮阔，超出了人们的一般性预期。在 2012年，2013 年，我曾连续两次随全国作家采风团路过她，我还曾在 H 市参加活动逗留多次，我的母校，她其实一直伫立在我的视野中。虽然我已不能从林立的高楼大厦中找到我们的 303，但我不怕我认不出她今天的模样，在她的校园里，依然有我怀想的面容。若我归去，他们一定会安然地牵起我的手，说，喏，这是我们当年走过的路。

　　以上追忆，是 H 师院的萍给我布置的命题作业。为了她再三的催约，惯于偷懒的我终于写成了二十四年来第一篇献给母校的文字。多么巧，二十四年前，毕业离校的前夜，我在母校的最后一句话也是写给她的。我们 303 最小的女孩，写诗的跳劲舞的萍。我在自己的彩照背面题字："我走了，我把为离别流过那么多泪水的你，留在这里了。"萍，她还保存着那张绿衣长裙的年轻的我吗？今天的她会为那样煽情的赠言哑然失笑吗？那时候，青春氤氲，出发的路明明暗暗，似乎通向无穷远，我们不曾预料到，其实有些人，有些事，是没法留在那里的。也许就在下一个街角，所有珍重道别的，都会翩然复来，微笑相拥。就算不能在现时态中实现重逢，就算重逢已是白首，那些镌刻在心里的，也一直是我们经历着的人生。

　　那么，来，让我们一起走向那条旧路。没有什么比今天的我们携手走到那条旧路上，更安慰人心。

时间书（二章）

致女儿

我紧挨着空虚坐着。整整一个冬天，几乎没换过更好的姿势。有时，我做出忙碌的样子，好像一场雪就要飘起，你也刚好来到了我的门外。事实上，小雪无雪，大雪亦无雪。而你或将归来，但必得远去。我能做的，只是急急伸出双臂再徒然地收回。

一如四百公里之外的那个人。一如在无数个冬季，兀自老去的那个人。如今，她的树上再没有可以落下的叶子了。如今，她让两只手毫无目的地耷拉着。方向，于它们已失去意义。凡门都是墙。她偶尔抬头，看看四方的天空，低头嘟噜一句：唉，今儿又不出日头。

你不知道我为什么想起你，就会想起她。不只是因为一根纽带，命脉般联结着你我她。不只是因为你，这么快，我就开始重蹈她的覆辙：等待，张望和尽头的虚妄。事实上，我只是在冬天，才更多地想起她。整个春天，整个夏天，我忙着装扮你的鲜艳。然后，叶子一片片落下来了，叶子都落尽了。虽然并没有一片雪落下。可我的手，还不能习惯落空。我正在慢慢明白——我之所以焚心似火绕着你飞旋，是因为我以为我这样，就是在完成她。

仿佛宿命？我给予的越多，亏欠得也越多。

致母亲

这么多的春天，突然就涌到了我的眼前。我还没准备好用怎样的词语赞美它们，它们呼啦啦全开了。

这满河谷的桃李。这香透了整个夜晚的紫丁香。这雪也似的白海棠。这碧桃的红，简直红过了南方的木棉。一群玉兰，曾经以白鸟的姿势住进了我的诗，今年，只迟了一步，那振翅的双翼就成了一方方白手帕——旧书包里那些纯白的棉。纯白上面细碎的花朵，以及或明或暗的格纹。起初，它们是被整齐地叠放进去的，后来，青春潦草的汗水和泪水，弄乱了它们。再后来，它们便被永远地留在了旧日子的褶皱里。这世界，越来越多了更方便更精巧的东西，没有谁，再用手帕擦拭春天的坏天气里，落泪的眼睛。

一朵玉兰，让人想起一方手帕；一群玉兰，让人想起再不会被抚慰的过往。我断定这是一个拙劣的譬喻。而且，不具备原创性。所以，事实上，面对玉兰，我只是想：除了，你的手，还有谁能熨帖出这样的亲肤感？

比较而言，我更愿意逗留在榆叶梅的花海中。这里，花朵就是花朵，仿若，不再是伤口。我已经感叹过好几回了，此刻又忍不住老调重弹：不过是一个春天，不过是一个季节，这花儿何以回报如此的波澜壮阔，如此的殚精竭虑？几步之外，樱花簌簌地落着，像绝尘的仙子，而榆叶梅，一朵叠着另一朵，一串压着另一串。这富丽，这沉重，这过分的模样，让人难有超越花身的联想。但又一次，我猝不及防，跌进了修辞的包围中：它多么像你的一生。那么多的春天，那么多的捧出。

我才和你通过电话。我没有问家乡的花期。如今，那些花儿，无论开在何时，都开在你之外。我只问你，吃饭了吗？还吃得好吗？我觉得，你我之间总有更重要的话题，但每次听到你唤我的乳名，我说出口的，便只是关于吃饭。就像当年，对着一院子吃饭的人，你一遍遍喊：吃饱了没有？谁再吃点？谁再添半碗？他们太多了——先是孩子们，然后是孩子们的孩子。你看不过来。明明碗里还剩着饭，刚出锅的馒头却被抓了个七零八落。

我也不问你做什么。我知道你现在不用做什么了。你乖顺地完成吃饭任务，夹带着吃些有用没用的药片。然后，你就什么都不用做了。你终于有了大把大把的时间。有时，你久久地盯着橱柜里一排排的碗筷。那些碗筷经过你的手，源源不断地递到那些嗷嗷待哺的嘴边——那好像就是昨天的事。你恍惚了，你习惯性地伸出手，却看见就连最小的那只碗，也盛上了一层细细的灰。

你关上橱柜。你隔着玻璃，盯着自己的枝繁叶茂。那棵不再开花的苹果树，从空空的院子里空空地盯着你。

众妇女与诗和远方狭路相逢（三章）

她

没有人看见她孑孓的身影，在花园小径，在绯红色的云微微起着波涛的落雁滩——当又一个黄昏悄然而至。事实上，如此念头只能让人加倍羞耻。她知道今生永不存在这样的黄昏，一如所有的白天，她混迹于喧嚣的人群和忽略不计的被掠夺。

"那个黄昏，在远方……"多年前，她曾在记事本写下这样的话。从此，她不再张望落日的方向。她隔着玻璃看见自己的离开。她总是在黄昏离开。她总是在远方离开。她总是留下源源不断的离开。

她是一个住在楼上的女人，但她不是那个"阁楼上的疯女人"。她的身上没有锁链，她不会在午夜梦回时发出狼的嗥叫，也不会狞笑着去点燃某个男人和新欢的床幔。她只是在黄昏足不出户。她只是习惯于隔着一定的距离注视自己。有时候，她明亮得像一次绝色的邂逅。有时候，她需要戴上近视镜才能看清自己的对视。有时候，她具体入微像一滴忍在眼角的泪；有时候，她大而化之像陈酿的悲伤。更多的时候，她远了又近了，像曾经作别的一场黄昏风暴，像那些汗，被轻轻擦去，又幸福地涌出。

此刻，这个住在三十二层楼的女人，又送走了一个从前的日色。窗外，车马邮件快得像焰火闪过，日子用不着做旧，便旧了。而黄昏又至。而全部的黄昏已然落下。她微笑，沉吟："我从没爱过任何人比海更深。"

我

去远方其实是一件简单的事，穿上一件长裙子就行了，戴上一条长围巾就够了。

这是我做梦写的诗。梦里我提笔蘸墨，带着诗人特有的严重表情。但就在那一刻，一种痛横空出世，戛然中止了即将澎湃而出的第四句。我被惊醒，一种尖锐的痛毫无过渡地将我从诗歌现场攫回。我喘着气，越来越感到喘不过气。有一只拳头擂在左心口，一拳比一拳摧枯拉朽。事实上，对此我并不过分惊惧：这只拳头，我早已熟悉它的模样。在无数个失眠之夜，它屡屡造访我的心脏。速效救心丸就在床头柜里，但我更倾向于一动不动，迎接它的到来。与其一寸寸泅渡闭不上眼的黑暗，不如在拳头的鼓点中永远地睡去。可每每当我喘着气默祷，痛啊，你来得再重一点再快一点时，那拳头，就悄然隐去了。

如同今夜。

现在我可以让自己的手抚住左心口了，现在我可以翻个身让呼吸回到本来的节奏了，现在我突然觉出了今夜的不同凡响——胸口的痛余音缭绕，和以往一样。但分明，它从所有的痛里脱颖而出：今夜，那拳头第一拳就砸到了诗歌上，只一拳就砸掉了那来历不明的造句的后来。

剩下赤条条的三行，蜷伏在我的枕侧，伺机却不动。无论转向哪一头，它们都与我面面相觑。黑暗里，它们有着清晰可见的横平竖直。我甚至听见了它们相依为命的唏嘘声。看样子，它们决意从梦境穿越而来，就没打算飘忽而去。它们包裹了我的后半夜，不留一丝缝隙。它们不是痛，但却比拳头更有力。

晨曦掀开了窗帘，我知道我又走进了一个白天。劫后重生，我已无力再对那三行字怀恨在心，而且，我确信它们相貌平平，不会使我重蹈"梦中偶得佳句"的悲催笑话。

风铁一般吹过。去礼堂听报告的队伍中，我羞愧地避开靠近我的人。我怕他们从我的裙子和围巾里，嗅到诗和远方的可疑味道。

你

北京最是适合你们相遇。至少你这样暗示过自己。如果他来，那喧闹的帝都立即会变成小小的幸福之城。你们不去长城故宫，不去天坛恭王府，后海和三里屯的酒吧填满了虚张声势的情侣，他一听见鼓点就会皱起眉头。你想要和他去的地方是西山的樱桃沟。樱桃沟不只是樱桃，你说，全北京最好看的颜色都集合在那里。那盒香茗为他留了很久，终于等到了樱桃沟的金风玉露。茶过三巡，他起身吻了你。水杉树一簇一簇的阴影里，他的手是情场老手，他的眼，却像他爱你，如同从未涉足爱河。

上海也挺不错的。你说你常常这样想。外滩太挤，豫园太吵，田子坊的旧情调是魅惑傻老外的，而南京路和佛罗伦萨小镇的殖民建筑只适合拍照。不，这些地方，你都不去。你要在四川北路等他。他老远冲你挥手，你呢就傻傻地笑。然后你们走，只是走。法国梧桐撒播着宽大的阳光，这时候，他假意，或者真心，你都无暇顾及。四川北路的这边，是多伦路，那边是甜爱路，如果这时候突然吟一首情诗，他一定不会笑你煽情，因为你们正走在最文化最爱情的路上。但这都不是关键，你说你之所以想在四川北路见他，是因为从这里绕半个圈就走到了山阴路。那里，曾生活过一个心爱的老人。你想和他一起去看他的家。你一个人去过多次了，每次你都想，他不在家，就在街这头他朋友的书店里。

其实，在成都的锦里相见，也是不错的，你贪的老火锅如果他不敢下嘴，那么，只管赏窗外最艳的一枝芙蓉。其实，在南京的老街相见也挺好，雨是常常要下的，你们就藏到临河的某一处楼台。桨声划来幽幽的艳曲，你趁机把脸埋进他的发。其实，在西湖的孤山长桥上，在徽州的白墙青瓦间，在广西的木棉树下，在香港的紫荆花季，在云南茶香氤氲的山坡，相见一直是你怀想的事。其实在大海边，在草原上，见他该是别一种风情？你说你那件缤纷的沙滩裙，多少人在青岛，在大连，在鼓浪屿，在天涯海角，称赞过它的美丽，但它从不曾开放在他的怀抱。

后来，你不再念叨那些远方的地名，你说在哪个地方其实又有什么要紧。后来，你碰见他在城市的人迹罕至处。他问："在晨练吗？"你答："随便走走。"他点点头，走向与你相反的光影。他不知道，前一刻，他正走在南半球的牧草葳蕤中，一只荆棘鸟在你们头顶幸福地盘旋。

你伫立，重新迈开步子。在曾重重摔倒过的这条河边，这一天，你没打一个趔趄。

远方的幸福，是多少痛苦

母亲呆呆地盯着四个儿女，像盯着一屋子的空虚。无穷大的，再也无法填补的空虚。

她盯着他们四个之外的另一个地方。她习惯了她曾经是，一直是——五个儿女的母亲。现在，他们五个，突然就变成了四个。

她哭过了，闹过了。现在她安静下来。她知道她逃不过自己的命运，她不再无谓地挣扎。她受困于仅剩的安慰中，看着自己迅疾地走向衰老和败落。

是的，就是这样。我的母亲，在得知我大姐死讯的那几天里，就那么眼睁睁地看着老掉了。老得如此彻底，如此不堪。起初，她一心求死，她决意不想再面对自己的命运。死，是她对老天爷的最后抗争，也是全盘认输。可她不能。她便活下来。赌气似的让自己遽然老去。在七十五岁的年龄上终于老去，形同槁木死灰。原来，一个隐忍地走过漫长一生的女人，在快到尽头时却可以这样放纵自己，让繁花满枝在一夜间全部凋谢，零落成泥。

怎样的语言才能尽述母亲这样的女人的一生？她曾经也有过爱情也有过梦想的青春，她那些个小小的无法实现无法忘怀的愿望，她搂在怀里贴在胸口但眼睁睁看着逝去的儿女，她一辈子哭不出声的泪水，一辈子的爱和坚持，以及最后的放手，这一切，我怎能一一地说给自己听？多少日子了，我逃避着，假装遗忘着，坚强着。然而，泪水和疼痛总是在一个个毫无预料的时刻侵袭到我的血脉深处。我疼啊，妈妈！除了你，我还能向谁诉说？这个世界上，还能有谁的手轻轻抹去我的泪水，抚过我的伤口，像你的手？

如果母亲老了，我怎么办？如果母亲没有了，我怎么办？这是曾紧紧缠绕在我的整个童年的一个死结。母亲生我时已近四十岁，已经生育了六个孩子，其中一儿一女长到三五岁后不幸夭折。也许孕育我哺养我耗尽了多灾多病的母亲最后的心力，等把我拉扯到四五岁时，病魔已牢牢控制了她。她常常在庄稼地里痛得昏死过去，在出工时一头栽倒在生产队的粪堆上。因为她，我从小就成了一个与众不同的人。母亲们出工了，还没上学的孩子们在村里四处游荡疯玩。天黑了，玩不动了，许多孩子咧开嘴就哭喊："妈妈，饿了！我饿了，快回来做饭，妈妈……"而我蜷缩在自家大门口，悄悄地等母亲回家。我至今清楚地记得那种等待的滋味。那种把五岁孩子等老了的滋味。我感觉不到饿，我忧心如焚。我害怕病痛又把母亲放倒在什么沟壑田边，我害怕看见母亲被人架在胳膊上、背在背上回家的情景。时间一分一秒地过去，终于我看见母亲站在我的面前，她疲惫的脸上为我绽开了笑，那是天堂一般美好的笑啊！我跳起来，嘴里大声唱着自己乱编的歌，跑前跑后地帮母亲抱柴火、舀水、洗菜，母亲做的饭是那么好吃，我是那么快乐，像过年一样快乐。等吃完饭洗了锅喂了猪烙了明天吃的馍馍，母亲才得空抱着我说会儿话。她常夸我说："我的宝贝小女儿咧，全村娃娃都哭着喊饿，我们在地里急得心都要烧焦了。就你不哭不闹，这么乖，多给妈妈争面子！你比村里所有的娃娃都乖，比你的哥哥姐姐都懂事。"母亲的声音是那么好听，我总是用小手紧紧搂着母亲把脸贴到她温暖的胸口。我从来没告诉过母亲我的揪心我的恐惧，没告诉母亲，其实我是多么羡慕那些饿了渴了摔疼了就张口哭着喊妈妈的孩子们啊，他们的哭声那么嘹亮从容，无所顾忌，而被他们的哭喊声叫回来的妈妈似乎永远都是那么的年轻、健壮。

　　在许多个夜里，我在熟睡中被吵闹声惊醒。母亲的病又犯了。她被邻居阿姨阿婆们围着靠在炕的那一角。有人在掐捏她，有人往她的嘴里灌水，有人忙着去找村西头的赤脚医生和守磨房的我的姨妈姨夫。那时候，我总是不敢哭不敢喊不敢去摇母亲的胳膊。我靠在墙角，牙齿打战全身发抖，心跳得好像要从胸膛里蹦出来。屋里很暗，昏黄的煤油灯光摇曳着，将许多忙乱的身影投射在墙上。那些无限放大的黑影以一种铺天盖地的狰狞张牙舞爪地扑向我，压迫着我。我惊恐地看着那一切，我的恐惧也在无限放大着。我曾在母亲不舒服的晚上，一连三四次从梦中惊醒一骨碌爬起来贴着耳去听她的呼吸。我曾在母亲发病的凌晨两三点，来不及穿鞋光着一双小脚丫，穿过三九天结满冰溜的石板路满村子去喊我的亲戚们。午夜的村庄哑寂无声、鬼影幢幢，平时走惯的路在那样的夜里显得那么漫长，好像一辈子都走不完。我是多么害怕啊，那么多熟悉的鬼怪故事从脑海中从街角的黑暗处从四面八方青面獠牙地向我走来，我几乎要窒息，但我绝不能回头绝不能停步……

　　在人生的童年之夜，经历了无数次那样的惊惧和绝望之后，我的一生从此再没有过安稳的睡眠。

　　时隔三十年了，至今回想起那个小小的自己，我还是止不住流泪。千万个不忍，不忍。可有什么办法呢？那时候，大姐已嫁了人，大哥在省城当兵，二姐和二哥在县城上学，而父亲在远离我们的地方正投身于农业生产和阶级斗争的狂潮，连过年都回不了家。除了二姐和二哥的寒暑假，一年四季，老家那两层五间瓦房里，那偌大的院落里，只住着母亲和学龄前的我。

感谢父亲，他终于在我六岁时接走了我和母亲。我开始在城镇上学，母亲也从此脱离了农业户口和繁重的劳动。她被查出患有严重的肝病、胃病，开始接受正规的治疗，并且做了胆囊手术。我们天天往医院跑，家里常年弥漫着中草药的味道。慢慢母亲不再犯病了。父亲对我说："咱俩的任务就是让你妈好起来！不能给你妈装气，不能让你妈干活。"我是多么感谢那个时候的父亲啊，他说的话我至今句句都记在心里。我从来不像别的孩子一样瞎闹淘气，我知道家里的活应该抢着干，家里好吃的都是母亲养病的，自己绝对不能馋。

我的哥哥姐姐们也许羡慕我是父母最小的孩子，我享受了父母更多的宠爱。但他们不知道我的童年苦难，那些走不出来的孤独。我从来没把那些不堪回首的恐怖之夜讲给我的哥哥姐姐们听过。从小到大，我习惯了自己忍着。从小到大，在我的潜意识里总认定父亲是我们兄妹五个人的父亲，而母亲只是我一个人的。那些记忆太强大了，年深月久它们已深入到我的血液里，成为我生命的一部分。我永远忘不了母亲发病的那些夜晚，她好像快要不行了，她的身体已经瘫软已经僵直，生命正在离她而去，但她的眼睛却放射着无穷的热力，直勾勾地盯着我。我知道她是放不下我，放心不下我啊。每次都是这样，这样的生离死别，每次都是只有我一个人在母亲身边。这样的时候我知道我是母亲活下去的唯一念想，我唯有用我的小手紧攥住她的手，不肯放松。我忘不了有一次我弄坏了大姐的什么心爱物件，她很凶地骂我："妈的病都是你害的，妈要是死了，你就完蛋了，你高兴不了几天了！"我忘不了大我九岁的二哥把我背在背上，用那么严肃的口气对我说："你不要害怕。妈要不在了，我就养活你。一辈子都养活你。"

事情就是这样，他们都可以没有母亲，就我不行。我如果没有了母亲，我就再也不会有高兴的日子了，我就要受罪，就没人养活，就长不大了。

感谢上天对我的恩赐，病魔最终没能摧垮我的母亲。经过长期治疗，从我上高中开始，母亲渐渐地成了一个健康人。她操每一个儿女的心，做一大家子人的饭，拉扯孙儿孙女。我自此彻底地告别了孤儿的噩梦，一天天地快乐起来。我开始跟母亲顶嘴，和她怄气，不再时时处处照顾她，不用担心她会倒下去。我的母亲，终于和别人的母亲一样了。我在这种迟来的幸福中安然地享受着母亲给予我的一切，走过了考大学、参加工作、结婚、生子这些重大事件。我已不年轻，但我还是如此贪恋母亲的温暖，贪恋在母亲身边做小女儿的分分秒秒。当我抱着孩子挽着母亲走在阳光下，我的心里是满溢的幸福和感恩。我以为这样强大坚韧的生命之链没有一种力量可以击破。我以为最坏的都已经过去了，生命中，再不会有什么疼痛让我在梦中哭不出声，再不会有什么恨事让我的母亲死不瞑目。

可造化是多么捉弄人啊，一眨眼间，只是一眨眼间，我的大姐没有了。母亲的大女儿没有了。在七十五岁高龄，母亲终于没能逃得过置她于死地的劫难。白发哭黑发，情何以堪？我的母亲，她在一夜间让自己的心先死去了。一夜间，她猝然老去，老得不可收拾，像灵魂已逝的一具躯壳。

没有言语可以形容这样一种心痛。手足之情，比你已知的预料的还要重千斤。夜夜噩梦，大姐微笑着唤我的乳名。好像她从未离去，好像她下定决心从此只以温柔对待不懂事的幼妹。刻骨相思，我的世界陷入了无边的空虚和黑暗中。但母亲怎么办？每一次的撕心裂肺中，总是第一个先想到母亲。想到母亲的痛苦和绝望，才惊觉到，也许没有什么力量能让母亲再继续以往的日子了。而我告别了二十多年的童年噩梦，像魔鬼一样再一次从天而降，再一次真真切切地回到了我的生命中。妈妈啊，没有人比你更苦更痛，但你一定要挺住。你若放弃，你若倒下，我怎么办？

而我能说什么能做什么？当一个女人历尽世事艰辛和病痛折磨，顽强求生一辈子，终于有一天她缴枪投降不再挣扎，那么还有什么力量能使她的眼睛重新燃烧起来？当一个母亲长长一生不断地痛失我爱，她痛哭过悲号过呼天抢地过，到如今再没有一滴泪水滋润她枯干的心灵，那还有什么语言可以劝慰她？她坐在那里，明明是半截身子已进了黄土，却没有一双天使的翅膀引领她的灵魂升上天堂。炼狱之火啊，正在炙烤着我母亲残存的生命。而我只能在深夜里才放声痛哭，在深夜里，从此生此世再也无法走出的童年噩梦中，一次次惊醒过来。

多少日子了，我一个人沉陷在这样的黑夜。我一个人踽踽而行在这样的白天。城市里，开着无边无际的花，太多的车太挤的气流使我眩晕，使我眩晕的还有自身的内部——那里被剜去了最疼痛的一块拥有，怎样的继续也无法修补的血肉剥离。我一天天地让自己明白：其实母亲还在，而我们兄弟姐妹是少了一个了。我们五个人就这样突然间变成了四个人。我也终于明白，就算剩下四个人，我们也都活在各自的命运中，我只能在自己的夜里痛着，醒着。兄弟姐妹是天上的雪花，纠结着，依恋着，缠绕着，它们不愿分开不愿落下来，就是落下来化成雪水，也想要努力地流到一起成为一股。可它们毕竟被尘世弄脏了。它们再也回不到在天上相亲相爱地跳舞的样子了。

怎样的绝望，我叫不出它的名字。

而母亲径自衰老着，荒芜着。不说什么。一生，她都习惯了不说什么，一味地克己让人。在娘家做闺女时，她是六个弟妹的长姐，父母的帮手。十九岁嫁了人，丈夫便是她终生的家长。她年轻时失去了一儿一女，但终于拉扯大了我们五个。我们五个人后来又有了十个孩子，十个孩子，谁不是在母亲时时刻刻的呵护中一步步成人的，谁不是理直气壮地吃母亲做的饭菜长大的？没有语言可以穷尽我母亲付出的心力，没有时间可以泯灭这样一种恩情。但人又是多么健忘啊！我常常无端地憎恨自己，在那样苦难的时代，是我的出生拖垮了已不年轻的母亲。我也曾想过若不是哥哥姐姐的这些孩子，母亲也许会更健康硬朗一点，更悠闲享受一点。我是多么褊狭多么无知啊。我至今才明白，我们五个，他们十个，为我们五个和他们十个所付出的一切，才是母亲赖以生活的动力和源泉。爱，是唯一的支撑，唯一的救赎。她这样一个女人，我们就是她全部的自我，整个的世界。

而今，这个世界因缺了一角而摇摇欲坠了，而面临着坍塌。我的母亲，人事坎坷未能吓怕病魔死神面前不曾屈服的母亲，终于在爱的大痛失中关上了她的心扉。她不再坚持。爱比死残酷，她已难以坚持。七十五岁了，她依然学不会坚强，学不会麻木，学不会接受命运。她是白白地经历了一世风雨啊，我天真糊涂的母亲！可我怎么办？当你如此自弃弃我，仿若生命已是一堆苦寒的废墟，当你的双眼空茫如两只沙漏，只是计算着剩下的时间，我怎么办？我要怎样，才能承受你的不存在？承受你不存在后的我的存在？

今夜的月亮，比我五岁那个夜里的月亮，比我梦里的无数个童年之月都要大得多，圆得多。而黑暗是一样的。成长是一样的。远离母亲的时间里，我一个人离开此岸，便也失去了彼岸。寒风吹彻，就连梦都是凛冽的，但我依然期待着另一种梦境的降临，我依然想流下那些清晨般尚未爱过恨过的泪水。我的哥哥姐姐们啊，把我抱回到童年的炕上吧。让我趴在红窗花的窗子上，安心地守护你们给我的福足，让我看咱们年轻的妈妈在花椒树下割着新韭的身影。阳光下，她的白麻织布长衫是那么白，像多年后她猎猎的白发，像突遭心灵之戕害的简单的一生。

窗外，看不见一丝雪花飞扬。在我孤独狂乱的想象之外，在她自己命定的冬天里，母亲歪在老藤椅上打着盹儿。我知道，这远方一天一天熬下去的她的时间，依旧是我的福祉。一样的月光，不一样的母亲。风推开院门，她捶捶风湿痛的双腿，站起来往火炉里添了几块煤进去，自己对自己说：明儿个不知出不出太阳呢。

明天，会出太阳吗？

这一棵开花的树

四月的校园里，有一棵开得极美的花树。在它的周围，是美不胜收的红樱花黄玫瑰，香气馥郁的紫丁香探春花，树下更有活色生香的牡丹芍药。走过了漫长的冬季和沙尘不断的春寒料峭，这么一个明媚鲜艳的花季，带给人的欣悦和生机是丰富而真实的。我爱每一瓣花瓣每一种颜色每一缕芬芳，然而百媚千娇中，我更钟情那一棵花树。不只是喜爱，不只是感动，我对它简直怀着一种无法用语言尽述的崇拜。

其实，它比身边的每一种花都更普通，更乡土。它只是一棵高大的看上去已有了年成的梨树。然而，这是怎样壮观的景象啊，大树密密匝匝披着雪也似纷纷的花朵，云蒸霞蔚，汪洋如海。就连最细小的枝丫都被花团锦簇裹住了。一棵树，为一个花季，怎么可以捧出这么美这么多的花朵？

看着这棵树，油然想起了一首诗。如同树是平常的树，诗也是极普通的。

我不知道校园里夹着书本来来往往的我的学生们功课之余在读什么样的书，虽然每天在我的课堂上，我总在列着这样那样的一些阅读书目。对现在的学生，我终究是隔膜的。我正在老去，而他们还没真正成长。这就是我们之间的距离。就像我久久地感怀在一棵花树下，而他们三五成群成双成对无视地从花事烂漫中走过。他们不需要打量花朵，他们不需要怜惜一个季节的美。他们自己就是花季。

他们还没有失去过，还不懂得时光背后的东西，不懂得一朵花的绽放和凋谢。

那几乎是恍如隔世的事了：在我的少女时代，学校里风一般流行着三个台湾女作家的作品，琼瑶的小说，三毛的散文，席慕蓉的诗歌。三毛至今依然是我至爱的作家，在流浪的路上，她那永远的橄榄树永远葳蕤在比远方更远的地方。至于琼瑶，我觉得她对我们这一代人的影响是很大的，她使我们善良纯洁执着，坚信世间有生死相许的真情，也使我们神思恍惚，"生活在别处"，常常错过了身边真实的爱情和幸福，或者将一份不相称的情感戏剧化、神圣化，焚心似火地投入。琼瑶有多少建设性，就有多少破坏性。相比三毛和琼瑶，席慕蓉是婉约节制内敛的，但也是很煽情很小资的。她太重复，重复语句，重复意境和情绪。几本诗集读下来，其实就像听了一首回环往复的抒情慢板。她又太唯美。有人说过，通常在我们不幸的经验里，太美的东西如果不是虚假，就是浮滥。

是这棵树，这棵繁花满枝让人爱到心痛的树，使一首久已遗忘的诗从尘封的记忆深处涌现出来。我这才发现，我一直并不曾喜爱过的原以为只是清丽只是唯美的席慕蓉的诗，表现情之至境时却有着如此深刻的痛楚和了然的洞彻。"如何让你遇见我／在我最美丽的时刻／为这我已在佛前求了五百年／求佛让我们结一段尘缘／佛于是把我化作一棵树／长在你必经的路旁"——这是《一棵开花的树》，一棵等待尘缘的树，一棵佛心点化、等待正果的树。"阳光下慎重地开满了花／朵朵都是前世的盼望"。求了五百年，等了五百年，五百年为一劫数，五百年为一转世。终于等到了这相遇的一刻，那花该有怎样的形状怎样的颜色，怎样的美丽才能担当起五百年的祈盼？

而怎样的花，终究都是要凋落的。

而最美丽的花，往往等不到相遇就凋落了。

曾经喜爱这首诗，是因为我自小就是特别爱花的人。我喜欢春夏秋冬每一个季节的每一样花。我每到什么地方，最先注意的不是街上有怎样炫目的建筑，怎样亮丽的橱窗，怎样热闹的景观，而总是忙忙地去看道路旁的植物。那些挂着柿子啊红枣啊龙眼啊槟榔的果树让我备感亲切，那些高大的绿树婆娑的枝叶让我心怡，而那些开花的树总是让我深深地感动。我常常因为花草树木在第一时间爱上一个陌生的地方。自然之美，对我始终是一种难以抵挡的蛊惑力。但今天，当这首久违了的诗像和煦的风徐徐掠过我的心，掠过繁花的枝头时，我第一次懂得，原来美丽包裹着的是真正难以触碰难以言说的疼痛。这份痛不问花事，无关风月，却一样刻骨。原来伤春永远都不会是少年情怀。娇憨甜美的少女李清照吟诵"知否知否，应是绿肥红瘦"时，绝对是为赋新词强说的愁，只有当她活到了"冷冷清清凄凄惨惨戚戚"的境地，她才能懂得残红无数的大美大痛。"肠断魂销，看却春还去"，"春归何处，寂寞无行路"，"惜春长怕花开早"，"林花谢了春红，太匆匆"，多少伤逝之诗章，但我们自己正值花季正当盛开时，又能感悟多少？只有美少女颦儿是从骨子里懂花惜春的人，她用泪用心祭奠着一朝春尽红颜老的花儿，最终让自己的生命伴随花之精灵们质本洁来还洁去了。

而我，今日的我，在终于长大了之后，在有了中年的沧桑和失落后，才真正懂得了这首诗和这棵树。是的，一朵花，一棵树，一场花事，对我们诉说的其实永远只是时间，只是光阴的故事。可行色匆匆的我们，何曾在生命的某一刻心凝神动聆听花开的声音？成长总是太过草率而仓促啊！在我来时的路上，在那些目迷五色来不及辨别的风景中，可曾也有过一棵等我五百年的树？我在哪里错过了那繁花满枝？我是怎样地辜负了那只属于我的花季？在我的生命中，我可曾为了谁苦苦地盼一份尘缘，可曾为了谁慎重地开满一树的花？而当那份缘终于无缘地走过，我是怎样惨烈地凋谢了我用全部的青春血色染就的美丽，花落的声音是怎样地震裂了我的心脏？啊，那一生只开一次的花季里，我在等谁，谁在等着我？谁在爱我，我在爱着谁？

芬芳的花，是年年要开的。锦绣的春，是年年要来的。而人，谁又能两次涉过同一条河呢？席慕蓉是懂得的，透过这首美丽凄清的诗，她再次告谓我们生活中无处不在的亏欠：那些"求之不得"，那些"事与愿违"。她悄然说出了那么多的心灵正在走过的疼痛：那些花儿，开了也就开了，世间有多少花，能等到想要的结果呢？

这棵树，这棵我爱着的花树现在正是盛放之时，没有一枝绿叶，只有梨花花瓣重重叠叠如粉如雪，铺天盖地，气象盛大。然而，一棵树，立在黑暗的苍穹下，立在心的荒漠中，它毕竟太小了，承担不了太多的爱情和忧伤。它经过了旷古的等待，属于花朵的时光却是这么短暂，如同一个人一生中的好日子。但花季之后还是花季，生命总是在不断地受伤不断地失去不断地放弃后走向成熟，邂逅新的感动新的重逢。就这么走下去，也许有一天，我们不再需要等待春天，我们的生命其实已是一座花开鸟鸣的大花园。

我站在花开如海的美丽中，却恍如身处花谢花飞花满天的苍凉之境。我无法抵挡时间的洪流对我的席卷，无法抵挡这来自生命深处的宿命的忧伤。但花正在开着，花下是更多年轻的面容花一般恣意的青春。这样的时光，怎能不让人深深感动，不让人潸然泪下？我唯有对着这一棵开花的树，悄悄诉说我感恩的心：是的，一切美丽，皆是善缘。世间从没有徒劳的开放，兀然的飘零。

年轻时喜欢的一首歌里唱：真心的花才开，你不要这样离开。而走了这么久，经历了这么多离开之后，我才开始懂得，在一棵开花的树下，在一场美丽沧桑的花季里，没有人可以这样离开。没有人可以说：我一无所有，我两手空空。

在西部写作

2011 年底辞旧迎新之际，"甘肃文学论坛小说八骏研讨会"在北京召开，会上我有幸听到了许多前辈老师的教诲，很是启发心智。也有一些言论，让我萌生了有关思考。譬如，有评论家说，对现在的甘肃小说真不知说什么好，因为这些作品全然不是多年前所熟悉的西部文学的状貌，无法引发那种亲切感新鲜感夹杂的阅读期待。可以看出，这个评论家的话很是代表了一部分人的心态，因为不少人不约而同都谈到了甘肃小说与"西部文学"的关系。而著名评论家陈思和教授评论我的小说时，更是在文章里肯定地说："说实话，这些作品并非是我期待看到的西部文学的风格。"

那么，大家期待看到的西部文学的风格究竟应该是什么样的呢？甘肃的小说应该保持怎样的"西部"，才能赢来外界热切而长久的关注呢？

虽然我非常清醒我写小说只是出于内心的一种热爱，一种情结，我从来都不是有问题意识、坚持什么"主义"的作家，他人对我作品的褒贬也不太会左右我的情绪，但尽管如此，当上述论家的意思变成问题摆到面前时，我得承认，作为一个"西部作家"，我的思绪有点怅惘，有点纠结和失落。因为我知道，那些意思虽表达得各个不同，或直接地表示质疑，或含蓄地贬以褒出，但换句话说，都说的是：当甘肃的小说不再是色彩浓烈、原汁原味的"西部"，而是和"东部"、和中原、和中国广大的别处的文学一个模样，那么，你如何证明自己的存在是必要的？外界又如何界定、如何命名你的创作？你不写大漠孤烟中踽踽独行的神授艺人，不写黄土沟壑下泪眼凝望着远方的山妹子，不写草原帐篷里的恩怨情仇，不写西域驼峰上的红尘往事，却偏要跟到人家屁股后边写城市，写现代人，你既然死活不明白全中国人民都会说、电视选秀节目上天天喊得山响的那句"越是民族的，就越是世界的"，那么，别人为什么要对你偏远小城市生活的作家的城市题材的作品感兴趣呢？要看城市生活，人家不会去看"香港的情和爱"，不会去看"跑步走过中关村"，不会去看上海的"大城小爱"，不会去看"混在深圳"吗？真是的！

在场的《文学报》敏锐地捕捉到了这一信息，研讨会结束后，记者马上发来了很具针对性的采访题目："在研讨会上，也有评论家提到，西部写作的地域特色可能在慢慢消退，取而代之的是更具有普遍意义的城市气质。在八骏中，您是身份比较特殊的一位，比如西部作家的身份之外，您还是一位藏族作家。您是否会在写作中试图突出这一地域和民族的身份？您如何理解地域和民族在写作中的意义？作为一位写作者和评论家，您觉得当下年轻的西部作家面临的最大问题是什么？他们可以向哪个方向进行突破？"

我历来不是会做问答题的人，思索良久才浅尝辄止、言不尽意地做了如下回答："我生活在西部，我是一个藏族人，但作为作家，我迄今为止不曾在写作中刻意突出过地域和民族的身份。从显性的体例看，读者或许不会从我的作品里识别出我是哪里人，我是哪个民族的人。更多的时候，我只是一个书写当代城市生活、表现知识女性的情感命运的普通作家，和任何其他地方的作家并无二致。但这并不意味着，我低估或抹杀地域和民族在写作中的意义，众所周知，地域性写作在中国出过很多名家，而且，还正在源源不断地出着。必须承认，地域资源，肯定是写作的一大宝藏。同时，就算不以地域生活为显性的主题元素，任何作家的创作里，也都会毋庸置疑地留下自己植根故土的明显胎记。而民族，更有着非凡的意义，她不光是一种记忆，一种滋养，更是一种血统，一种底色，一种支撑，一种信仰。我相信我的创作正在践行着母族文化和故乡热土给我的馈赠。

"从文学史的眼光看，从中国文学的全局观照，'西部作家'这样一种提法曾经是有意义，也有意味的，但时光走到今天，我认为已经不存在这样一个整齐划一的'西部作家'的群体。生活在西部的作家同样面临的是普遍的中国性境遇，没有谁因为'西部'而可以置身事外，逍遥在千年的牧歌想象中，没有谁不被裹挟进强大而盲目的现代化洪流中，从根本上说，并不存在一个一成不变的'西部'，'西部'本身已面目模糊。因此，西部作家写作时遇到的问题和别处的作家一样，是千头万绪，难以一言以蔽之。每个作家在每个阶段遇到的问题也会不一样。若非要做群体性的区别的话，可以说，西部作家更强烈地感受着山川河流痛失往日面貌的滋味，我们的问题、我们需要突破的地方也许都在这里，即如何用手中之笔有力地表达我们失乡、寻乡的精神历程。"

后来，我从报纸上看到别的作家对"西部写作地域特色"问题的回答，观点基本一致，但显然更高屋建瓴："这只是特定阶段内的产物，这个'西部'和'特色'，只是特定时段里的特定语境。如果我们承认时光在流转，世界在改变，那么，我们就应该承认'西部特色'也将是一个日新月异的所指。据说我国城市人口已经首次超过了农村人口，这便是今日我们面对的格局，文学描述的图景随之转变，也是可以理解的了。当然，文学绝不会是日新月异的事情，那些亘古与恒常的准则，永远会作用在我们的审美中。在这个意义上，我几乎没有将自己的写作落实在某个'地域'的窠臼中。我个人觉得，生活在中国的西北，生活在中国的内陆，对于一个中国人而言，有利于其对于这个国度更本质地认识。作用在自己的写作中，这样的认识，意义就堪称重大了——更本质地把握我们的国家，更本质地把握中国人的境遇，由此，便可以放眼整个人类的世态炎凉与爱恨情仇了。"

看来，在西部写作，是怎么也绕不过"西部"的，你如果"西部"了，那且好，名正而言顺；如果你不愿意或者还未来得及"西部"，至少你得面对以上的提问，做出自圆其说但终归显得有点心虚的回答，好像自己多么对不起西部似的——我是深谙个中滋味的，因为如记者所说，我除了"西部作家的身份之外，还是一个藏族作家"。我在极其短暂的写作生涯中，不计其数地深度体验过这种对来自外界的期待、界定、命名的愧歉感。我曾一遍又一遍地扪心自问：为什么，我的笔离西部题材这么近，我离藏族题材这么近，但这么多年，只是很近，却从未进入？一条鱼，想要对它所寄身的河流完成一种审视，一种表述，真的是那么难以企及吗？

我相信这是个极其恰切的比喻。是的，是鱼和河流。迄今为止，不是别的。不会是鸟和林子，鸟的食有时在别处，鸟常常飞得很远，并且常常从高处俯瞰它栖身的树林。也许只有作为鱼，才会如此地明白鸟看似随心所欲的姿态其实是多么弥足珍贵。

讲一次小小的"西部"经历吧。几年前的一个暑假，我们一行人集体组织去九寨沟游玩。刚上旅游车，女导游就开始自我介绍说她是中专毕业的藏族女孩"卓玛"，说"藏族人只要会说话就会唱歌，只要会走路就会跳舞"，然后音色平平地演唱了"康巴汉子"，然后口若悬河、错误百出地讲解美丽的九寨风光，讲解生活在九寨的藏族人神秘的天葬，浪漫的婚俗，讲解我们此行需要入乡随俗的种种事项，说得全车人个个眼眸熠熠生彩，充满神往——确乎，相比我们生活的工业城市兰州，远方又是多么荒蛮多么风情的"西部"啊！

接下来，经过有效探察，我已然断定所谓"卓玛"并非我同族，而只是一个导游业务还不甚过关的汉族打工妹。这没什么奇怪，不过是旅游公司的营销策略中一个小小的手段罢了，两下并无碍。车越来越近地驶入了藏区腹地，卓玛高声谈笑的声音像车窗外连绵的绿草地上一掠而过的油菜花一样明艳，使得我长期在严重污染的天空下案牍劳形匆匆奔波的同伴们越来越袒露出了"原生态"的兴奋，若卓玛不是卓玛，而是阿芳或珍珍，快乐总是要打点折扣的吧？——然而，我们却遭遇了一个真正的"卓玛"。

在甘川交界的一片有稀落几家人烟的旷野上，我们的旅游车突然卡壳在马路正中，司机车上车下地鼓捣了好久后，卓玛宣布故障可能还不会很快解除，她抱歉地说大家可以下车活动活动，拍个照什么的解解闷，四处风光甚好，"不过，你们记着不要随便和这儿的居民打交道，"她说，"藏民很坏的！"一言既出，车厢内突然一片异样的肃静。这句话既不符合说话者自己的"卓玛"身份，又严重消解了之前她一路道来的关于藏民族淳朴善良、热情好客的讲解。愕然中，有些人不安地扭头打量我——我是此行中唯一的藏族人。卓玛意识到自己脱口而出的失误，她愣怔了一下，又很含糊地补充了一句："我是说这里的藏民坏。"

虽然对"这里的藏民坏"有了一定的思想准备，但事情还是显得更糟。急着要方便的一群人匆匆奔到前方刷着大红色"厕所"字样的土墙下时，一个穿着简朴藏装的妇女挡到了面前："厕所，收费！三块钱！"她用生硬的汉语喊。什么？三块？见我们不解，她很不耐烦地重复说：

"三块，一个人三块，男的女的都三块！"这太过分了，怎么能这么乘人之危！人群同仇敌忾地上去讲理，城里的洗手间最高也就五角钱，这儿没有水不供应草纸，不过一面土墙遮个羞而已，竟收三块，也忒黑了吧！也有好脾气的人以戏闹的口气说："原价三块，但这么多人一起上，就打个折一人一块吧？"藏族妇女冷冷地瞅着我们，丝毫未被人多势众所威慑，她坚持说："厕所，三块！"绝无薄利多销的意思。最后，有些人嘟噜着"不跟这些刁民一般见识"拿出了三块钱，有些人骂着"少数民族穷了就要抢人"愤然离去，还有一些男人离开人群绕到远些的空地上以图就地解决，妇女望着他们的背影一声口哨，忽地四处冒出来十几个半大的小孩，抓起地上的土坷垃向那些撒野的过客冲去。

　　我在一切复归安静后无可扼制地走到了那个妇女面前，我用藏语告诉她，不能这样，这样太野蛮太无耻。我说我也是藏人，藏人不该是这样的，从来都不是这样的，但今天你们的行为太给我们民族丢脸！我还说，你怎么能唆使孩子们做土匪路霸，他们这个样子长大了如何做人。那个妇女听见我说藏语，先是露出了惊喜的表情，像是阴冷的冬日天空亮出了一抹阳光，然后她咯咯地笑弯了腰，说："你的口音，哈哈！你的口音！你是青海的，拉萨的，甘南的？你到底是哪里人吗？"嘲笑完我的方言，她开始安静地听着我的声讨，她的脸上慢慢浮现出悲愤的神情，鄙夷的神情，她说："你想让藏人是什么样子？你知道现在藏人的生活是什么样子？我们的牛肉羊肉被人家拿走了，牛皮羊皮被人家拿走了，人家给我们最低的钱，一转身却拿我们的东西发家致富，全世界去坑人！那些人今天这个来画圈征地建厂子，明天那个来开矿挖山砍木头，十年里，我被逼着搬了三次家！他们淘了金子挖了宝贝拍屁股走了，我们的草场干了，青稞烂了，河水脏污成牛喝了都要死！现在，我们的牛羊没处去，我们的人全都被包工头包下挖冬虫夏草去了。你看看，草原这几年变成什么样子了！日子过成这样子了，守个厕所要他们三块钱，我犯什么法了？"

一时间，我被她的话击中。她眼中突然迸溅的泪水使我哑口无言。我呆立半晌，慢慢转身，她在背后不依不饶地喊："丫头，你嫌我给你丢人了，我还嫌你丢人呢！你吃上了公家饭当上了城里人，就以为自己是文明人了，就不知道自己是瞎子了！你说这些孩子长大怎么做人，再怎么做人也不会比你们那些城里人更坏吧？他们杀羚羊，贩藏獒，他们把我们的朋友马和狗剁成肉炖成汤，他们见什么吃什么，听说，他们连猴子都不放过呢！啧啧！你就好好跟着他们学吧！"

我在她凌厉的骂声中慢慢走回到我的同伴中，走回到同样凌厉的目光的包围中。车修好了，大家欢呼雀跃，说"赶紧离开这鬼地方"，就在那一刻，我遽然丧失了一种似是而非的相伴，疼痛横空而出，那么尖锐，那么多，它一下子把我和人群隔离开来，我是那么地孑然一身啊。车窗外，那一片被无数的歌谣赞美吟唱过的蓝天白云，依然如美轮美奂的画卷，静默地绽放着天荒地老的孤独。

接下来的行程，导游卓玛眼神飘忽却依然兴致盎然，九寨风光美不胜收，其间她组织大家付费一百元到"古老的土司寨"观赏了藏族风情表演。青稞酒，酥油茶，哈达飞扬，歌舞如海，尖叫像密集的鸽哨，这才是"原始狂野神秘"，才是"能歌善舞、热情善良"，这才是"真正"的藏族特色啊，我的同伴们受了伤害的心又开始焕发出矜持的热情。而我，观赏着旅游产业精心打造的"原生态"，心底又一次隐隐作痛回想前日的情景。是的，这同一片寥廓的天与地，它们都是我的母土，而那立在高原旷野上飞泪诉告的胡乱草率的妇人，她和眼前这些被商业文化包装的鲜艳精致的孩子们，都是我遗失在时间中的亲人。可是啊，走了这么久，家园和人都已千疮百孔，都已经凋了容颜变了声音，当我们如此相遇，我们如何相认？

后来，相似的情景，在广袤的西部不止一次地遭遇过。

在自小从民歌里认识的吐鲁番，葡萄架下除了美丽的姑娘，更有大宰外地客的商农。本应在自家院里享受清凉和天伦的老人被安置在骄阳下的大路边，身边立着汉字的牌子"和维族百岁老人合影 5 元"；在内蒙古，一片又一片裸露的沙地横在蓝天下，像一道道触目惊心的伤口，呈现着今日草原之殇；在我的家乡甘肃南部，藏族留守儿童们每逢集日就和邻近汉族村子的孩子们一样，放下功课去城里做买卖，他们的鸡蛋要比普通的鸡蛋卖得高，因为那是城里人需要的"土鸡蛋"，但实际上村里几年前就没有叫土鸡的那种鸡了。孩子们卖了鸡蛋然后买各种黑心作坊加工的不安全不卫生食品，还买地摊上几块钱一张的乱七八糟的影像碟片，反正，外出打工的阿爸阿妈们互相攀比早就为家里置办了 VCD、DVD，反正爷爷奶奶管不了他们……当然，我并不是说我没有看到富强进步，看到团结和谐。然而，当我总是看到另一些无法忘记的生活的碎片时，它们以尖锐的触角弄疼了我，却又让我无力表述。我无力表述的总是越来越多。我多么希望它们只是"西部风格"，而非"中国特色"。

常常想要在阅读中寻找答案。知道有"西部文学"这么一个曾经辉煌的存在，知道它至今还吸引着"东部"的目光，也认识一些依然活跃的"西部作家"，以及更多的"西部少数民族作家"，所以我试图在别人的文字里看到我所置身的西部和我的民族在今天的情状。但我每每失望。总是浮泛而虚弱的呈现，总是停留在一个类型化的抒情时代，大家千人一面地在作品中铺排、呈现"西部"和民族文化中的一些表象的成分，这些成分在许多时候仅仅是一些地域风情性的标签和符号，总是用这些缺少精神支撑的地理和文化标签、符号制造出来的神秘的宏大，荒凉的崇高，虚飘的神性。这种症候，在藏族文学领域，表现得尤甚。我知道，在眼下，有关藏族，有关青藏，有关少数民族题材本身就是一种极富价值的资源，有许多人在"东部"陌生化的期待视野下进行着这样取巧的写作——在潜在的功利性美学目的、懒惰的思维、固定的套路下的写作，那种放弃了难度的匮乏现实感情和现实能力的再现型的写作。而我，我所有的，也不过是虽丰富直观但零散表面的肤浅的感受和认知，当我无力从今天的城市生活中抽身而出，"藏族"于我越来越只是一种深厚的母族情怀和永恒的故乡记忆，我无法从根本的理性的意义上去把握那片土地的过往、现在和未来，无法达到从经验的分散性上升到理论的统一性、思想的高度性。我也只能是浮光掠影，得其貌而失其神，如镜中花瓶中水，更如水中之鱼，载浮载沉于与生俱来的惯性中，久而已不知水的冷暖，更无法在一定的距离外完成对水的整体的审视。

这就是我为什么到现在不敢贸然去碰去写藏族题材，非不为也，是力不逮也。我不能仅仅给自己笔下的人物贴上扎西、卓玛的标签，仅仅给作品置入草原、牧场或半农半牧的背景，然后写一个似是而非的因为高地因为苦难因为信仰所以崇高所以纯粹所以神性的"西部"故事，不，我不能容忍如此地"利用"自己天然的民族身份和"东部"的"看"。当然，写母族题材毋庸置疑是我的一个心结，我祈愿会在对的时间与此邂逅。福克纳的故乡，是一枚邮票大小的地方，因为他了然于胸，所以开掘出了一个深远广大的世界。我深信我的故乡，那些亘古的蓝天白云，蓝天白云下那些宽阔的草原，以及从草原一路往西往东的更广大的西部，那些有多么悠扬就有多么忧伤的牧歌，那些在绵延不绝的天灾人祸中痛失往日面貌的山川河流，有一天一定会从我的梦中走到我的心中，流到我的笔尖，结晶成一颗疼痛炫目的珍珠。

曾在北戴河认识一个也算"西部"的作家，因为我又"西部"又"藏族"的身份，他对我非常热情。他曾去西藏旅游两周，回来后写成关于藏人生活的长篇小说一部，据他自己介绍说相当不错。当他了解了我的创作情况后，他吃惊地问："你为什么不写西藏？不写你们藏族人自己的故事？"这样的问题，我之前之后许多次地面对，在我的族人内部，它更表现为一种有力的质询和不满。我曾那么地踌躇于这个问题。但在认识了这个兴高采烈的西部作家后，对此问题的回答我开始有了一句狠话：对于今天的我，写，是一种迎合；不写，才是坚守。

陈思和教授说我城市题材的小说并非是他期待看到的西部文学的风格后，又肯定了我的小说值得一说的价值，因为"以发展眼光看，现代化的都市建设在西部迅速崛起，现代生活方式及其感情矛盾，也将是西部人所面对的挑战"。这个句子使用的将来时态，使我觉得多么富有意味！如果我把将来时态改成完成时态，改成正在进行时态，把陈教授的"将是"改为"已是""早就是"，他是否会觉得非常荒谬，如同我面对"将是"所感觉到的无奈？我所生活的城市兰州，在东部人的眼里，真的落后到如此地滞后于时代的发展，以至于"现代生活方式及其感情矛盾"，都还是将要面对的未知数？生活在当今时代的东部人，莫非他们真的还在相信兰州人"坐着羊皮筏子过河、骑着骆驼上班"？相信尕妹妹和阿哥是隔着高山望着平川漫着"花儿"订终身？

这里我自然不想做甘肃、兰州和许多的东部的 GDP（国内生产总值）的数据比较，不用比较也知道这其中的巨大差距；我也不想自辩，说我的话里没有一个西部小城人由自卑而生的敏感情绪，西部对东部了解得总是很多，而东部对西部了解得总是太少，这恰似过去的许多年里，中国人对西方总是知道得太多，而西方人对中国则知道得很少——这是没有办法的事情，弱对强的全力关注和强对弱的余光扫描总是不成比例的。问题的关键不在这里，而在于：事实上，就连我的西北边陲城市也早就被裹挟进飞速运转的扩张性的大都市建设中，像火轮停不下步子，"现代生活方式及其感情矛盾"，早已是西部人所面对的日常，当"西部"本身已面目模糊，渐行渐远时，我们的文学该如何的"西部"？我们是表现这古老的西部大地和民族文化在现代化进程中的阵痛、变异和生长，在持守和嬗变中再创造出真正的反映母族大地的现代诉求的新的西部传统，还是永远地开掘取之不尽的"西部"资源，让自己的文字成为类似于少数民族地区的风俗旅游中那种满足了"东部"人的优越感和猎奇欲的民俗表演？为什么我们在抵制"东方主义"的同时，不能有效地警惕"西部主义"？

就是这样。还能怎样呢？多年前，甘肃有过一个叫张子选的诗人，他写祁连山，写阿克苏，写阿拉善以西。后来，他去北漂了。他曾说过一句话，在西部，要靠梦想活着。我不知道这话在今天是否适用，因为，今天的西部，其实到处充斥着物质和工业垃圾，可供搁置梦想的空间并不富余。也许，在今天，在西部活着，和在广大的别处活着一样，梦想不多不少，能支撑你在大地上的重量就够了。这正如，今天，在西部写作，其实真的不是为了擎起什么旗帜，也不是为了某种宣言，某种说明，它只是一种存在。一种告别了过去，但还不知要通向怎样的未来的，正在进行着的现时态的存在。

这一路云飞雪落的事

我写小说是很晚的事情了。

老早就知道写小说要会编故事，而我不算想象力丰富的人。小时候写作文，有些同学写"好人好事"写得出奇制胜，让人艳羡不已，而我无比痛苦于老师布置的那些经典题目："我的老师""我的妈妈"之类。永远写老师和妈妈（或爸爸、外婆等），能有多少新鲜的写头呢？写到吐血的还有"寒（暑）假见闻""一件有意义的事"等题目。一个小屁孩，假期里不过就是没心没肺地疯玩，能有什么见闻呢？与"意义"邂逅的概率，那是相当之低啊。于是只能艰苦卓绝地瞎编，硬是练就了一手一下笔就"难忘"、就"意义"的童子功。

后来读了大学，懂了些理论，知道小说不是纯粹地编故事，它是源于生活的。但问题是它又高于生活。难就难在这个既源于又高于上。所以在我的大学时代，我虽然因为在国家级、省级纯文学刊物上发表了三五篇诗歌散文而成为校园里小有虚名的文学青年，但小说这种体裁，我从未尝试过。我只会写实，只会直抒胸臆，只会"小我"。青春是那么寂寞的事情，风和日丽的成长中隐藏着的残酷的疼痛，躁动与迷茫，绝望与反抗，都找不到恰当的出口，年轻的心日夜战斗在无物之阵中。

当许多同学忙着失恋，许多同学用崔健的歌曲吼叫着摇滚的心情，我用情感浓烈的散文和一首首自认为寓意深长其实不知所云的分行文字记录自己。那时花开，我用我的纸包着我的火。

不写小说，但读小说，许多影响一生的好小说就是在那时候读的。有时也一边读一边羡慕，写小说的人是多么自由，他们可以藏在人物的后面，在虚构的故事里表达真实的自己。他们广阔无边，又莫测高深，不像人一看见情形外露、偏执神经的人就说，看，像个诗人。

大学毕业后教了大学，原以为以自己资深文学青年的身份教文学课，适逢其时人尽其才，是鱼儿游进了更大的水，是眼看得着的教学相长终成正果的大好事，但新生活一个下马威，让我迅疾地明白过来：身边的人和事已不吃文学这一套，腋下夹本文学刊物招摇过市的时代一去不复返了。从中文系的学生到中文系的老师，其间的距离是千沟万壑，风花雪月梦犹未醒，世上已沧海变桑田。大学是不管教文学的老师有没有文学才华的，它不是作家的乐土，它是科研写手们的温床，它认的只是学术科研。而我昔日的光荣与梦想，如今只会给我贴上不务正业的嫌疑。在大多数人的认知里，一个写诗的教师肯定不会循规蹈矩踩着铃声上课下课，不会点灯熬油备课写讲义，但冤枉的是，偏偏我这样做了。我这样做了，就说明别人先入为主的那种判断错了。但在中国，傻子都清楚，大多数人不能错。你想想，一个诗人年终考核得优秀，那岂不是对人事考核部门的极大嘲讽！

就这样被大学征服，切断了所有退路，我的心情是无奈，我的决定是糊涂。从此，搞学术科研的浩荡大军中又挤进去一个亡羊补牢的我，我是那么仓皇，甚至来不及向一路相伴的文学梦挥一挥衣袖。从此，混迹于一支原本最该潜心安静但却莫名燥热的队伍中，耗尽了最好的时光。

是的，流年如风，它凋落了我青春的容颜。但总有一些，是吹不走的，刮不灭的。许多个夜里，当喧嚣退去尘俗远去，心的凉意就像一种适时而至的醒悟一次又一次浸上来。回看自己这些年漫漫"科研"之路，剩下的只是难以名状的倦怠和苍凉。难道真要在这条道上走到黑吗？为什么拿也拿了，吃也吃了，纵然是齐眉举案，到底意难平？

终于，又开始了一次非华丽转身：读自己想读的书，写自己愿写的字，走自己爱走的路，让别人学术科研去吧！决心下定时，我真有一种久在樊笼里今得返自然的柳暗花明，不怕人笑话，我再一次特文艺特煽情地用流行歌曲的句子想：原来这些年穿梭在烦恼的河流上，只是为了在此刻回归文学的快乐老家。是的，我是那个在时间的风里踉跄走远的孩子，而文学是老家那不变的屋檐。注定有一天，我还得回到它的庇护下。除此，断无他处的风景可以安妥不听话的灵魂。

我开始了优哉游哉的读书生活。当下有学问的人，说话有权威的人，身边圈子里的人，众口一词都说好得不得了但我自己读了前三十页还是稀松平常觉不着好的书，硬着头皮相信无限风光在后头但终于越读越不堪痛苦的书，面对它们，我勇敢地知难而退。我只读自己觉得好的，能读下去的，读着高兴的。我就这样肤浅并快乐着，写下了许多篇有关作家作品的系列读书随笔，那是些最大程度地贴近我自己温暖我自己的文字，它们是从我的心里流出来长出来的。

渐渐地，人们开始称我为评论家了。我的评论也开始"被评论"了：一些业内朋友说我太激情，太切肤，喜怒太形于色，说我分析作家作品时犹如把自己投进了火里，说我搞批评就像搞创作。这些话如果自己装得"很傻很天真"，也可以当成夸奖的话去听，但实际上它的意思是，我的评论还不够有学问，不够"学院派"。我在学院里混饭吃，这样的话语系统谙熟于心，根本不用过脑直接靠嘴巴就能完成。问题是，这些问题真的是问题吗？批评难道不是另一种形式的文学创作吗？激情一定是没有内里支撑、胡乱燃烧的野火吗？而理性一定就是好的？没有感悟的理性那不又整回到"学术"那边去了吗？评论家评论作家作品时不把自己投进去，那该投进去什么？没有自己眼的湿润、心的温度，那种如槁木死灰般的客观全面的所谓学问真的是人需要的吗？我为什么要点灯熬油做那种没有生命热力没有心灵表情的"纯正"的批评？既然评论家是一个个活生生的性格迥异的人，他有他的脾气，我有我的缺陷，可批评为什么经理性的卤水一点就四方齐整得像一个笼屉里的豆腐了？

当然，我可以自说自话为自己护短，但无论我怎样振振有词，都改变不了那些做正经学问的人对此的看法。这种看法由来已久固若金汤，和学界的门庭有着相对应配套的森严。我既选择了做散淡之人，写简单文章，也就没打算过让这种看法对我情有独钟网开一面。我在乎、期冀的是和作者、读者的碰撞、交流、对话，我渴望自己用心写就的文章能得到同类的认同和批评，鞭策和鼓励。但这样的情理之事却越来越成为奢求了，曾几何时，我们的文化生态跟自然环境一样脆弱得危机四伏，原该良性反弹、争鸣的话题在许多时候在许多人身上变得极其恶性，昏暗不堪。久而久之，好像写者和评者之间只有冷漠和敌意才是正常的，好像只有无限上纲上线的互相谩骂、诋毁，或语不惊人死不休的吹捧才是正常的，好像评论家要么是憎恨的面孔要么是谄媚的笑脸才是正常的。当人们习惯了这样预先假设的坏名声，真正的好评论就要么成了异类，要么被视而不见。我曾多次在不同场合听人家从鼻孔里往外喷气：哼，那些搞评论的！我也见过一些人谈起某些著名评论家时冒出来的厌恨神情：他们怎么不按照自己的理论写一个小说范本给我们瞧瞧呢？我甚至遭受过一个长发披肩的疑似著名中年男作家对我指着鼻子的指责：评论家就是自己不会写才去评论别人的，你年纪轻轻，要有才干吗不干点别的？

这样无知褊狭的言论自然不必理会。可是它们就像是一种在对的时间出现的错的邂逅，虽擦肩而过，浮云往事，但却留下来不经意的暗示：自己写，真的是那么不可企及的事吗？其实，我不是没有写过。我的抽屉里，散乱着许多个有始无终的故事。只是我自以为它们还不配叫小说。经此怂恿，自小的编故事情结，一直以来的对小说的热爱和敬畏又一次喷涌而出，变成了一种不可阻挡的诱惑。2006 年，我写下了第一篇终于可以拿出去投稿的中篇小说。然后又写了第二个，第三个。

身边读了的人都说好。但我拘泥于那点有限的评论经验，无力对笔下突然生出的"新"文字加以评判。我无比惭愧地意识到，虽然从文学青年到了文学中年，从文学爱好者变成了所谓评论家，但我对源于生活高于生活的虚构文体还是缺少足够的驾驭能力。这首先来自于我对自身所处的"生活"的不信任。我是一个从来没有走出过校园的女人，而大学其实是非常封闭的环境，我在讲台上清谈文学，面对的永远是不谙世事的学生，我走下讲台，身边基本是有着和我一样烦恼心情和不一样的学术面孔的人。我常年生活在一个城市，出门只是去开会或旅游，而从未有过探险、流浪、漫游的浪漫传奇。"远方"对我的馈赠和对平常人一样无非是几张风景照，而非奇花异树的故事。我一直怀疑，甚至先验地认定，像我这样经历单纯、生活面狭窄、兴趣单一的人，应该写不出让读者看得兴趣迭起、余音绕梁的好看小说，更写不出那种以大悲大喜的情节表现普遍人性的深刻小说。虽然知道福克纳拥有的只是一枚"邮票"，虽然常说要打出一口清冽的水井，必须开掘要深，而无须铺面要宽，但问题是，我如何切入到那个有泉眼的幽暗处深刻处，我如何让我的邮票有效地有力地进入我的文学？逝者如斯夫，时间天天流着，也就流成了醉生梦死的惯性。没有警觉没有结晶的生活也叫生活吗？如果什么样的生活都可以从日子里走进故事里，那又何来体验生活这一说？

反正，我虽然无比地热爱自己的小说，但我有多么敝帚自珍，就有多么自我审视。我在深夜里看自己的小说，我看出了某处情节的严重失实，紧接着又发现了一句对话的脱离性格，然后是语句太唯美，氛围太做作，然后是结构太精巧或者太散乱，然后是主旨有时混沌有时又太刻意，然后是——天！我发现我所有的故事虽然是我笔下人物的故事，虽然我的人物有着完全迥异于我的情感和经历，虽然我炮制出了形形色色我能想象到的生活，但他们每个人的内里，那些男男女女光鲜而伤痛的表情里好像都藏着一个似是而非、呼之欲出的"我"。

这是多么可耻的事情，一个写小说的人，无论写谁都像是在写自己；这是多么无奈的事情，一个力图要表达广阔人生的人，永远无法挣脱自己有限心智的羁绊；这是多么残酷的事情，一个被人叫作评论家的人拿着解剖刀划过自己的小说，所到之处，满目疮痍，刀刀见血。

这都是几年前的事了。仅仅是几年前，我竟然还有着那么愚蠢的天真，我不允许自己不完美。还有着那么决绝的信仰，既然不完美，就让它到此为止。我尽管懂得，文学的完美就像爱情的残缺一样，是永无止境的，是永远无法最终完成的，但我还是有一种坚持，坚持不让文字的浮尘在自己的手里一遍遍扬起。

我就那样中断了其实才刚开始的小说创作。那时候，我做梦都没想到日复一日的生活流水账中会埋伏着 2009 年那样激烈的遭遇。2009 年，我的小说被人偷窃。尽管最终真相大白于天下，但其间的心灵折磨只自己知晓。和偷儿光天化日之下做贼的过程同时被曝光的，还有我羞怯的写小说的经历。因为这个，我遭到了很权威的质疑，我被许多认识不认识的人开口就问：你除此之外，还写过什么小说？

我当然不是只写过那一篇小说，但我不能以此证明自己的被侵害。那是种极其悲愤的感觉。那些怀疑看似有理，但实则是比那个偷儿的自辩高明不了多少的强盗逻辑：许多伟大的作家一生只有一部作品，那么他们又何以证明那一部是他的？就因为灰姑娘省吃俭用买下的美丽的舞鞋是她仅有的，就可以听信披金裹银的邻居暴发户的反诬之词？只有滥女人，才会用被许多人爱过来证明自己的可爱。

事情平息后，我重新拿出那些搁置起来的故事，一页页细细地看过。我重新捡拾起我的小说创作，我再次出发。不是的，不像有些人所说的那样，我是为了向世人证明我能写小说我会写小说，我除了那篇被偷的小说外还有更漂亮的小说。真的，事情不是这样，虽然它看起来好像更接近于人们的理解。我之所以选择在这个时候开始比较专注地写小说，是因为通过这件事我透视了自己和小说之间莫名的难以分割的缘。说起来真是很凑巧的不幸，此前我曾有一篇散文和一篇写张爱玲的论文先后被人全文抄袭，但那两次我只无奈一笑罢了。我不是一个善于用法律武器保护自己的现代人，宽恕心是真，没精力、怕麻烦也是真，暗地里常以母亲告诫的吃亏是福安慰自己。但这次，安慰脆弱得不堪一击，而伤口疼痛得无以复加。那个最后的说法，我就算遍体鳞伤也要讨回。后来，我用了好长时间才明白过来：之所以这样，是因为自己对小说别样的深刻的不舍。原来在我的内心深处，有一些文字，它们纠结着我最真的喜怒哀乐，对于它们，不可以说放下就放下。

还有更重要的原因是，经过了 2009 年，我对世间人和事，对自己都有了重新的认识，我懂得了爱和伤害的无处不在，学会了对欠缺的理解，对妥协的宽容。既然人生的每一个角落，生命的每一个时段都有不完美伺机而动，那么我又为什么要苛责一篇小说的缺憾？我为什么在与千疮百孔的生活达成和解的同时，却不能原谅一个虽无力抵达完满但对此怀有虔诚热望的"生活者"？既然文学是疲惫生活中时远时近但从未丧失过的仅有的英雄梦想，我又何必让脑子里的小说观念对笔下的文字吹毛求疵？

我开始写了，故事一个接一个地蔓延而来。两年时间里，我发表了八部中篇，也有三四部被选刊转载。也许这数字会让一些高产作家哑然失笑，但对生性疏懒而且要必须以教学为生活重心的我来说，数量从来都不是目标。同时，我还在随心所欲而又认真地读着别人的小说，写下或许还说得过去的评论。有次会议上，我赫然看到我的名字前面写着这样的"头衔"：著名评论家，青年作家。我根本用不着谦虚也知道，"评论家"而"著名"，那只是名不副实的溢美之词；"作家"而"青年"，倒是恰切地说明了我这个人到中年的作家的现状，看看我这些小说吧，我多少年来几无长进的想象力，我捉襟见肘的结构，我永远不敢把最幽密残酷的一面撕开给人看的"洁癖"，我乏善可陈的语言表达。比比别人，我写的都是些多么青涩多么没有杀伤力的小说啊。既如此，我不青年谁青年！

可是，管他的呢！

我承认这真是一种化蛹成蝶的海阔天空，我突然就拥有了从心灵深处滋生而来的无限自由。我不再在乎别人说什么你评论家写的小说怎么也这德行，我不管用我右手的矛去刺左手的盾会是何种情形，让我评论别人时尖锐吧，深刻吧，尽可能摆脱片面走向客观理性吧，煞有介事吧，光说不练吧，面面俱到站着说话不腰疼吧。但当我躲到小说的伞下，我将无比地沉醉于自己的倾心诉说。那些明媚鲜艳中不期而至的疼痛，那些抚之不去的生命密语，那些永不能盛放的心灵褶皱，那些一地碎金般明灭可见的坚信，那些幽微深切的快乐，它们像伞外飘扬的雨花，纷至沓来在我的面前，我将伸出双手，捧住这上天昭示的秘密，我将无限地迎接这弥足珍贵的安慰，就像在一场破损的爱情面前，我温柔地死于宿命。

就这样，我写着我能写、我愿写的小说，一路走下来。它们对我是无可替代的心灵化妆品。但对别人，也许只是无伤大雅的误会。它们太多的不好，那些不可饶恕的局限，致命的不足，就留给别的评论家去修理吧，或者，根本无人理睬，我也将坦然之至。

2011 年是一个特殊的年份。我没想到，那一年岁末，我入选"甘肃小说八骏"。在之后举办的"甘肃小说八骏"北京论坛上，大家推举我代表八骏作家发言。我说，我只是一个普通的写作者，深知自己平凡得像沙粒，像尘芥，像孤独的夜里无力聚拢到一起的散乱的文字，是小说八骏这样一个精心打造的文学品牌，使我得以跻身于一个强有力的团队中，感受更多热切的目光和深厚的期许，我将无比珍视这一切。但我同时懂得，任何一种称谓和属于群体的桂冠，都不能真正庇护个体的写作，每个人，只有回到自身诚实勤奋的劳动中，才能奉献出更多更好的作品。

铿锵心得言犹在耳，但光阴终已蹉跎。又一个三年过去了。这三年间，我发表了十部中短篇小说，五部被转载。这是我一贯的节奏，我不能再做得"更多更好"了。长长来路，我已习惯了滞留在离目标、计划、业绩这些事物的一步之遥。我从未经历过有预设的人生。骏，良马也，我承接着这个美丽的词赐予的杏花春雨，却并不知道该匹配一种怎样的改变，从而回报一个沉甸甸的金秋。那条将大力催进我的速度的加鞭，至今尚未与我谋面，促成我原可实现的疾驰。

唯可自慰的，只有从一开始就有的那份平定的警醒，沉静的把持。是的，一种来自外界的名号，对我这样的写作者，不可能添加什么，也不可能剥夺什么。文学是一辈子的事，慢慢走过时间的馈赠，一切幽微驳杂的人事终将在文字的深处得以呈现。如此，我才能后知后觉太多不平常的经历对我的平常日子意味着什么，深谙时间在每个季节的安排有着怎样的寓意。

荣誉是偶得的，信诺却是终其一生的，以诚实勤奋的劳动践行良骏的精神，这是我对自己的选择不变的致敬。

小病小记

　　一种简单到无可比拟的疼，让 2009 年最后的冬天深刻得像一个走不出去的黑洞。

　　终于，在 2010 年的元旦，我躺到了医院的病床上。

　　我没想到会是这样——学院要在那天举行大型的新年活动，吃饭、唱歌、跳舞、棋牌。接下来的几天，已约好了和许多新朋旧友一起聚会。同在一个不很大的城市，见面却往往借着节日的名义，多么不易。所以，本来我是打算要好好去唱他个天昏地暗的，本来我是要欢欣鼓舞的。我特别开心 2009 年的结束。2009 年，于我是很不平常的一年。发生了很多事，成长了自己，但更在看不见的深处损坏着自己。我一直在心里对自己说，坚持，坚持！到明年就好了，过了 2009 年，一切就都好了。

　　就是这样，当那些疼在我的身体里伺机而动，蠢蠢欲动着最后的全线出击时，我却竟然还以为，生活中的许多节目是可以提前计划的，安排的。

　　那些疼是一下子冒出来的。那些尖锐的刺疼，那些沉闷的钝疼，那些无力用语言准确描述的疼，它们形态各异，难以穷尽，却有着一样心狠手辣的面孔。它们一阵一阵地，一截一截地，生出来，长出来，它们让我好端端的日子突然断成了一截一截的黑隧道。从这一截跌跌撞撞地冲出去，不多时又摔进了下一截。一样的黑，一样的看不到出口。但分明，一截比一截更黑，更长。

这么多的疼，真不知道它们先前待在什么地方。2009 年最寒冷的天气里，它们像一群听话的孩子按时集合在开学的第一天，像突然间葳蕤的荆棘，齐刷刷横到了我的面前。毋庸置疑地，来势凶猛地，俘获了来不及做一点抵抗姿态的我的身体。

是的，就是这样，当 2009 年终于过去，新的一年翩然而至时，我没能在 KTV 高歌低吟辞旧迎新，却走进了医院，成为一个代号叫"10床"的患者。我失掉了姓名和任何一种在平日把我和他人区别开来的身份，我的手腕上二十四小时都系着一个写有醒目的"10"的红塑料带。医生、护士或者清洁工无论谁喊一声"10 床"，我和我的家属就会应声而起，唯唯诺诺。

其实，真的只是一个不大的手术，只是把结石的胆囊切下来，从腹腔里拿出来而已。不过，医生说："你的情况稍稍有点麻烦，就是得先把胆囊从粘连的胃壁上剥离下来。"但怎么说，也不是传统的开刀剖腹了，据说只是在肚子上打三个洞。而且，朋友找好了熟识的手术医生。在医院，有一个穿白大褂的熟人，就像给病人吃了定心丸，就像病已经好了一半似的。所以，我很豪迈地对每一个见面和打电话来的人笑着说，有什么呀，不就是一个小手术！

只是，还是有一点点担心。那天，丈夫被叫到医生办公室签字，主管医生和他的谈话足足有四十分钟，其间我进去一趟，丈夫面前摊开着手术同意书，整整两大页，密密麻麻地罗列着手术中可能出现的各种不测。那个年轻的小贾医生好脾气地对我说："这个手术同意书是家属签字的，所以谈话你也就回避一下吧。"于是，我退出来。医办门口，呆呆地站着我忐忑不安又强作镇定的父亲，我的八十一岁的父亲。他帽檐下掩不住的白发，他几天来陡然憔悴的皱纹，让我生出了深深的歉疚。因着这歉疚，我开始隐隐地担心，如果手术出现意外，如果我被推进手术室后不再出来，或者，手术失败，摊开在我丈夫面前的同意书上那密密麻麻的各种可能中的某一项万一成为可能，那么，我的父母，我的孩子，他们将如何面对？而我将因为怎样深重的再也难以弥补的歉疚，而死不瞑目？

于是，开始敏感，并且脆弱。例行术前检查时，透视室的医生自己高度地精神不集中，却对病人颐指气使，无比粗暴。住院部一个俨然护士长模样的中年女人，足足抽了我六管子血，抽第五管时，血出来得很慢，她说了一句来回活动，来回活动什么，语焉不详，我来不及反应，结果她很大声地恼火地斥责我："你听不懂我的话是不是，叫你来回活动手指，你怎么像死人一样？"哦，原来是让活动手指，可明明前一秒钟她不是让我紧攥拳头吗？

第六管血终于抽够的那一刻，我转过身，悄悄地抹去了委屈的泪水。泪来得恰逢其时，它噎住了我将要脱口而出的反抗。我不是个太软弱的人，也不是个太大肚量的人，但为什么，在这些仿佛从来不会微笑的白衣天使面前，我无师自通地学会了敢怒不敢言，学会了在人屋檐下不得不低头？

就是这样的感觉。自己的身体，自己的疼痛，自己的钱——人家的屋檐。

手术前夜，女儿放学后来到病房。她像以往跟着我去医院探视病人一样，先是在医院过道里好奇地东张西望，然后回病房给我讲她看到的情景。说完了，她开始安静地看电视。平时，她看电视的时间总是那么少。该走了，她把恋恋不舍的目光从电视上收回，跟着舅舅离去。我送他们到楼梯口，她和每天上学前一样喊了声：妈妈再见！她那么平常，那么轻松地说妈妈再见，然后再没回一次头看我一眼。

我呆立在那一刻，看着我的孩子消失在我的视线里。然而，她一步一步，更重更沉地走回到了我的心里。那一阵静默的心碎。那一刻难以安放的孤独。我的才十一岁就长成160厘米高的女儿，她远去的背影在我的泪眼里走成了不忍面对的弱小和孤单。孩子啊，多么愿意你就这样无忧无虑地走下去，没心没肺地一路走下去。没有什么不舍但必舍的眷恋，让你回头。多么愿意，你小小的世界里，只有再见，没有离别。

那天上午九点三十分，几个护士在病房门口齐声喊："10床！10床出来！"于是，出去，躺到了蓝绿色的手术床上。床被几个戴着同样蓝绿色手术帽和大口罩的护士推着，推得飞快，大嫂一路小跑，追着被推得越来越远的我，左转，右转，再左转，进电梯，上升，然后再左转，右转，终于到了手术室门口，手术床一路哐哐哐的轰鸣声才停息下来，又一个大口罩向我俯下身说："我是你的麻醉医生，你的家属需要在麻醉协议上签字。"于是，丈夫跟着她进了一间屋子，大嫂在我耳边说："小妹，不要害怕。"我回答她："不害怕。"

其实，真的是不害怕。这样的情景，我已经不是第一次经历了。十一年前，我剖宫产生下了我的女儿。那是个下午，在我被推进手术室的那一刻，姐姐冲过来，哭着喊我的乳名，哭着喊不要害怕，我也是回答：不害怕，没害怕。

但毕竟，这和十一年前还是不太一样。十一年前，我没有被这样令人眩晕的速度推来推去；十一年前，我的父母还没有老到如此不堪；更重要的是，十一年前，恐惧和难过只是眼前一抹小小的阴影，而欢喜是无穷大。我坚信当我被推出手术室时，我的怀里将依偎着一个花骨朵般娇嫩美好的新生命。为了这个，再椎心蚀骨的疼痛，我都可以战胜，再幽深无边的黑暗，我都可以穿越。

终于进了手术室，我被指引着从一路推来的床上下来，又躺到了另一辆窄窄的被四面机械包围着的床上，这才是真正的手术床了。我仰面直直地躺下，我的脚露在被单外面，右脚开始又麻又痛。我对一个近前的护士小心翼翼地说："医生，不好意思，麻烦你盖一下我的右脚好吗？我的右脚不能着凉。"她说："好的，我给你盖上，两只脚都盖上。"

我看见了主管的贾医生，主刀的米主任，他们已全副穿戴，保持着双手平举在胸前的姿势。我看了一下墙上的时钟，十点十五分，我想这就要开始了，但突然看到一个高个子的医生从外面疾步走到米主任面前，说了一句什么，又出去了。然后米主任就对大家说："刚才消毒失败了，得重新消毒。"他的话引起了年轻医生护士一片夸张的唏嘘声，几个人同时喊："崩溃啊，重新消毒得四十分钟呢！今天又不能按时下班了。"

我空空地躺着，腰开始酸困。知道四十分钟后才开始手术，我心里一阵比一阵焦灼，我这里什么都没做，而我的家人守在手术室门口，延长四十分钟，对他们分分秒秒的等待意味着什么？于是，我再次提出要求，我对麻醉师说："麻烦您去告诉我家属一声，就说手术还没开始，让他们不要着急。"她说："没问题，我去说。"然后就出去了。两次求助，她们都答应得这么痛快，而且语气温和，我简直受宠若惊，心里暗暗感激。

大家都闲闲的，两个护士在热议王府井百货的新年打折活动，然后又争章子怡和范冰冰哪个更漂亮，章子怡到底是给中国人长了脸还是丢了脸。贾医生和麻醉师在痛斥医院年终奖金发放的不合理，愤怒过后又感慨晚报披露的邻近一家医院做普通阑尾手术做出高额住院费的事。高高低低的说话声中，米主任走近我，俯下身又问了一遍我被许多人问过的话题："紧张吗？害怕吗？"我回答："不紧张，不害怕。"他说："那就好，我就看着你的心理素质挺不错嘛！"他开始和我聊天，孩子上学啊单位福利如何啊等等的，又问我在大学里教什么课。我没有心情细细回答，就说教的文学。他很大声地说："那好啊！文学有意思啊！"我不知如何回应他的热情，此情此景中，说出文学这个词，特别有一种怪诞的感觉。我全身僵硬地躺在强光的直射下，躺在四面器械刀一般的包围中，觉得他嘴里吐出的"文学"这个词以及和这个词有关的一切，离我是那么遥远，那么不真实。我所能掌握的那个世界离我已恍如隔世。

墙上的电子钟指向十点五十分，麻醉师说，现在开始！于是，我的手上脚上便都扎上了针，只一瞬，我便跌进了深深的昏睡……

三天后，最难挨的一切终于都已过去，输完不多的几瓶点滴，我遵照医嘱，开始捂着肚子在小小的病房绕床走来走去。最初，脚步是飘的，身子很重头很晕，米主任说那是因为我术前术后都不好好吃饭的缘故。于是，开始好好吃饭，但好好吃饭又能吃什么呢？无非就是喝稀饭罢了。几天的稀饭后，医院食堂买来的西红柿菠菜小面红是红，绿是绿，它简直风情万种地活色生香，带着我才远离不多日便恍若隔世的热腾腾的尘俗日子的记忆向我走来，强大的气息顷刻间裹挟了我。啊，幸福，它其实就是想吃点酸菜就吃点酸菜，想喝点辣汤就喝点辣汤的日子！幸福，它其实就是一碗暖心暖胃的兰州牛肉面，就是一锅让你酣畅淋漓的重庆麻辣火锅——我何时丢掉了这曾经太过挥霍的幸福！

我向朋友诉苦说，没有辣椒的饭菜无异于猪食。他们笑我：你呀，嗜辣如命，就是吃火锅吃坏了你，现在都变成无胆女人了，还不觉悟！

医院的日子，是难以将息的漫长。天总不见黑，黑了又苦等不到亮。但一旦亮了后总是热闹非凡，从七点半，过道里便响着杂沓的脚步声和太过纷乱喧哗的人声：探视病人的，预约住院的，托熟人找医生的，找机会给医生塞红包的，拿着手机大声说话，说着说着又哭又骂的。隔着一扇门，这一切仔仔细细地落进了我的耳朵。我以为自己会对这样仿若身处闹市的住院环境不堪其烦，然而几天过去了，这些喧闹在我的感觉中竟变得越来越亲切熨帖：过道里打电话的那些家属，我单听他们的声音就知道他们今天的心情；哐哐哐的车子推动声传来，我隔老远就知道哪个声音发自餐车，而哪个是让人心惊肉跳的手术床。

每天，都有一些人自己从病房走出来躺到手术床上，然后一两个小时后被人从手术床上抬着回到病房。为什么，有这么多人，都在沉沉的无知觉的黑暗中被切开胸腹，被切去被摘除了身上的某一个器官？为什么这么多在大街上看上去那么不相同不相干的人，却在这个逼仄的空间里走进了一样的遭遇？

晚饭后，一切脚步声人声都渐渐退去，医院里开始复归应有的静穆。我慢慢从病房踱到过道里，我捧着自己的伤口小心翼翼地迈出步子，每往前一步，都感觉自己离信心又近了一步。感受着如此单纯的满足，我在心里不禁暗暗笑自己。这时候，从各个病房里探头探脑出来和我一样的术后病人，他们有的让陪护搀托着，有的已能很自如地迈动步子，但无论怎样，每个人都用手小心地捧着自己的肚子，好像那是一块一不小心就会破碎的器皿，好像那不是自己的身体，而是失而复得的身外之宝……

啊，这些黄昏，这些夜晚，这些在医院过道昏暗的夜灯下蹒跚学步的病友，这些擦肩而过同病相怜的人们，我怎么看着他们就像看见了遗失在人潮人海中已很久很远的亲人？

如此简单，如此自然，病痛就这样让人拥有了感知世界的第三只眼。

每日有朋友和单位同事前来看我，他们安慰我说："你就当在医院体验生活，这些观察说不定就能在下一部小说派上用场呢！"我说："还说什么小说什么文学呢，哪能想到这茬！就连单位的那些事，甚至包括你们，现在都离我特别遥远。你们信吗？我现在想的是就是多睡多活动多进餐，还有好好表现，让护士表扬 10 床，我最盼望的就是每天米主任和贾医生能来看我呢！"我的回答引得大家都笑了，他们当然不信，他们不懂我的话是多么真心的话。人只有自己走进这个情境，才会清楚什么是重要的，什么是必须的，什么是真的可以不必在乎的。

他们又说："你以后写小说，就让你的人物得和你一样的病，做一样的手术，这样感受会写得很真切。"我怔怔的，那些术前的疼和术后的疼，突然随着他们的话语向我袭来，再一次电流般击穿了我的身体。好一会儿，我才回过神来，岔开这个话题，笑着说其他种种。我在心里对自己说：不！我创造的人物我决不让他们的身体遭到破损，我一定要让他们健康地完整地活着，有尊严地活着。在冰冷的机器前，在比冰冷的机器更冰冷的医生的目光里，哆哆嗦嗦地揭去最后一件衣衫的那种滋味，我永远也不要他们去尝。

就算让他们的心灵经历磨难，甚或破碎，都绝不伤害他们的身体。因为，一个把自己的身体交给别人主宰的人，才是真正无助的人。

一个人，要经历多少难以尽述的身体的被戕害，要走过多少噩梦一般的隧道，才能懂得，当我们谈论病痛时，我们在谈论什么。才会真正知道，肉体很重，痛苦很轻。

术后第七天，我顺利出院。早晨在我办理出院手续时，另一个人迫不及待地住进了我的病房，成为又一个"10 床"。我把朋友迎接我出院送来的馨香四溢的香水百合，连同怜惜一起留给了他。我无言的善意成就着自己的好心情，我觉得我已安全上岸，而这个"10 床"他才把一只脚探进了叵测的河流里。我的伤口，还在身体的三个部位正新鲜地愈合着，远未长成疤的模样，而我已开始遗忘那些疼了。

回家的路上，车窗外是一样的风景，交通依旧堵塞，人流依旧匆匆，公交车上的人们前胸贴后背地挤在一起，却又冷漠得像中间隔着铁的空气。我望着他们，心平气和地叹气。我的城市已度过了一年之中最冷的坏天气，滨河大道上的月季花，确乎是比上个月开得更艳了。

那时候，我以为我懂得了许多。但我不会知道，另一种疼也开始启程，正在走向我的生命。2010 年，有更大的疼，不能启齿的狰狞的疼，等着我去遭遇，去完成。在 2010 年，容颜比最后的心事凋落得更迅疾，更轻盈，更彻底。

最是多情凉州月

学辉说，今日清明，园子里的树，陆陆续续开花了。

学辉说，寒露前夕，众果离枝，连最后的山楂都收毕了。

学辉说，昨日霜降，天梯山落了细细的雪，而黄羊湖水更绿了。

而现在，时节已是大雪了，学辉沉默着，不发来关于凉州的讯息。我不知道，寒风吹彻，白塔寺的月亮有着怎样沁透夜幕的静谧。

学辉姓李，武威作协主席。但更多的人知道他是因为他是长篇小说《末代紧皮手》的作者，那个笔名叫"补丁"的小说家。他是一个真正意义上的西部作家，多年来，他偏守在故乡甘肃武威，默默地读书，写作，编刊，务园——在武威城南老宅，他有两亩田园，生长着我心向往的所有旖旎情致，春花缤纷，秋果斑斓，冬雪累枝。为着这个园子，许多时候，他就像一个农人。事实上，他一直就是一个农人。当他放下锄头、剪刀，从园子回到书桌前，他的心里便铺开了另一个园子，那是广袤、雄奇、苍凉、凝重的凉州山河，笔耕不尽的母土大地。

出于对一个沉潜诚实的作家同道的钦敬，我对李学辉生活的武威城始终保持着关注。我不熟悉武威，但我自小钟情那首"醉卧沙场君莫笑，古来征战几人回"。在认识了李学辉之后，许多时候，在我的心里，武威约等于李学辉和《凉州词》的相加。

2017 年第二次踏上武威的土地时，八月最后的暑热尚未退去，学辉的大院里还是葳蕤的花草，而果园，断然是另一幅画面了。春天里汪洋如海的那些红红白白，已统统变成了沉甸甸的果实。苹果、李子和梨还未到颜色最好的时候，它们层峦叠嶂，摇摇欲坠，山楂一嘟噜一嘟噜藏在枝叶间，也才刚返青。两棵枣树挂着满身的果子，却站得笔直，不禁让我想起鲁迅后园外的那棵枣树，和另外一棵枣树。欣悦的是桃子已经熟了。学辉说果园的桃树总共有十几个品种，成熟时间前后参差，这样好几个月里都能源源不断吃到新鲜的桃子。

我相信我亲手摘下的那一枚，有着孩儿面的绯红和水润的那一枚，是学辉园子里最美好的结果。我来不及去洗，用手摩挲干净了果皮上的绒毛就直接咬住了那汁液四溅的甜美和甘醇。那一刻，凉州的味道是蜜桃的味道，风和日丽的味道。曾几何时从指缝间丝丝缕缕流逝了的纯天然无污染的旧时光的味道。

武威城北大街雄立着著名的鸠摩罗什寺，那是研究五凉文化和汉传佛教、西域佛教的珍贵遗存。鸠摩罗什与玄奘、义净、真谛并称中国佛教四大译经家，位列四大译经家之首，是中国佛教八宗之祖，翻译学鼻祖。鸠摩罗什大师圆寂，以火焚尸，薪灭形碎，唯舌不灰，以证其誓，古今中外，仅此一例。寺内的罗什寺塔是大师圆寂后专为纪念所建，供奉着鸠摩罗什的舌舍利。

近年来，听不同的人谈起鸠摩罗什，述说鸠摩罗什在中国佛教文化名城、中国古代北方佛教中心武威的种种行迹，种种奇观。渐渐，武威这个地名有了更多的况味。当我徜徉在距今一千六百多年的鸠摩罗什寺的流光霞彩中，心里不由得想起鸠摩罗什大师赠友人的那首诗："心山育明德，流薰万由延。哀鸾孤桐上，清音彻九天。"这样的清正高雅，不正是对先哲自己一生的最佳写照吗？

那天，当我们起程去武威另一座著名的寺院，藏传佛教凉州四寺之一白塔寺时，才得知，原来它就在与学辉老家宅院数步之隔的武南镇白塔村，是他陪文朋诗友常来常往的地方。学辉说，你应该在月夜里静静地走进白塔翠柏中。我不需要太多的想象，就懂得那一定是弥足珍贵的体验。但世间事哪能处处如心所愿？对于这片神奇的土地，我不是归人，不过匆匆过客而已。在湛蓝到碧透的天空下，在灿烂得让人莫名忧伤的阳光中，我一步步走进白塔寺无边开阔的地带，一步步走近那个闪耀着金色光芒的高大的大师塑像下，我知道，这已经是我的福分。

凉州白塔寺是西藏宗教领袖萨迦班智达（萨班）圆寂之地，寺内有建于元代的萨班大师的灵骨塔。当年的灵骨塔高 42.7 米，于元末遭兵燹被毁，明清时期先后重建、修缮，后又遭遇 1927 年大地震，现仅残存高 8 米、边长 14 米的旧建筑遗址。这是座土心砖表结构的土塔，矗立在方形的砖台上面。紧紧围绕着灵骨塔的，是大小不等林立的白塔，它们以十字折角形分布，高低错落，远近有序，在院内形成一道极为炫目的宗教文化景观。白塔寺遗址由寺院、塔院、塔林等建筑构成，而塔林是白塔寺最为壮观的景点。洁白的塔从郁郁葱葱的青松翠柏中巍然而起，与蓝天白云互衬相接，使天地同为一体。这气势辽阔的场面只一眼望去，便让人心生庄严，肃然起敬。白塔该有上百座吧，故白塔寺又称百塔寺。

但白塔寺的流芳百世并不因为规模的宏大，在广大的藏区，多得是更显赫恢宏的寺院。白塔寺无可替代的历史地位，在于它记录了一段辉煌的时代：公元 1247 年，西藏萨迦派领袖萨迦班智达，应蒙皇子凉州王阔端的邀请，在凉州会谈西藏统一的问题，萨班顺应历史潮流，发表了著名的《萨班致蕃人书》，在此达成了西藏归属元朝版图的协议。寺内萨班生前与蒙元代表、西路军统帅阔端举行"凉州会谈"的旧址，是西藏正式纳入中国版图的历史见证地。凉州会谈，这一历史性的事件，在中国多民族国家形成的进程中具有深远而特殊的意义。月圆西凉，九州一统。

穿过苍青掩映的庄严，雀鸟鸣啾的幽静，我来到灵骨塔下，这里梵香缭绕，哈达猎猎。当我深深地膜拜下去，我便感觉到整个的自己被一种神圣和感动所笼罩，我知道我膜拜的是萨班大师，一位民族智者的丰功伟绩，更是一种血脉传承的千古善愿，那是来自人民和大地的深厚情感，是源于生活和心灵的朴素智慧。萨迦格言像诵经声声从心底升起，在耳畔缭绕不散："学者无论处于什么困境，也不会去走庸人的道路；燕子无论渴到什么程度，也不会去喝地上的脏水。""低垂的果树总是果实累累，温驯的孔雀总有漂亮的翎尾；只有贤者才具谦逊美德，只有骏马才能行走如飞。""贤者经常检点自己的不足，恶人专门搜寻别人的差错；孔雀经常剔洗自己的羽毛，鸱鸮总是给人们带来凶兆。""世上国王虽多，遵法爱民的却很少；天上的星辰虽多，日月般明亮的却很少。"

"你有多少羞耻心，就有多少学问做你美德；如果你不知羞耻，学问只会助长你的恶行。"萨班如是说。在武威的日子，在和学辉和朋友们断断续续的交流中，我们也谈起许多远远近近的人和事。也许，今天的我们已不再慷慨陈词铁肩担道义，但关于文学和良知，关于美德和恶行，关于声名和羞耻心，我们依旧做不到心平如水。

其实，就连水也不是平静的。那天上午，当我们来到位于武威市城南四十多公里处的全国重点文物保护单位天梯山石窟时，首先映入眼帘的是石窟下碧波万顷的湖水。天梯山山峰巍峨，高入云霄，石路崎岖，形如悬梯，故称天梯山，而山脚下，却有一面美轮美奂的湖！陡峭峻拔的山峰环抱着她，连绵阔达的峡谷荡漾着她，一碧如洗的天空下，她的湖面熠熠闪耀着同样的蓝宝石色，蓝天、白云和天梯山的伟岸雄姿倒映在那粼粼澄澈之中，实在是一幅大手笔的山水画卷。

虽然了解到这是一处非天然的人工水库，我依然掩不住我的惊喜。极目四望，天地苍凉荒旱，而如此温润灵秀的一面湖镶嵌于其中，难道不是奢侈的遭遇？黄羊湖水，她像一首久违的诗，突然不期而至俘获了我。我感觉到湖山之上的吉祥氤氲莲花般降落，轻轻沐浴了周身，万千思绪随着湖水荡起涟漪。

这美好的遇见使关于天梯山的一切都愈加美好起来。武威历史悠久，人文荟萃，文物古迹量多且质珍。天梯山石窟（又称大佛寺）开凿于北凉沮渠蒙逊时期，距今已有一千六百多年的历史，是云冈石窟、龙门石窟的源头，中国早期石窟艺术的代表，被业内称为"石窟之祖"。但令人唏嘘的是，天梯山石窟在我国佛教史上占有如此重要的地位，却并未拥有相配的闻达，它是安静的，甚至，是萧索的。

好在一直都有不离不弃的守护者。在石窟文物陈列馆，我认识了老赵。老赵跟着游客的脚步，一遍遍流连于壁画下，塑像前。在年轻的讲解员讲解结束后，老赵重新强调了不少文物的特异之处。他娓娓道来，如数家珍，眉目之间的热爱，言语之中的懂得使我一下子就感知到了他的文人气。然后，他带我们去看大佛石窟。你看，那山像不像一个金龟？你再看，再看！在老赵的指点下，我们从各个角度看清了天梯山伸延而下的那部分的确像一个金龟，它出水伸颈，形态极为逼真，而石窟就开凿在地壳运动中天然形成的这个金龟山上。金龟驮佛的故事，我们就这样从老赵的口里生动地得知了。

一向恐高的我，在经过了空中栈道上观佛的惊心动魄后，终于踏阶而下，一步步走到了大佛脚下。这个洞窟高 30 米，宽 19 米，深 6 米。窟内的释迦牟尼大像高 28 米，宽 10 米，面水而立，右臂前伸，掌心朝向远方，巍然端坐。释迦两旁有文殊、普贤菩萨、广目、多闻天王、迦叶、阿难六尊造像，造型生动，神态威严。洞窟南北两壁绘有大幅壁画，笔触清新，色泽艳丽，形象如生。青龙双虎似要破檐而飞，大象梅花鹿悠然前行，白马呼啸而过，马背上经卷闪光烈焰一般，菩提婆娑，树欲静而风不止，牡丹开屏如心花怒放。

身处石窟，来来往往的人像一个个移动的小小的色点。大佛头顶天穹，依山而坐，脚下碧波荡漾，薄云缠绕其身，浑然一体。这奇景，怎一个壮观了得！这感受，怎一个震撼说得！

出得石窟，坐在红砂岩的山坡上。阳光还是哗哗地倾泻着，湖水还是一样地绿着。巨大的委屈一波一波漫过我，我假装听不见心里有一个声音怯怯地，切切地，一遍遍地喊：不愿归去，不忍归去……

但老赵是快乐的。老赵已经用一根筷子敲着木盒唱起来了。老赵即兴表演的凉州民歌小调一下子燃爆了他的办公室，年轻人忙不迭地掏出手机录视频。老赵歌里的西域风情自然是不足为奇的，大漠孤日、黄风掠过，但让人惊艳的是，他粗犷的嗓子竟也流出了旖旎的江南情致，山水如黛，杨柳拂面。老赵骄傲地说，这就是武威文化的多元性，丰富性。

老赵叫赵旭峰，是天梯山石窟管理处负责文物研究的管理员。他在这座山上，这间依山面水的办公室里，已经生活近二十年了。每一天，他只要往小窗前一站，眼前便是水天一色的风景。可一个人，在过去的近二十年时间里，在今后的所有日子里，从清晨到黄昏，面对着同一幅人迹罕至的好风景，又该是怎样的感受？何况，属于这山这水的好季节是这么短暂，中秋一过，天梯山的风就变冷了，雪是入冬便会落下的，到时候整面湖都会结成厚厚的冰层。

老赵却只是淡淡地笑着，工作嘛，我就这工作。事实上，老赵可以从事的工作实在太多，学辉说，老赵能文能武，能写能画，能说能打，干啥像啥，人称"全能老赵"。而我就在这一天里领略了他的全能风采，果真所言不虚。吹拉弹唱且不说，就书法和绘画已足以让人啧啧称赞了。他办过个人画展，有三十余幅国画作品在省市级以上刊物发表。我细细浏览了他挂在墙上、铺在桌上的作品，这些画多出自生活田园，亲切灵秀，情趣盎然，又不乏大写意的神韵。老赵说，除了画这些，他现在主要是在临摹天梯山石窟的壁画。壁画临摹作品可以作为文物副本永久保存，能延续文物遗存的生命，他希望尽可能多地把天梯山石窟壁画临摹保存下来。

但画家老赵分明又是一个作家。从上世纪 80 年代开始，他已发表诗歌、散文、小说百余篇，但后来更多的时间，他投身于搜集、整理凉州民歌和凉州宝卷。尤其是对于国家非物质文化遗产《凉州宝卷》一书的出版，学辉感慨老赵付出的种种辛劳，认为他是正式整理凉州宝卷的第一人。

我们走了，车窗外挥别的老赵渐渐融于天梯山宏大岑寂的暮色中。乐呵呵的老赵，他知道他给我的启示是沉甸甸的吗？手中他郑重赠予的长篇小说《龙羊婚》，也是沉甸甸的。

前不久，我读完了学辉的新长篇《国家坐骑》，这是继《末代紧皮手》之后他又一次开掘出的绝无仅有的绝世题材。我欣喜地看到，李学辉的凉州书写正在朝着更纵深、博大的方向挺进。乡土武威，文化武威，辉煌而悲情的武威，在他遒劲厚重的小说文本中呈现出越来越清晰的面貌。天下神马出凉州，当代义士也出凉州。我一向有一种感觉，学辉就像一个执着的大地守夜人，一个在白雪苍茫时走遍山川河流的行吟诗人。而现在，在认识了老赵，认识了许老师孙老师程老师李英这些朋友后，我始才懂得，原来，学辉，他从来都不孤单。他的身边，始终有这样一群热爱家乡，热爱文化、文学，为了人类传统精神的传承，甘守寂寞、无悔奉献的同行者。

一方水土哺育了一方人，而唯有一方人，才能最终成全一方水土。所以，学辉和他的朋友们，才应该是比山水更值得称道的凉州气象吧？正是有了这种气象，这一片土地才能不愧历史，不负明天，"琵琶且拢弹新曲，高调依然在五凉。"

此刻，黄河激荡，明月冲破夜霾，清辉遍地。我遥望西向，祝愿凉州之月天长地久。

这纷纷飘坠的音符

离开这么久了，隔着天高水长，再一次回望从江，是一种恍如隔世的感觉。仿佛最初的那些天，突然，就与那些缭绕不绝的云雾，那些葳蕤壮丽的绿树，那些锦绣丝缎的田园，那些正大美好的歌声，相遇。

应该说，我对黔东南怀着由来已久的向往吧。2017 年 11 月，接到贵州省作协"百名作家走从江"的活动邀请，一向选择困难症的我，很快欣然应允。那时刚刚从云南回来，彩云之南的风情万种，已是多次地领略过了，而贵州，却每每擦肩，不曾伫留。我常想，贵州，尤其是黔东南之美，该是另一种清奇、灵魅、峭荡、阔达的景象吧。

从贵阳市到从江县的四小时车程，多为蜿蜒山道，盘旋隧道，颇有舟车劳顿的感觉。以黔道之难，却是所有县市基本都已开通了高铁，由此便可知贵州的发展在整个西部大格局中算得上是迅捷的。但另一个不争的事实是，在现代化境遇中，大步发展往往不能与保护原初并行兼顾，过度开发势必带来传统沦丧。多年来走南访北，看到了太多以保护传承的名义进行的急功近利，戴着文化特色面具的商业招揽，特别是在少数民族地区的风俗旅游中，那种所谓的民俗表演已泛滥成灾，它满足了猎奇者的观赏欲和当地人的表演欲，但却和少数民族的当下生活与本真的传统文化相去甚远，其本质上是对民族文化悖论式、表象式、悲剧式的作秀展示。我得承认，前往从江的路上，我是有着这样的忧虑的，因为高铁带去的不仅是速度、物质，更是精神，是一种异质的世界观和文化观。

我们的第一站是被誉为"中国最后一个枪手部落"的岜沙苗寨。导游讲，岜沙，在苗语中是"草木繁多"的意思，放眼望去，此言不虚，四处皆苍苍莽莽的林海。岜沙苗寨位于贵州省从江县城南六公里处的月亮山麓中，500多户人家、大约2500多人散落在五个自然村寨，算得上人烟稀少。世居于此的苗家人至今保留着佩带火枪（岜沙持枪获得公安机关特别批准）、镰刀剃头、祭拜古树等古老的生活习俗。在这里，可以领略到原始神秘的民俗，淳厚朴实的民风和绚丽的民间文化。悠久的历史沉淀，使岜沙被誉为"苗族文化的活化石"。

自然，我们看到了典型的"民俗村"症候。鸣枪迎宾，芦笙歌舞，镰刀剃头，还有，白发的作家被勇敢的"新娘"挑中，当众拜堂，交杯饮酒，上演一场良辰吉日的"苗寨娶亲"。古老风情扑面而来，民族特色接踵而至，欢笑如潮，无尽复制，因为游客总是走了一拨又来一拨。是的，就是这样。可这不是全部，在岜沙，我看到更多的是遮天蔽日的树木掩映中古朴厚重的吊脚楼，楼下青石绿苔的长径小路，路上肩担柴火、腰别火枪走过的黝黑汉子和叼着长烟管晒太阳的悠闲老人。比孩子们的啁啾嬉闹更吸引人的是他们的"云上绣娘"。那些女子，三三两两出没在门前路旁，或低首刺绣，或弯腰漂染，或蹬腿缝纫，或抬臂晾晒，怎样的姿势都是专注而安详的，并没有刻意的目光撩扰好奇的游人。她们忙乎的是自己的活计，天长地久的衣食住行，云淡风轻的喜怒哀乐。

看得出来，岜沙确是充满了原始的尚武气息的寨子，就连女子的装束也是英姿飒爽，上身的大襟衣紧凑干练，下身的百褶裙贴腰却不箍臀，裙下裹绑腿，有点不求婀娜多姿只求健步如飞的意思。但她们怎么会不婀娜多姿呢？所有的颜色都在她们的百褶裙上，所有的锦绣都在她们的围腰上，所有的妩媚都在她们的发钗上。这些女子，她们流光溢彩，却又沉静如画，月亮山丛林间大把大把的绿氧氤氲着她们，土布彩衫在阳光下直晃人的眼。看着她们，一种不期然的感动俘获了我，我想，城市人说滥了的那句鸡汤话，现世安稳岁月静好，不过就是眼前情景吧？

从江县是多民族聚居区，可谓缩微版的黔东南。从岜沙苗寨到占里侗寨，又是另一番天地。占里村坐落在距县城约二十五千米的深山密林中，据介绍得知全村现有 180 户，人口不足 800 人，寨子虽不大，却以"中国人口文化第一村"之名被人们津津乐道。建寨七百多年来，代代流传下来的寨规明确规定一对夫妇只允许生两个孩子。新中国成立至今，占里人口自然增长为零，关键是男女比例高度和谐，整个寨子 98% 的家庭都是一儿一女，很少有双男双女的现象。这里面有一个近乎神话的秘密，据说是用一种叫作"换花草"的草药辅以"神水"来平衡胎儿的性别。而"换花草"的庐山真面，只能由寨里唯一的女药师掌握。

徜徉在桃花源般的村落中，人的心不由得静下来，步子慢下来，就连头顶上那一片吉祥的彩云，也是有一搭没一搭地飘着。几个笑眯眯的阿婆在自家场子里卖糯米糍粑，五元一饼，临装袋时她们又给我抹了一层炒熟的花生芝麻碎。糍粑吃到嘴里，果然是糯甜醇香。舂米的老屋是好看的，成排的禾晾是好看的，青布绣袄的娃娃是好看的，环佩叮当的姑娘更是好看的，阿爷阿婆质朴羞赧的眼神也是好看的。东看看西看看，最后来到了大榕树下的那面神水池旁。"男井""女井"的标识赫然在上，泉水清冽如镜，只是望一眼便觉沁人心脾。我们这一群人大多虽无生儿育女之诉求，却都纷纭而上，掬一勺生男生女之神水，慨然畅饮。青山如黛，鼓楼错落，小溪逶迤，稻米飘香，男有祖传屋，女有"姑娘田"，在这样美好的地方，又有什么奇迹是不可以发生的呢？

寨子里飘荡着歌声，如清风阵阵拂面而来。"饭养身，歌养心"，侗家人如是说。在他们的日常生活中，"歌"是与"饭"同样重要的事。侗寨无一处无歌声，所经之路皆为歌乡。从小寨占里的"拦路歌""下马歌""敬酒歌""告别歌"一一走出，余音绕耳中我们来到了另一个侗寨——小黄，这里是被国家文化部首批命名的"中国民间艺术之乡"，天下闻名的"侗歌窝"。据悉，在1986年的法国巴黎金秋艺术节上，贵州从江县小黄村侗族大歌一经亮相，便技惊四座，艺震欧洲。而我，是在这几年才听闻小黄大名，了解侗族大歌的历史渊源和浩大气象。此次前来，满怀期待。"汉字有书传书本，侗家无字传歌声，祖辈传唱到父辈，父辈传唱到儿孙。"侗族是一个没有文字的民族，从古至今，他们叙事、传史、抒情等都是通过口传心授，而侗家歌谣正是侗族文化的精髓所在。一个凭借着歌谣就让自己的文化经历了历史变迁和世道沧桑，最终以一枝独秀的特色得以保存，并走向世界的民族，该有着怎样坚实的精神根基，怎样飞翔的自由灵魂，想来真让人感慨不已。

小黄村可谓是真正的音乐天堂。全村共717户，约3471人，这样的一个人口规模，村里却有歌队61支，歌堂61个，成员1000多人。过去我们常以"会说话就会唱歌"来赞誉少数民族的能歌善唱，来到贵州从江才知这话用在小黄侗乡确是名副其实的。男女老幼齐上阵，人人爱唱歌，人人会唱歌，果真如此。他们的队伍里除了青壮主力，带队的常是耄耋歌翁，古稀老者，更随处可见稚辫朝天的小丫丫，有些甚或穿着开裆裤。孩子们的咿呀学唱声，就像早晨第一抹朝阳下，晶莹的露珠扑簌簌绽开了剔透的心花。听着这样的声音，一时间，我不由得潸然泪下。

身临其境，才深切地懂得了唱歌要从娃娃抓起的道理。是的，侗族大歌是一个民族的声音，一种人类的文化，这样的声音需要世代不息，这样的文化需要保护传承。而真正的传承和保护，并非只是沾沾自喜被列入世界非物质文化遗产名录，并非仰赖来自外界他者的肯定和推介，唯有源于自身的内动力，向心力，发愿力，才是一个民族、一种民族文化得以延续，并走向强盛的血脉根基。

可以想见，近几十年来中国现代化进程的狂飙突进中，侗族大歌作为一种古老传统的民间艺术，曾面临怎样汹涌而至的现代文化、外来文化和市场经济的全面冲击。对此，我虽没有做过系统的学术研究和田野调查，却也知道像旅游宣传片里那样的风光曼妙，歌舞升平，不会是事情的全部真相。也许，和许多个少数民族的民间传统面临的危机一样，侗族大歌赖以生存的经济基础和文化土壤遭到前所未有的破坏，曾一度面临着后继无人、濒临失传的尴尬境地？——那简直是一定的。正因如此，眼前这些青春少年，这些蓓蕾童子的加入、参与，才显得弥足珍贵，他们的放声歌唱，让人看到了伟大的人类文化薪火相传，优秀的民间艺术发扬光大，也让人看到了一个民族在新时代万众一心再创辉煌的希望和梦想。

在小黄村最雄伟高大的鼓楼前，偌大的广场上已赫然排好了上千人的歌队阵势。听，他们已经唱起来了，没有指挥，没有伴奏，老人的声音孩子的声音，男人的声音女人的声音，高亢的声音浑厚的声音，拙朴的声音清脆的声音，忧伤的声音甜美的声音，所有的声音，都起来了。所有的声音，像万千溪流汇向同一条大江，像万千浪花扑溅同一岸礁石，像万千蝉鸣鸟叫诉说着同一个盛夏，像万千春耕秋收凝聚在同一首劳动号子里。是的，这"清泉般闪光的音乐，掠过古梦边缘的旋律"，它原本来自侗族人民的生产劳动，来自田园日常，来自友谊爱情，来自生生不已的真善美追求，来自他们最自然最本真的生活。离开这些文化内涵，单谈什么多声形态的合唱技艺，又有什么意义呢？

继小黄村原生态的表演后，我们在更盛大的场合听到了侗族大歌，那是贵州省黔东南州旅游开发大会开幕式。灯光璀璨的舞台上，烟火绽放的不夜天下，万人规模的大合唱队往那儿一站，便是一片密密的森林。歌声既出，天地俱寂。重峦叠嶂的默契，流金泻银的团结，排山倒海的认同，初心如莲捧出了天籁之音。在深深的震撼中，我突然觉得自己虽不懂侗语，但却听懂了所有的歌唱。侗族大歌，我愿意理解为，大者，乃众声一心，众志成歌，正大磅礴之歌也。

走出人潮人涌的歌会，外面是 2017 年 11 月初冬的从江，柔风拂面，仿佛空气里都是纷纷飘坠的音符，仿佛路旁每一株绿树，脚下每一枚石子都会唱歌。多彩贵州，大美黔东南，神秘从江，这些话不再是直白的宣传标语，在歌声中，它们变成了加榜梯田一样斑斓的画卷，在眼前徐徐展开，在心底嵌延无穷。

满天的星子，在月亮山麓的最幽深最高远处，一起亮了。

第二辑

我曾经历的阅读

就连河流都不能带她回家

我在上大学时才读到了萧红，开始便喜欢。一直到今天。其实，中国现代文学史上的女作家们，个个都魅力非凡，但私心里，总觉得冰心太淑女，那些清风明月大海的诗篇把人间的一切不堪荡涤得干干净净，固然纯洁，固然美丽，但却是我们够不着的一种风景，就像隔着玻璃在看远远的花园草坪上一位穿着公主裙的女孩。而丁玲，过于风口浪尖，她的美丽强悍，她的写作，她的爱情，她的革命人生，都是引领时代潮流的，是寻常女子无法企及的高度。至于张爱玲，她太华丽高蹈，她太点石成金，她太聪明犀利，她的一支笔将人性最没有光的所在剖露出来。这样洞彻世事的女子，该是先天地就对爱情对伤害有免疫力的，偏偏，她却是爱了，也被伤了。张爱玲，她真是一个奇女子啊。

就是这样，在我极其性情化的个人阅读视野里，冰心太远，丁玲太高，张爱玲太深，而萧红刚刚好。用时下流行的话说，她就是邻家女孩那种类型的。萧红之于我，不是激情的邂逅，而是贴心贴肺的相遇相知。我常常看着她的照片，那张经常被用于书的封面的照片上，萧红像旧式女人把头发全部向后拢去，绾成发髻，只是在前额上密密齐齐地留着她那标志似的刘海。她的脸庞是清丽的，不很漂亮但还是好看。打动人心的是她的眼睛，她的眼睛里，有一个天才的写作者该有的深邃的目光，也有几许孩子般的清澈和忧惧，更多的是属于女人的哀愁。萧红的眼睛不是清泉，是深的湖。

张爱玲的《红玫瑰白玫瑰》里，有一幕颇有意味的情节。男主人公和被他始乱终弃的旧情人不期而遇，女人回答别后情景时说："我不过是往前闯，碰到什么就是什么。"然而男人并不怜惜她的面子，男人说："你碰到的无非是男人。"无非是男人，是对这个世界极富概括性的一句话。在男人织就的天罗地网里，女人只是无处逃遁的网中之鱼。除了男人，女人还能有什么别的遭遇呢？在走上文坛走进公众视野之前，萧红也只是一个这样的女子。她为了逃开家庭给她安排的男人，毅然走出了那死了老祖父后便不再有爱和温暖的呼兰河城。她是勇敢的，然而外面，也还是男人。她先是被恋人所骗，后在困境中委身于未婚夫，怀孕后却遭遗弃，她求生不得求死都没有自由，因欠房租她被作为人质扣押在旅馆里，眼看着就要被卖到妓院。

是萧军救了她。二萧在哈尔滨的见面，是文学史上的佳话，也该是萧红生命中瑰丽的一页。她终究不是寻常的女人。哪个男人会爱上一个饥寒交迫气息奄奄的大肚子孕妇呢？萧军看到了萧红最狼狈最窘困的一面，然而他却爱上了她。是的，是爱，而不是什么豪爽仗义的同情。杜拉斯说：没有爱，留下来不走，是不可能的。

肯定是任怎样的邋遢都难以全然掩去的清秀脱俗，肯定是怎样的千疮百孔都遮蔽不尽的纯净天真，肯定是怎样的走投无路都不甘认命的隐忍坚持，肯定是像石头缝里开出红红白白的花一样难以扑灭的炫目才华——最终征服了萧军。肯定是那个苦命的女人自身美丽的生命质地，救了她自己。没有一个男人，会舍得拿自己的爱情去温暖除了绝望别无他物的女人。

　　爱着是美丽的。依然是寒冷，依然是无穷无尽的饥饿，但知道自己从此不再是一个人，那份踏实便可以安妥心灵。饿了巴巴地等着萧军从外面找回来吃的，冷了套上他的长袍把自己穿成个大口袋。他们食不果腹居无定所，但依然恣意地快乐着。他们有时吵架但很快和好，他们把新做的棉袍送进当铺换包子吃，他们白天找生计，晚上在昏黄的油灯下写被收进二人合集《跋涉》里的那些诗文。那时候的东北汉子萧军是一团火一座山，萧红穿着花格子衣服靠在他胸前，一双扎着蝴蝶结的小辫流泻着俏灵灵的生机。

　　这些都是萧红的散文集《商市街》里的记载。《商市街》是极富私人化写作特征的一本书，二萧在哈尔滨一个名为"商市街"的地方开始的爱情生活和家庭日常是书里的全部内容。一对青年男女结合伊始，然而看不到情欲的躁动，没有卿卿我我的甜蜜，没有文学青年罗曼蒂克的忧愁和梦想，充斥在字里行间的全是关于饥饿、寒冷的刻骨体验和苦难中互相给予的体贴呵护。今天的读者看这样的爱情，定会觉得是一种残酷的美丽，而我在萧红令人心悸的文字中，一次次感受着新鲜的疼痛和震撼。萧红是怎样一个稚拙的作家啊！写到饿昏头时，她说："桌子可以吃吗？草褥子可以吃吗？"在只有一张桌子和草褥子的房间里，她只能对一张桌子和草褥子发问。但当她对一张桌子和草褥子发问时，她便担当了人间一切的饥饿和苦难。没有人不为这样的句子怦然心动。写到因饥寒而感受到生命的无趣时，她写道："我想雪花为什么要翩飞呢？多么没有意义！忽然我又想：我不也是和雪花一般没有意义吗？坐在椅子里，两手空着，什么也不做；口张着，可是什么也不吃。我十分和一架完全停止了的机器相像。"她写生病后被寄养在朋友家苦苦盼到了萧军到来时的喜悦时写道："好像父亲来了似的，好像母亲来了似的。我发羞一般的，没有和他打招呼，只是让他坐在我的近边。"

《商市街》里处处是这种令人心酸的情景，然而更令人心酸的是，《商市街》不是现场记录，而是时过境迁之后的回忆。写《商市街》时，商市街已一去不返，哈尔滨的漫天飞雪中那雪花一样无羁抛洒的忧伤和快乐已渐行渐远，那在最荒寒的日子里尽情演绎的灰姑娘的童话已风雨飘摇，看不到结局。在《商市街》的好几篇散文里萧红都说：没有食物萧军外出时，她一个人待着的家就像"没有阳光，没有暖的夜的广场""不生茅草的荒凉的广场"。而今，当她一字一句写下当年的感受时，才明白这个"广场"才是她短暂一生中所拥有的最为完整的家。《商市街》1936 年在上海的整理出版，该是藏着怎样的隐痛啊！不是炫耀，不是宣泄，而是对已然要逝去的所有柔情缱绻的抚摸和挽留，是泪眼迷离的再回首，是张爱玲笔下那个极其苍凉的手势。在南方阴雨霏霏的哀愁中，《商市街》是一堆温暖的火，萧红用它烘烤着自己生命中再也拂不去的寒冷。

本来，最坏的都已经来过了。本来，后面该是长长的好日子。1934 年，二萧一路跋涉抵达上海。1935 年，他们在鲁迅先生的帮助下，出版了各自得以成名的小说《生死场》和《八月的乡村》。自此后他们有了安定的生活，更重要的是他们有了文学的声名，在恩师鲁迅的身边，这对文坛伉俪的人生追求有了切实的目标，该是携手写出更多更好的作品的时候了。然而，太多的爱情故事，只有在童话里，"幸福和快乐是结局"。1936 年，因萧军的婚外情，家庭裂痕日益加深，萧红日日愁闷不振，最后只身东渡日本，以求解脱。但空间的距离依然不能使萧红理性地审视这份感情，她无力挥剑斩情丝，爱恨缱绻。从 1937 年，一直到 1938 年，他们终于彻底分手。其时，萧红肚子里正怀着萧军的孩子。我不知道，当萧红终于放手时，脸上是怎样的表情！当她离开"父亲似的""母亲似的"萧军，一个人上路时，巨大的疼痛是否还能让她哭出泪来？

　　几个月后，她生下了一个将死的孩子。这已经是第二次了。第二次，萧红孤苦伶仃地面对"刑罚的日子"，生下没有父亲没有未来的孩子。

　　这样的收场。让人心灰如死的收场。人说萧军的自私滥情伤害了萧红，人说萧红的柔弱依赖牵绊了萧军。而当我眼睁睁地看着半个多世纪之前他们的分手，眼睁睁地看着那个从北中国的冰天雪地一路驶来的爱的方舟终于沉没时，我了无心力说一句话，只是站在故事之外感受着尘埃落定的灰暗和冷寂。就这样戛然而止了。就这样零落成泥了。再来评价当事人是非对错还有什么意趣？那样的爱情竟然都会破碎，那样的相濡以沫竟然也会相忘于江湖，那么，这世界上还有什么是可以抓住的，是值得信仰的？

　　距离初次的阅读，十多年时间已过去了。今天，生活中积了更多的灰尘，而当我想起萧红，却依然是那种感觉。依然是那样疼痛。我就是这样不能与时俱进的人。李碧华说：她对他的绝望，是鱼对水的绝望。这样的句子，就像拿着一把刀片细细地慢慢地割过人的心。我无端地觉得这该是当年萧红的切肤之痛。我没有想到，其实我对一份想象中的完美爱情的绝望，也是鱼对水的绝望。

　　萧红后来又跟了别的男人，东北作家群的另一个代表人物端木蕻良。关于这段情缘，也是有人说好有人说坏，有人说萧红最后的时光很寂寞很凄惨，有人说其实端木给过萧红安稳和幸福。至今，学界对此纷纷扰扰，无一了断。也许，二萧最终的分手对不起他们的过去，对不起寄厚望予他们的人，也对不起后来的端木。他们曾经的爱情光环肯定遮蔽了他现实的存在，这是不公平的。就连我也常常想，萧军之后的男人，难道还会很重要吗？如果端木不好，无非是伤口上再撒一把盐；如果端木很好，曾经沧海的感觉定然也在损坏着萧红，"纵然是齐眉举案，到底意难平"。

端木蕻良，该是和萧军很不相同的一个男人。只是，只是他们一样地看不起萧红的作品，他们说："她的散文有什么好呢？""这也值得写，这有什么好写？"

但萧红还是写着，在不被理解的目光中，在更多的疏离和隔膜中，寂寞地写下去。她用不到九年时间的创作，最终超越了这些看不起她的男人，超越了时代。她是执着的，就是在离开萧军又接受了端木之后，就是在这样的创痛和空漠中，她依然完成了《呼兰河传》等一系列重要作品。应该说，《呼兰河传》是萧红最好的作品。它延续了《商市街》的私人性话语，发展了《生死场》的独特的文本形式，将《生死场》中初露锋芒的那种令人不安的个人风格推向极致。《呼兰河传》比《生死场》更不像小说，但更行云流水，更淋漓尽致，更有自足的完整性。茅盾说它是"一篇叙事诗，一幅多彩的风土画，一串凄婉的歌谣"。时至今日，人们还在为《呼兰河传》到底是诗化的小说还是长篇散文争论不休，其实是什么文体并不重要，重要的是萧红自此彻底放弃了她本不擅长的时代主题和宏大叙事，而用一种更纯粹更自我的方式进行写作。《呼兰河传》是完全属于萧红自己的。

这是 1940 年的香港，烽火连天，一个喧嚣激情的大时代。但萧红的双手想要握住的一切，却渐行渐远。她懂得属于自己的时日不多了，在难耐的病痛和深深的孤寂中，她唯有沉湎于回忆，在回忆中踏上回家的路。她离开家乡已整整十年了，在这十年里，她曾经竭力逃亡竭力忘却。她以为她已成功地做到了这一点。可现在，隔着千山万水，当她蓦然回首，她才发现，她的故乡并没有消遁，而是藏匿在她的体内，与她的生命融为一体；才懂得，能慰藉她残破心灵的，只有留在那遥远的北国小城里的依稀的儿时记忆。

　　呼兰河就这样从幽深的岁月奔涌而来，三十年的时光，像不可抗拒的浩荡的河流，流进了萧红的生命。萧红借此缝合了由无数的零碎情感经验组成的个人的历史，借此回到了她弥足珍贵的童年。她也许没有刻意选择，下笔时便自然出现了儿童叙述视角和口吻。她的眼睛是明澈、好奇的，她的语言是短促、啰唆、稚气、天真的，她带我们一一走过呼兰河的大街小巷，观赏所有的热闹和有趣。她告诉我们，祖父是一个多么慈爱多么善良的老头儿，她家的后花园是多么丰富神奇的世界：

　　"花开了，就像花睡醒了似的。鸟飞了，就像鸟上天了似的。虫子叫了，就像虫子在说话似的。一切都活了。都有无限的本领，要做什么，就做什么。要怎么样就怎么样。都是自由的。倭瓜愿意爬上架就爬上架，愿意爬上房就爬上房。黄瓜愿意开一个谎花就开一个谎花，愿意结一个黄瓜就结一个黄瓜。若都不愿意，就是一个黄瓜也不结，一朵花也不开，也没有人问它。玉米愿意长多高就长多高，它若愿意长上天去，也没有人管它。蝴蝶随意的飞，一会儿从墙头上飞来一对黄蝴蝶，一会儿又从墙头上飞走了一个白蝴蝶。它们是从谁家来的，又飞到谁家去？太阳也不知道这个。

　　"只是天空蓝蓝悠悠的，又高又远。"

　　然而，即便有这样美好纯净的画面，《呼兰河传》的底色依然是悲凉的，无奈的。就在萧红乐滋滋地说"凡在太阳下的，都是健康的、漂亮的"之后，却又指给我们看那些阳光照不到的角落：呼兰河人死水般的生活，生老病死的往返循环，对生命的麻木冷漠，精神的极端愚昧，小团圆媳妇的被虐致死，有二伯和冯歪嘴子的故事。在讲述这些时，萧红的口吻和视角不再是童真的，"人生何如，为什么这么悲凉"？沉重的感慨让写作的萧红再次跌回到了现实中，她的细致敏锐，她的独特的生命感受，深沉的悲悯情怀，她对民族命运的审视和忧患意识，促使她在不经意间让叙述者从天真懵懂的小丫头转换成了饱经沧桑的往事回忆者。

这种叙述视角的含混性，不应该看成是《呼兰河传》文本本身的缝隙，而是萧红的情感不容回避无力弥合的一个矛盾。她本想用童年的记忆来对抗今天冰冷的世界，她渴望在生命的最后用回忆完成对故乡的回归。回忆是萧红对自我灵魂的拯救。然而，没有谁可以逃避现实，她最终发现，她依然是回不去的。在1936年的散文《失眠之夜》中，她写了萧军热切悲壮的思乡之情，而她对沦陷中的东北故乡的态度是暧昧的，是不能与身为男性的萧军形成共鸣的：

"而我呢？坐在驴子上，所去的仍是生疏的地方；我停留着的仍然是别人的家乡。家乡这个观念，在我本是不甚切，但当别人说起来的时候，我也就慌了！虽然那块土地在没有成为日本人的之前，'家'在我就等于没有了。"

无法脱离身为女性，无法脱离永遭放逐的命运。对于萧红，家不再是某个特定的地方，而是成长中那些注定的凄风苦雨。十年前她逃出来的那个家，在十年后定然不会成为安妥她受伤的灵魂的栖息地。她无法真正回归梦中的后花园，她用作品构建的精神家园根本上只是一个虚妄的存在，一个她无法泅渡过去的彼岸。当萧红呕心沥血，写完《呼兰河传》的最后一个字时，脸上该是冷月葬诗魂的凄绝吧？却原来，生命最后的停泊点，依然是"别人的故乡"。却原来，《呼兰河传》，只是，注定了只是一场幻灭之旅。

"呼兰河这小城里边，以前住着我的祖父，现在埋着我的祖父。

"从前那后花园的主人，而今不见了。老主人死了，小主人逃荒去了。那园里的蝴蝶，蚂蚱，蜻蜓，也许还是年年仍旧，也许现在完全荒凉了。

"小黄瓜，大倭瓜，也许还是年年地种着，也许现在根本没有了。

"那早晨的露珠是不是还落在花盆架上，那午间的太阳是不是还照着那大向日葵，那黄昏时候的红霞是不是还会一会工夫会变出来一匹马来，一会工夫会变出来一匹狗来，那么变着。

"这一些不能想象了。"

1942 年 1 月 22 日，萧红在香港离开了人世。她对自己三十一岁的生命是了悟的。她曾"向这'温暖'和'爱'的方面，怀着永久的憧憬和追求"，然而，她始终是一个无家可归的人。她没有家。就连死了，也是一缕飘荡的孤魂。她给人世留下的最后的文字，是"不甘"。

不甘。

但幸亏这一生遇上的不只是男人。幸亏，除了男人，更有文学。有了文学的缘故，她虽然终究掉下来了，但却曾以稀薄的羽翼，飞出来一片属于自己的世界。那艰难的，美丽的翅痕，永远地镌刻在低的天空，从未被抹去过。

你隔着金色的栅栏

2009年，仿若命定，要与伊蕾重逢。

伊蕾是一个从一出现就让我不知如何是好的诗人。她以《独身女人的卧室》震撼了诗坛的时候，我还是一个大学里学写诗的女生。那时，我喜爱的是舒婷。那时，许多事还没发生，然而我还是先验地认定舒婷的"也许藏有一个重洋，但流出来只是两颗泪珠"是关于爱情的最幽深美丽的表达。我将《会唱歌的鸢尾花》抄在自己的日记本里，一遍遍地吟诵，一遍遍地体味那种淡淡的美丽的忧伤。但是后来有一天，突然出现了伊蕾。伊蕾就像一根暴力的棍子，一下子击中了我。读着她的诗，我第一次知道，诗歌原来可以这样地不含蓄，可以这样歇斯底里地表达痛苦，这样无所遮掩地走进内心的真实——这样地不美。那是在1990年，伊蕾之于我，是绝对另类的一种阅读体验。

我终于选择了不喜欢她。之所以用"选择"这个词，是因为对当时的我来说，喜欢一个诗人或不喜欢一个诗人，算得上是很严肃很重要的一件事情。伊蕾的诗，全然不符合我那时业已形成的一种阅读趣味，不符合我对诗歌尤其是对"女诗人的诗"的期待视野。我只能不喜欢她。然而，我并不能忽略她。她使我不快。在那样的不快中，我分明感受到了自己和她的触碰。感受到情绪的深处，某一根思想的弦已被她破坏。是的，我已被她破坏。有了她之后，我再也不能全然沉浸于那些温柔敦厚的诗歌的抚慰中了。从生活和诗歌的两面窗子，我都开始看见了巨大的残缺。

后来，就再也见不着伊蕾新的作品了。她就像一股来也匆匆去也匆匆的风。然而，她不是微风吹过树梢，不是清风吹起涟漪，她注定了是飓风，要打翻桅杆，是春天的沙尘暴，将沙砾和尘土狠狠地摔到人的脸上。伊蕾留下的诗歌印痕是凶猛的，强大的。正因如此，也就在她本人淡出诗坛远离诗坛的同时，她的名字被写进了当代文学史，与翟永明等人一起成为新时期中国女性诗歌的代表。这是对伊蕾诗歌的最高肯定，但我有时想，它何尝不是一种讽刺？伊蕾讨厌"被围困"，渴望"无边无沿"，然而，终究，她的诗被定格，走进"一本历史悠久的典籍"，被"白色的长方形""整个框在其中"。在漠然的误读中，在刻板的分类中，"变得长些""变得短些"，但无论怎样，都"紧紧随形""迈不出它的门槛"。

二十年就这么过去了。二十年的时间，我一天天地明白了，诗歌之于生活的无力。明白了诗歌在时间中的无力。然而，海子说，天空空无一物，为何给我安慰？对于一些踽踽独行的心灵，对于一些尚未完成的成长，有没有诗歌终究还是不一样的。注定了不会一样。但问题是，在今天的诗坛上，怎样的机缘才能让人邂逅到让生命注定不会一样的诗呢？

于是，蓦然回首，伊蕾从灯火阑珊处走来。伊蕾还是二十年前的伊蕾，而我，已是披着二十年时间之尘埃的我。然而，在 2009 年，我们必得重逢。唯有在这样看似偶然至极实则宿命的重逢中，我才看清了二十年前的伊蕾为今天的我留下了什么。或者说，隔着二十年时间的河流，二十年川流不息的疼痛中这些终于哭出来的和永不能启齿的所有，伊蕾的诗才为我呈现出了它早就呈现过的，才结晶出了它应该结晶的。这是一次迟到的交汇，愚钝的我在二十年后才明白了当年的伊蕾为什么迅即地来，又悄然地去。才明白了一个诗人，一个女人，无所选择地说了那么多之后，最终选择的"不必说"："有一些语言我不能说出／有一些感觉甚至变不成语言／有一些语言见到思想就疯子一样地逃亡／我有着健全的声带和舌头／可是失去了表达的功能／朋友啊，陌生人们／如果你理解我，我就不必说了／如果你不理解我，我有什么必要说呢？"

就这样，二十年后重读伊蕾。那最初的不适感不快感被一种更有力的东西击穿，曾横亘在我和她之间的阅读的隔膜感，土崩瓦解在一种强大的相通中。今天重读伊蕾，就像抚过自己新鲜的伤口。其实太多时候，我们读懂了一个诗人，那只是因为我们终于看清了自己走着的路，终于听到了自己心底最真的声音。伊蕾是一个多么聪明的诗人啊，她深谙这一切，她在《给我的读者》一诗中说："朋友，当你读着我的诗／是你在倾听我呢／还是我在倾听你？／我们都是被压抑了这么久／我们的悔恨与绝望重于泰山……"

读我的诗吧，除了我，有谁能够诉说出这些渴望呢？伊蕾说。是的，悔恨，绝望，压抑，渴望，这一系列关乎人的心灵的词语统统都是伊蕾诗的关键词。无以复加的巨大痛苦是伊蕾诗的主旋律。生而为人，有谁能拒绝痛苦？生而为一个诗歌的灵魂，又怎么能逃避痛苦的炼狱之火？伊蕾的诗一下子攫住你的心的正是这一点，对个体生命的痛苦直接地感性地淋漓尽致地表现："太阳啊，你皮肤如此粗糙／满是疤痕／我已经衰老／至今无家可归""啊，进亦难，退亦难，生亦难，死亦难／我被逼疯了／站在原地大跳，大吼／散了头发拼命地舞蹈／我变成一股长头发的风／在四面墙壁上往返碰撞／希图找到逃亡的缝隙／直到精疲力竭，倒地化为尘土。"读伊蕾的诗，从最初到最后，心灵注定要被这样痛苦的烈焰所烧灼，注定要随着诗人一起"忍受这地狱般的炼火"，渴望"离开这一个活着的墓地"。伊蕾用她不加任何修饰的诗笔揭开了许多人生命深处的"噩梦"："我被绑在火刑柱上 / 火刑柱设在一个现代的广场 / 四面干柴伸出愚蠢的舌头 / 准备着那嗜血的一刻……"

诗歌不是无本之木无源之水，这样无可名状的强大的痛苦，这样纠结不去的痛苦中沉淀着深沉思索的心灵剖白，显然不是为赋新词强说的愁，伊蕾的痛苦感受来自于她作为一个鲜活的自由的灵魂在现实时态中的"被围困"，来自于她作为一个诗人的自由意志在社会话语中的被禁锢，也来自于作为一个女人对爱情不灭的追求和这种追求终极的破碎。伊蕾《独身女人的卧室》太有名了，那句惊世骇俗的"你不来与我同居"以在那个时代显得绝无仅有的叛逆性成为她诗作最炫目的光芒。但对我来说，从一开始就呈现出了伊蕾诗歌独一无二的质地的，不是卧室里的呓语，而是另一些燃烧着火一般的烈焰喷射着火一般的激情痉挛着火一般的痛苦的诗句。我喜爱的是《流浪的恒星》《被围困者》《你隔着金色的栅栏》《没有誓言的日子》《情舞》《叛逆的手》等诗篇。二十年前颠覆了我的阅读趣味的是它们，二十年后照亮了我生命中最大的疼痛的，也是它们。它们收在作家出版社 1990 年出版的《伊蕾爱情诗》里。伊蕾说，我的诗里，除了爱情，还是爱情。可这些诗，仅仅只是爱情诗吗？或者说，爱情诗写成这样，又怎一个"爱情"了得！

"我为自由而生，也为自由而死"，这才是伊蕾诗歌中的最强音。"自由"一词是伊蕾诗歌中胜过了一切词汇的元素，是诗人心底压倒了一切需求的生命本真的呼唤和追求。因为这种追求，诗人付出了常年流浪"在路上"的代价："我心中这一个目的啊 / 我不可能把它想象得十分清楚 / 我甚至对我的情人也不能说清它 / 它不可能赤裸地面对任何人／我就这样孤独而压抑地又上路了。"这样的上路注定是孤独的，压抑的，是永远无法抵达的痛苦之旅。伊蕾是不屈的，也是焦虑的，是激情的，更是理性的，她丝毫没有为自由而战的"廉价"的热情和炫耀，没有缺乏指向的盲目的愤激之语，在"欢乐对于我像掠过头顶的鸟鸣一样短暂／而悲哀像千年大树在心中生长"的哀叹中，我们看到的是一个孤独的跋涉者冷峻穿透的目光。以如此目光打量现实人生，诗人与她的时代之间存在着的便只能是这样一种难以调和的痛苦而又紧张的对话关系："自由！与生俱来的一物／被社会一寸一寸地剥夺／我落地生根即被八方围困／我学会走路，便被锁链而牵／我学会说话，便越来越恐惧地选择语言／我学会爱，便面对一万个先决条件""我用尽人类高于动物的所有智慧／只是为了追求与动物同等的权利""我试着迈出自由的一步／只一步／就接近了万丈深渊"。

新时期以来，伍尔芙的"一间自己的屋子"对中国女性文学的影响可谓是革命性的。仿佛突然之间，大家从那样的一间屋子就心知肚明了关于女性生存境况的种种。作为女性诗歌的领军人物，伊蕾的女性意识当然是鲜明的，甚至是激进的，但她表达女性意识却不止步于女性意识，她的女性意识更多地建构在社会学的向度上，而非纯然的性别角度，没有"自然"的女性，更没有架空的"女性意识"。基于这样的认识，伊蕾的笔下出现的是迥异于太多其他女作家的"一间小屋"："铁栅间一整夜一整夜响着风声／出门去！出门去！／可是钥匙在哪儿呢？／魔鬼的脸时隐时现／要我答应一个小小的条件——／对一切听而不闻，视而不见／这条件看似渺小／却得以我的灵魂为代价／我要出门去！出门去！／我正梳妆，灰发于瞬间委地。"

伊蕾诗歌突破了女性诗歌单一而褊狭的女性立场的特质正在这里，她不囿于所谓女性的种种纯粹的"经验"，不囿于女性对男权的简单控

诉，生而即为"被围困者"，她更多地表现的是被围困的集体的人的普
遍感受。她的诗歌中，充斥着"我是谁？""我从哪里来？""我往哪里
去？"的终极叩问，这不是给诗歌刻意披上的思想的外套，不是对 20 世
纪 80 年代以来风行的追逐哲学思潮的潮流的跟风，而是源自于生命本体
的灵魂的发问。其实，准确地说，伊蕾就是用诗歌的形式袒露了她生命
中的巨大困惑，提出了日夜折磨着她的问题："我要到哪里去？""我从
哪里来？""我为什么而来？""我是谁？"在这样的发问中，在这种永无
答案的求索中，伊蕾多角度、全方位地抒发了"被围困者""我被围困，
就要疯狂地死去"的"痛苦"。应该说，这种痛苦，在社会人的生活中
是一点都不陌生的经验感受，但大多数人习惯了"被围困"，同时也习
惯了漠视甚或无视被围困的自我内心。所以，当这种感受一旦成为问
题，反映的就是发问者主体意识的醒悟和自觉，对围困的警惕和反抗，
对真我的追求和坚守。在这一点上，伊蕾是高度清醒的，是强烈的，大
胆的，深刻的，她揭示了我们生存的真相，"五面墙壁切断了我的目
光／肉体与天空隔离"，这样的"墙壁""有道貌岸然的边沿／苛刻的边
沿／蛮横的边沿"，她写出了我们内心虚弱但永存的呐喊："被缚的苦恼
不如死／我迫不及待要冲出去／我不需要墙壁／那墙一分钟也不要存
在"，她表达了我们对这个世界和被这个世界淹没了的自身的质疑："你
能否把我们已知的另做讲解？／你能否将你认为正确的给予否定？""我
能否走到边沿以外呢？／我能否在我愿意的任何时候走到边沿以外呢？"
她终于喊出了对这个"巨大坚固、不可摧毁"的世界的最后的抗争：
"这禁锢的岁月还要多久／我已四肢僵硬／热血停止流动""我在偷偷积
攒经验／酝酿一次爆炸行动""我放弃了一切挣扎，不再修身养性／我
昼行夜息，按照我的意志独自走去……"

经过了这样的叛逆和抗争，在颠覆和发现中，诗人重新拥有了自

我，这是我们在现实的人生中一点点丢弃而且永难再捡拾的自我，也是诗人在诗歌的王国终于找到的那个"丢失了的自我"，是经过披荆斩棘、淬心砺骨的求索之路终于完成了的自我："我突然感觉到了我 / 我在大地上蹦蹦跳动 / 我的形态和天空合为一体 / 我包罗万象无所不有 / 我无边无沿。"

毋庸置疑，只有在这样的意义和高度上，才能懂得伊蕾爱情诗的分量。身处"我学会爱，便面对一万个先决条件"的大环境中，谁能拥有浪漫美丽不染污浊的爱情呢？在千疮百孔的爱情叙事中，又如何进行纯然的"女性话语"的言说？所以，伊蕾的爱情诗不是含蓄的，唯美的，精致的，像她的前辈诗人林子、舒婷她们那样；也不是深沉的，内敛的，婉约的，像她的同代诗人翟永明、唐亚平那样。她是狂躁的，反叛的，桀烈的，痛苦的，压抑如许深重，渴望就如许凶猛，爱有多么剧烈，绝望就有多么强大。伊蕾的爱情诗里，像《辉煌的金鸟在叫》那样明净、祥和的呢喃之语几为绝响，更多的是"在雨雪交加的晚上，我梦见 / 我的头发在你的手里忽然变白"的凄楚，是"我不需要望夫石 / 阻隔你的不是道路和天空"的哀伤，是"你隔着金色的栅栏向我凝望 / 而我不知怎样才能靠近你 / 不知怎样才能握住你的手啊"的煎熬，是"如果世界上只有一样东西可供我拥有 / 我抛弃一切只要你 / 这是一个不可饶恕的罪过 / 这是无可选择的选择"的悲壮，是"什么时候 / 天空长满青草 / 我和你一起私奔"的无望，是"白天鹅最后的歌声"中"等待而死或者叛逆而死"的两难，是"血从眼睛里流出"的痛苦，是"生命这样短啊 / 短得像一柄剑 / 与其苟活，不如勇敢的寒光一闪"的决绝。

爱情，在伊蕾这里，其实就是人生的全部分量，就是心灵的唯一欲求，说到底就是她至死追求的自由的化身。为自由而歌，为自由的爱呕血而歌，就是伊蕾的爱情诗。这样的情诗，出自一个女子一己的体验，从她生命深处的黑暗、寒冷和痛苦中顽强地开出花来，但它带着地火般的灼热和力度，刺痛的是更多人的心，使人在一种灵魂的炙烤和燃烧中，逼近要么涅槃要么毁灭的终极境地。伊蕾就像一面镜子，她突然间就照出了我们日日走过的路上，那如影随形的放弃和妥协；她就是一个参照，让我们看清了在无边无沿的被围困中，在安之若素的失去中，那么多未尽的梦想和挣扎。

伊蕾是超越了她的时代的，但她也根本地区别于之后的女性诗人。在这点上，她长期以来被人泛泛地误读。因为她的率真、大胆、直接的诗风，更因为她写出了那组《独身女人的卧室》，许多人把她看成是诗歌领域身体写作的先驱。是的，伊蕾是不回避身体的，甚至她是歌颂欲望的，她说"我的欲望是野火／最卑贱，最惨烈，最炽热／最无畏，最持久，最贪婪"，她说"是哺乳世界的女性啊／是健康的女性／我没有羞愧"。伊蕾不羞愧，是因为在她笔下，身体和欲望是本色的，健康的，自然的，也是和爱情的渴望，心灵的苦闷，精神的追寻紧紧联系在一起的。这就使她从本质上和后来的"为什么不更舒服一些"的那类女性诗歌有了不言而喻的高下之分。伊蕾也写性，组诗《情舞》中的《我的禁区荒芜一片》就是一首性爱诗。但它依然是"形而上"的，是经过诗的理性过滤了的人性的美和尊严，它促发的是人对自身对生命本真的思虑和审视，而不是招来窥探和猎奇的目光。其实就是在那组《独身女人的卧室》中，也还是这样一个一以贯之的伊蕾，在貌似桀骜不驯的独白中倾泄着深深的心灵的痛苦。纯然的身体叙事怎能置放一个痛苦的思考者灵魂的重量呢？它反映的不过是流浪者伊蕾不同于"在路上"的另一种生命情致罢了。

二十年倏忽就过去了，当年风云一时的女诗人们现在有的写散文写小说了，有的搞理论了，有的不知去向了。而伊蕾，是比她们更早的告别了诗坛。据说她经商了，据说她画画了，无论怎样，怎样的锦衣玉食，怎样的失意无奈，总归是更彻底地告别了诗歌，告别了文学？今天的伊蕾，或许已是尘俗中人了，但一个经历了诗歌的女人，又怎能真正地被人群淹没？被尖锐的诗歌之美照亮过的女人，注定只能是不幸福的女人。触目惊心的孤独和妥协。老而弥坚的爱和伤害。她们击伤的永远是她们自己。她们破坏的永远是她们自己。时间中的人，是不能将爱恨进行到底的。唯有时间，碾过世间太多的爱恨，无始无终地进行着，把无底的黑夜留给人。没有谁，能在这样的黑夜幸免于难。诗人，又有何为？如今，诗歌越来越面容模糊，但诗坛永远喧嚣，后浪推前浪，新的名字正在成为新的潮流。所以，伊蕾，确乎是一个被遗忘多时的名字了。然而，二十年来，有一些成长在不变的被"被围困"中终不能走向实现，有一些抵达怎么跋涉都只能却步在"山那边"。我想，不写诗的女人伊蕾，今天她还能看见吗，为什么这世界上还有这么多这么好的爱，在"隔着金色的栅栏"呢？

心爱的蒋韵

蒋韵是一个美好的女人。这样的认识源于我对她的文字的认识。虽然"文如其人"这句老话已被无数次地证明了是并非绝对可靠的常识，但我仍固执地认定，一个人的文字该是从骨子里从血脉最温热动情处渗发出来的东西，文字的质地应该是那个创作文字的人最本真的质地。在对她断断续续的阅读中，十几年时间过去了，我从一个普通的文艺女青年，也成了羞惭地跻身于作家队伍的一员。我和蒋韵在网上有过交流，也曾远远地看见过她在人群中的样子。相比彼此的想象，我们确乎都是老去很多了。但在我心里，她始终都是那个最初的美好的女人。

其实，这十几年来的中国文坛，可谓沧海桑田。许多信仰被颠覆，许多主义被重构，在越来越前沿越来越现代越来越全球化的理论浪潮中，在"更快、更高、更强"的时代精神号召下，文学渐渐在人们的心灵世界中远去，文学正在一点点地流失着温暖人心安妥人性的力量。我们因无法感受到文学翅膀在引领我们上升，所以只能把凡俗的尘垢"称之为一切"。但奇怪的是，文学的灰暗并不代表文坛的冷清，而且恰恰相反，这十多年来的文坛情形怎一个"热"字了得！从"70后"到"80后"，从"美女作家"到"梨花诗"，从"躯体写作"到"底层写作"，从"韩寒现象"到"郭敬明现象",从王朔骂人到很多人骂人、对骂、群骂,从口诛笔伐到法庭上接二连三的刀戈相见,文坛中人可算是让坛外人看够了热闹。在令人目不暇接奇峰迭起的"现象"中,太多的作家、文人从幕后跳到了前台,从写作者变成了公众人物,变成了娱乐明星,当然,也有的曾一度变成了沿街乞讨者和扰乱社会治安的裸奔、裸诵者。人们就这样看到了关于作家们的太多。曾经以为神秘的,曾经想象成神圣的,都不复存在。是的,十多年来,我们就这样习惯了看到的听到的一切。

可是,并不是所有的人都加入到了这几乎是集体性的暴露的狂欢,那些作秀,那些出丑中。有一些作家,他们在经过了这么多之后,依然只是把自己当成普通的写作者。他们不争夺话语权,不制造新闻,不做明星。他们藏在文字中,在文字背后注视着窗外的"喧哗与骚动"。他们可能远离人群,但却深深地沉浸在生活中。他们用文字注视着人们一起走过的日子,用文字抚摸着所有柔软而疼痛的心灵。他们有底线从不逾越,有坚守从不放弃。他们的沉默,是为了更大程度上安静地、清洁地贴近自己,贴近曾经有过、现在还在、将来也不会断绝的美好和崇高。蒋韵就是这样一个作家。或者说,在我的阅读视野里,她始终是这样一个作家。我十几年如一日地热爱着她,然而长期以来,除了知道她生活在山西太原,她的丈夫是作家李锐,她的女儿也在写作,除此之外,对她的一切我一无所知。她在生活中是一个怎样的女人,她和她的丈夫、孩子是怎样的情景,她喜欢炒菜煲汤吗?她用什么牌子的化妆品,喜爱什么款式的衣服?还有,更重要的,她是怎么开始创作的?她小说的素材来自哪里?她少年的梦想、青春的经历,她的婚恋,婚恋中的感受,她有过与众不同的残酷的成长吗?她有难以触碰的伤口吗?所有这一切,这多少带着窥视欲的问题,在许多女作家那里,是那么容易得到答案。她们是那么乐于给你答案。而在蒋韵这里，就像后花园花木掩映下的古井，静静的深深的，任什么也打捞不出一丝的秘密。

可是，关于蒋韵，我们难道真的还需要知道文字之外的什么吗？

蒋韵的写作是远离潮流的，从 20 世纪 80 年代开始，她就站到了当代文坛层出迭起的思潮和流派之外，成为一个"无法被归纳的作家"。就连女作家云集的女性主义写作领地里，也几乎无人提及她的名字。那些只盯着这样那样的"宣言""主义"而忽略其作品内里本质的评论家们，那些操着西方的理论工具削足适履地丈量中国文学的学院派们，他们没有看到，其实蒋韵才是多么的"女性"啊。为什么只有琐碎美丽的物质化细节才是"女性"，为什么只有关乎身体的欲望化叙事才是"女性"，为什么只有简单而暴烈的男性批判才称得上"女性"？蒋韵，这个沉静温婉的女人，她从来没有站在哪一面"主义"的旗帜下，但她脱离不了生为女人，从她写小说开始，她就没有停止过写女人。她写了那么多女人，她的小说首先就是对女性命运的探讨。而女性的命运，在蒋韵的笔下，往往就是人在这个世界上的命运。那么多的悲剧人生，那么多女性美好的生命走向陨落、熄灭，寓示的是所有生命美景的凋落，所有美好事物的渐次"失去"。

蒋韵的女性是天生傲骨蕙质兰心的人，她们太过唯美，善感，精致，优雅，她们只为精神活着，所以注定寂寞。在形而上的痛苦中，她们坚守苦难，从容赴死。这些女人，她们不妥协不苟且不解脱，她们信守诺言至死不悔，她们那么执拗那么决绝那么没有商量余地。勇敢和无畏是她们的品行，主动承担世界的罪与罚是她们的担当，而以香消玉殒来反抗邪恶和灾难是她们的终极命运。蒋韵赋予这些女性的其实是人类集体应具备的美德，但污浊的现实和严峻的生活使太多的男人浑噩、畏缩、疲惫、丑恶，他们是那么容易放弃、下沉，无力承受追问和拷打的使命。所以，只有女性义无反顾地将高尚的人类品质坚持到底。蒋韵的女性立场是这样鲜明，而她的女性叙事又是如此独特，以至于她和同时代的女作家有着如此大的不同。我想，虽然蒋韵是如此钟情于写女人，但性别并不是她的关注点和切入点，她要阐述的永远是人的品行，人的精神。在蒋韵看来，人和人的差别重要的不是男人和女人的差别，而是清洁、善良、正直、坚强的人和肮脏、邪恶、背义、懦弱的人的差别。

所以，蒋韵笔下的女性个个美丽绝伦、魅力四射。生命内里的尊严和高贵，美德本身的力量，赋予了这些女性一种神性的光彩，一种冰清玉洁的光华。《旧盟》中的谢莹，《落日情节》中的郁童，《冥灯》中的杏花，《绿灯笼》中的翠微，《旧街》中的冯明伦和叶旦妮，《栎书的囚徒》中的段金钗，《闪烁在你的枝头》中的幼容，《隐秘盛开》中的潘红霞，以及《完美的旅行》《上世纪的爱情》《北方丽人》中的女主人公们，个个都是这样的女子。她们或是在疯狂的世界里以从容的死换一个自尊的生，或是为了理想而刚烈地拒绝庸常的幸福，或是在心灵的自省中背负了一生的苦难，或是为了承诺的永恒而生死相许。蒋韵塑造的这些不留一丝退路没有任何苟且余地的女人，离我们所处的俗世尘缘似乎显得太远，但蒋韵并不"出世"，她以这些美丽女人们的故事告诉我们：我们在当下已经失去了什么，还在失去着什么。浮名俗利的燥热中，脏污野蛮依然当道的黑暗中，难道蒋韵的女人们没有给我们一种别样的反省警策吗？难道蒋韵的悲情不应该是我们每一个人的心头之痛吗？

和大多数女作家一样，蒋韵也写爱情。但她写的是荡气回肠地老天荒的爱情，所以，她的文本是完全剔除了关于身体、情欲、复杂人性等等之类的古典主义的纯粹。蒋韵的爱情叙事中，男女都推重那些正面的价值，比如永恒、完整、道义、信守，害怕间离，厌恶背叛，没有谁会接受"曾经爱过何必拥有"的及时行乐，欲望化叙事在蒋韵看来是阴暗狰狞难以想象的。她宁愿要至悲至痛至美的残缺，也不允许一丝的亵渎。也许，今天的读者会觉得蒋韵太理想主义太乌托邦，但谁又能拒绝那"隐秘盛开"的爱情带给你的感动？"尘世间，只有极少数人，能够以神的完美方式来爱一个人。隐秘盛开，那寂静中难以抑制的激情……他们是爱的天才。"这个爱的天才，就是《隐秘盛开》中的女主人公红霞，她和茨威格笔下那个"陌生女人"一样，一辈子毫无指望又坚定不移地爱了一个人，在"爱永远是一个人的事，和被爱者无关"中完成了女性自己精神的救赎和升华。这是一个非凡的为爱而生而死的爱情神话，蒋韵呕心沥血，写尽了爱中的绝望和绝望中的尊严。其间传达出来的那种对爱情宗教般的信仰，对人性的坚贞、尊严与高贵的热忱赞美，使这部作品在当今欲望喧嚣的时代拥有了无可替代的价值。这样的一种爱情，完成的何止是潘红霞一个人的生命？这样的一本书，安妥的何止是蒋韵一个人的灵魂？

中篇《心爱的树》不久前获得鲁迅文学奖。这是一个很高的荣誉，但蒋韵很淡然地说：其实这部作品艺术上比之先前的作品也没有什么超越，只不过现在人们认可了我一贯的情调、底色罢了。她说得对，《心爱的树》或许并不是她最出色的作品，只不过延续了她一贯的情调和底色。大先生心爱的小妻子梅巧，背叛丈夫抛弃孩子，跟着大先生钟爱的学生席方平私奔了。这样的一个故事。这样的故事在太多作家笔下该是怎样一副"愈堕落愈美丽"的画面啊！他们会怎样地穷追不舍那世间为人为事如何失信如何失德如何失真如何失善的部分，他们会怎样流连忘返于那混浊的暧昧的不见光的所在。然而，蒋韵没有。蒋韵接下来写的是，梅巧和席方平的浪漫出逃，既没有传奇美丽的落脚，也没有始乱终弃的夭折。因为他们，世上又多了一对贫贱夫妻。席方平得了肺痨，梅巧用自己的全部生命滋养着这个她"豁出去"跟了的男人，她不要他死，她要生生世世。大先生在日伪政权逼迫他做事时凛然反抗，差点玉石俱焚，随后迁移乡下。凌香千里寻母，她和父亲一样在心里头舍不下梅巧"这个狠心的女人"。许多年后，在三年自然灾荒时期，大先生和凌香找着了梅巧。他们开始从自己的牙缝里节省出、克扣出"那粒粒赛珠玑的粮食，那一点一滴的食物，那救命的挂面、饺子、糕点、白糖、鸡蛋"，去接济那对贫病交加的夫妻，去救为了席方平而不顾自己命的梅巧——心爱的梅巧，他们父女心头永远的伤口。

还能说什么呢？关于梅巧和凌香，关于大先生，关于蒋韵，和她一贯的情调、底色。这是对剑气箫心的中国君子的礼赞，是对"执子之手，与子偕老"的深情抚摸，是对失去的美好事物的回望和追悼，是文学对道德良善的呼唤和担当。蒋韵的情调不再是个人的小情小调，而是一个时代的挽歌。失去"君子"，失去家园，失去一切美好的东西。这种"失去"的感觉，漂泊流浪的感觉，正在成为中国人集体的情感底色。也许很久了，每一个人走在人潮拥挤中，却像被遗弃的孤儿。我们在失去着，但我们正在遗忘。是蒋韵，她让那棵"心爱的树"，在这一刻如此贴近了我们的疼痛，让我们流下了温暖的泪水。韦伯说过，文学应该是"培养和鼓励人最有价值的东西：个人责任心、高尚的追求，对人类精神和道德价值的追求"，"为民族保留下去那些肉体和情感的美好品质"。我想，蒋韵她做到了。

不能不提到蒋韵的语言。我历来坚信，语言抵达的地方，才是思想抵达的地方。蒋韵的语言是那种绵密而简约、抒情又矜持的语言，一如她笔下的女性们。那么精致那么高贵，又那么旷远而忧伤，使人想起海子的诗"万里无云，如同我的悲伤"。她的语言又是极能激发想象力，极能营造画面的，如同北方秋天的庄稼和她时常写到的那条"无声奔流，永守秘密"的大河，在视觉上就给人一种天清地爽的感觉，大气而又唯美。

一直难以忘怀《绿灯笼》里的一个画面，那用凄美的笔触描画的刻骨铭心的情殇的画面："她曾经在黑暗中，在冰冷的磨石拼花地板的房间里，向一个军人做出不要许诺的保证。但她多想要一个许诺。她想要一个许诺想得心碎。她匍匐在了他身上，无声饮泣，他抱紧了她。他像一个父亲像故乡的土地那样抱紧了这个女人，巨大的怜惜和爱使他说不出一句欺骗的话。他必须飞。一个在战火硝烟焦土鲜血和死亡中飞行的人，他没有权利对他心爱的女人轻言许诺。"最初读这些篇章时，有种让人疼痛不已却又难以言说、沉溺于其中的无力的落水的感觉，很长时间都不能从那种恍惚中走出来。

《心爱的树》是另一种风格。酸楚的温暖的语言，一点一滴地把一种爱和悲悯的力量传递到读者心中。写梅巧十六岁初为人妇的不情愿和无奈时，蒋韵写："她伸手一抓，摊开手掌，满掌的阳光。又一抓，握紧了，再摊开，又是满满一掌。这么多的时光要怎么过才过得完？"写八岁的凌香彻夜在院子里等离家的妈妈时："夜露下来了。像树的眼泪，一大颗，一大颗，滴下来，是那种无法言说的大伤心。"写梅巧在出走的夜里诀别女儿凌香："她安顿她睡下，睡稳，然后，久久、久久，凝望着孩子的脸，美丽的、难割难舍的、血肉相连的脸。"写凌香跪求父亲允许她出去念书："这一跪，是悬崖绝壁前的摊牌，是生死的摊牌，不容分说，决绝，大义凛然。"写凌香千山万水找到了抛弃了她的母亲，告诉她"你不值得我这么牵挂"，接下来写道："其实，在凌香看到梅巧的最初一刹那，她就原谅她了。看到她从茅屋里，烟熏火燎地钻出来，蓬着头发，穿打补丁的衣服，手上沾着菜叶的那一刹那，她就原谅她了。或者说，更早，在她乘坐的木船被炸沉，整整一船人，葬身水底，那和她一路行来已情同手足的流亡学生们，那和她一样年轻一样茁壮健康的生命瞬间灰飞烟灭的那一时刻，她就原谅她了。可她还是说了那句话，那句话，梗在喉头，坠在心头，是必须要说的。说完了，她才能重新成为一个善良温情柔软的孩子，一个悲天悯人的孩子。"写三年灾荒时，凌香带着父亲大先生省下的救命粮食一次次去看妈妈，而妈妈总是把所有好东西留给席方平，于是，"她逼迫梅巧，当着她的面，一个一个地，吃下她带去的饺子。她像阎罗一样不留情面地逼迫着她，吃下一饭盒，一个不许剩。这是她能为父亲做的，唯一的事情，她能为白发苍苍的父亲做的，唯一的事情。"

我知道"流着眼泪读完"这样的话并不是对一部作品一个作家最好的赞美。但我还是想说，我之所以一字一句摘录上面那些句子，是因为它们让我一次次地流下泪水。好了，现在是最后，最后大先生得了绝症，在生命的尽头他去见了梅巧，恨了三十四年思念了三十四年的梅巧。她对他说"大恩不言谢"，他看着她的脸，"这脸，刻着时间的痕迹，岁月的痕迹，有了真实感。是梅巧，唯一的梅巧，老去的不能挽回的梅巧。午后的阳光，从阔大的玻璃窗里，照射进来，她整个人，沐在那光中，永逝不返的一切，沐在那光中。那光，就好像，神光。远处，有一辆列车，轰鸣着，朝这里开来了，是大先生就要登上的列车，是所有人，终将要登上的列车。他眼睛潮湿了。他想说，梅巧，下辈子，若是碰上了，还能认出你吗？"

蒋韵曾说过，如果有文坛，她就是文坛外的一个孤魂。其实她应该知道，我们一直都知道，她不是孤魂。她，是一棵树。一棵清峻孤独而高贵的树，一棵繁花满枝但轻盈自由如一只鸟儿的树。也许是她书中多次写过的槐树和栎树，也许更是北方原野常见的白杨。洒着绿荫，承接着阳光，有忧有惧却傲然挺立，看穿一切却又承担一切。在幽深的夜里，在无云的晴空下，这棵心爱的树，这个叫蒋韵的心爱的女人，用世间最纯粹最真实的秘密，温暖着每一缕走过的风每一颗聆听的心。

照亮你的灵魂

我之于女作家赵玫，经过了一个从忠实读者、认真的研究者，到虽然见面不多但算得上亲近的朋友这样的身份推进。有关她的一切，都在我的心里留下了鲜明的印象，最突出的是她的爱人任先生对她的评价：赵玫，就是一劳模。

是的，无以复加的劳模般的勤奋。几十年如一日的写作是赵玫的基本生活方式。因为专注于写作本身，她无暇顾及其他，从来她都是一个独立而安静的写作者。在当下文坛层出迭起的喧哗与骚动中，她不曾高调标榜过自己的"女性"和"少数民族"身份，虽然她对此有着沉潜而深挚的认同。她从无意于卷入任何的文学思潮和流派中，但近三十年来，她的创作还是长久地一以贯之地被文坛瞩目着，这其中最为重要的原因，就在于她进行到底的独特的写作特质。是的，赵玫是有着极其个人化风格的作家，她独创了一个山高水长的文学世界。我们或可以评论她洋溢的才情和惊人的勤奋，但却很难对她的作品做出最接近她本色的阐释。她几乎是一个无法被归纳的作家。

赵玫是一个优雅的女人，文如其人，许多人也曾用"优雅"来定性赵玫的文字。确实，赵玫作品中，优雅是一个不可忽视的关键的要素，但她的优雅不仅仅是一种品味和情调，一种"贵族"文化的生活表象。赵玫的优雅，是和谐和高贵的统一，气韵和品质的统一，生命的力量和文化的格调的统一。多年来，赵玫专注于对经典的"美"和"永恒"事物的追求中，专注于对未来的不弃的梦想中，面对太多的喧嚣和变化她处乱不惊，执着地在文学世界中维系着一种超越的价值。这样的特质，显然不仅仅来自于她优雅的品味、风度，浪漫唯美的诗人气质和诗化的语言，而应该是出自一种更有力量的东西，那就是高贵的精神，独到深刻的思想，灵光沉潜的智慧。所以，赵玫的优雅其实就是一个思想者的生活方式，一个知识分子对于人生的态度和信念。正是从这个意义，我认为与其说赵玫是优雅写作，不如说她是知识分子的智性写作更为恰当。

记住你的责任，一定要更高尚，更重心灵。一定得照亮你自己的灵魂。这是弗吉尼亚·伍尔芙的话，但对熟悉赵玫的读者来说，它其实就是赵玫的话。还有，不要梦想去影响别人，成为自己比什么都重要。赵玫常常温习着这些堪称至理名言的句子，一遍遍把她从中获得的启示和教益告诉我们。赵玫就是这样一个作家，她总是在自己优雅美好的作品中让读者认识更多的读书写作的男人女人，她总是让她的思考连接更多思考着的心灵：尼采、叔本华、弗罗姆、萨特、休斯、海明威、福克纳、昆德拉、波伏娃、伍尔芙、杜拉斯，以及金斯伯格、克鲁亚克、厄普代克。当然，读书者不会陌生这些名字，但赵玫喜欢告诉你的是你更需要的东西，那些奇特的人生经历结晶的哲思，那些独一无二的爱情背后的牺牲和拯救，那些永不停息的激情和追问，那些有着思想价值和启迪意义的日常生活。赵玫要说的，其实就是在任何时代人类都不应该毁坏自己的精神力量，这是最深邃最高贵的力量。没有什么比这个更重要。

确实，还有什么比这个更重要呢？在现代生活全然走进了享乐时代的今天，人类却极其悲哀地需要一个自我拯救的良方，因为现代社会已无情地、有系统地剥夺和毁坏了人心深处最高贵的精神力量。打量一下当下的生活吧，越来越多的人不堪其扰却又乐此不疲地投身于庸俗琐屑的交际中，太多不需要的声音和信息狂轰滥炸在本该宁静的个人空间，当这一切不但在毁坏我们的思想而且在毁坏我们的健康时，赵玫的声音，就像一缕纯粹的夏日风送来弥足珍贵的清凉和宁静。她在随笔《怎样成为自己》中提醒我们，所有的纷乱和焦躁其实都是可以避免的。她介绍了那个叫弗罗姆的大师，他一生致力于爱的哲学，总是为自由、正义和爱思考、奔走着。他不是一个务虚的人，他告诉人们什么才是应该拥有的正确合理的生活，他甚至留下了如此具有日常操作性的人生提示：

"按照规律的时间起床，每天奉献定量的时间于沉思、阅读、聆听音乐、散步等活动。避开那些行尸走肉者，那些肉体尽管活着，灵魂却已经死掉的人；要避免那些思想和谈话都琐屑不值的人；那些用喋喋不休代替谈话的人，以及那些用陈词滥调代替思想的人。"

读书者赵玫就这样娓娓诉说着她从不间断的阅读中懂得的那些，那些穿透着她并给予了她力量的字句，她一一地描述出来，希望照亮更多人的内心。她总是执着地袒露自己的灵魂，以此与大师们对话。那些智者深邃的思想，崇高的精神状态，美丽的灵魂，超人的心智，始终是吸引她的力量。她读他们的书，挖掘他们的人格和文品，解析他们的思想，于是才有了像《一个女人的精神生活》《怎样拥有杜拉》《她的诉说终止了》《在优雅的背后，是把美丽和智慧结合起来的女人》《重读昆德拉》《写作之于激情》等一系列极具深刻的思想内涵的篇章。读这样的文章，不仅能感受到大师们的思想：伍尔芙的美丽、优雅，贵族式的精神和智慧；杜拉斯超人的才华、毅力，平民式的亲和力与生命力，坚持独立自我的勇气；波伏娃纯精神的体验和生命的深刻；昆德拉的诗意和悲伤，那永远的"布拉格情结"；福克纳敢于抨击世俗社会黑暗现象的正义感和拯救人类精神的高贵品格。更重要的是，分享这些滋养的同时，我们能强烈地感受到赵玫的灵魂之光，闪耀在她特有的敏感多思的情绪中，闪耀在她深刻理性的分析和激越的情感中，寻求着与大师们的心灵最高意义的契合。她不懈地追问着灵魂，她不止一次地告诫自己和读者："重要的是，你一定要照亮你的灵魂。"赵玫和伍尔芙一样坚信，是灵魂，才使生命永恒。

然而，即便日日沐浴在这种美和高尚的启迪中，即便时时获知着这些现成的真理，赵玫依然觉得不够，她说："依然不能够超越。总是我们自己的体验，因体验而经验。"而"现实是无法穷尽"的。这是赵玫的困惑，也正是赵玫的智性，她懂得任何认知注定都是局限下的认知。而没有什么比无法穷尽的现实更值得去阅读、去体验、去书写。因此，虽然赵玫一直生活在精神世界里，用灵魂观察人和物，用灵魂透视着人生，但她从不让自己停留在形而上的思考中，她更注重把思想置放到广阔的现实背景中去，用思想观照现时态的生活，探求个体的生命在当下的存在意义。她没有浮泛的浪漫、虚饰和矫情，而是一边深深地沉潜在强大的生活洪流中，直面人类残缺的存在，一边苦苦地追寻着那澄明光大的精神至境，试图用智慧之光照亮今天人们千疮百孔的生活。尽管在现时段，这样的努力也许看不到答案，但毕竟，赵玫面对着这样的境遇，担当着知识分子在人类精神领域的一份责任。她就像是一个"戴着镣铐跳舞"的思想者，悲天、悯人、伤怀的目光穿透文字，直指现代人脆弱的灵魂深处，促发人对自我、对人生、对这个世界的苦痛思考。

赵玫的才华和智慧使得她游刃有余地穿梭在小说、散文、随笔、批评等多个文学领域，相比她那些华丽幽深的小说，如《我们家族的女人》《世纪末的情人》，以及"唐宫三部曲"和写于新世纪的《秋天死于冬季》《漫随水流》《八月末》等，我更喜欢她的《戴着镣铐的舞蹈》《从这里到永恒》《爱一次，或者，许多次》等散文随笔集的厚重、深邃和悠远。但其实，区分小说散文又有什么意义呢？对于赵玫这样一个作家，文体的藩篱是不存在的，甚至就连文本的意义都不再重要。重要的是思考，是那些历史记忆中的女人，当代时态中的女人，和男人们的故事，那些从个体的经验和他人的故事中沉淀而来的一切。永无了断的爱恨情仇。一如她所说过的话："那地球上所有的男人女人。性别的群体像蝗虫一般在天空飞翔。遮天蔽日。如同灾难。"这也许就是人类的无望，没有人可以绕过这一切，我们的生命就是在这样的"欲望旅程"中完成着，这是文学创作的母题，也几乎是赵玫写作的恒定主题。在对人性的最初本原的挖掘中，对欲望深处的本真剖示中，对两性之爱的深度诘问中，赵玫抽丝剥茧，炼字成刀地表现了置身于这种永恒的"灾难"中的男女。那些永无止息的挣扎和疼痛。挣扎和疼痛中永无答案的困惑和黑暗。在这样的书写中，她的文字是属于"懂得"的人所有的那种残酷和犀利，而她的思想是只有"穿透"了那一切的人才会有的透彻与悲悯，深邃与辽阔，澄明与斑驳。

这一路走来的三十年里，女性写作始终是一个极其热闹的园地，一些女作家在"女性"的旗帜下，忙着往自己身上贴这个主义那个流派的标签，而另一些女作家却在极力淡化、否认着这一点，避之唯恐不及的样子。赵玫埋头写作，游离于形形色色、新潮前沿的"理论"纷争中，但实际上，她是从一开始创作就表现出了鲜明的女性意识的作家，两性在社会层面和精神领域里的生存状态是她最常表现的话题，并且，赵玫从不讳言自己的女性立场，她说"除非不是女人"，她说超越性别"这几乎是一种虚妄"。看，这就是赵玫的坦荡和深刻。她从不信任所谓的"中性写作"，也不追求超越性别的"宏观视野"，在对两性关系的深度拷问中，她凸显了自己的女性立场。她告诫自己："只能回到自身，在性别的前提下追求至善至美。"

于是，我们在她的《欲望旅程》《爱一次，或者，很多次》等作品中看到了全然的女性叙事，看到了生而为女人才会经历的那些别样的心路历程。赵玫诉说了一个个如泣如诉的故事，并在文本中表达了她鲜明的女性立场和思想。在《女人要的是什么样的男人》一文中，赵玫深刻地质疑和批判了像叔本华那样对女性有腐朽的偏见的男人，并以几位名女人在两性关系中的遭际为例，强调即使社会中很优秀的男性，在两性关系中的观念和行为方式，也不是个个都值得推崇。而女性，要想在两性关系中保持自己的人格独立总是那么难以实现，要想在付出美丽和牺牲之后找到真正的相守不渝总是那么艰难，所以对男性的挑选更要有理性的认识，不应被其外表的光环所迷惑。赵玫欣赏、肯定女性的力量，她往往把笔下的女性，塑造成敢于冲破父权规范、有着独立个体意识及丰富的爱与性的能力的女性，而男人相比之下却黯然失色。在《画家是另一种类型的男人》中，赵玫写了在两个女人中犹豫徘徊的懦弱自私的男画家，而女性要么大胆地争取所爱，要么不满男人的懦弱无能而勇敢的离去；在《圣殿中的男人》中，赵玫把圣殿中的男人——那个宗教的精神领袖的虚伪写得丝丝入扣，他引诱女人崇拜他、爱恋他、又献身于他的性欲望，最后却把一切过错推卸到女人身上，诅咒和羞辱无辜的女人——这是一个卑劣无耻的男人；在《希拉里的心情》中，赵玫由衷地欣赏希拉里在克林顿丑闻中表现出来的坚强和智慧，赞赏她在关键的时刻能够控制男人控制局势并有效地控制她自己，相比之下，克林顿却成了一个需要保护的懦弱的男人；在《残阳如血》里，赵玫写了一群有着强大的精神力量的家族女性，她们不屈的生命意识，惨烈凄美的爱恋苦痛，虽死犹生的坚强品格，穿透一百年的时空犹如圣光照耀着生者："很不相信她已死去。仿佛她的气息和话语，依然轻柔地绕在耳边。我时常想，是不是她已亡失的身体中那不懈的灵魂，正悄悄吸附在我的生命中？""她一直坚守着，不让灵魂失落。"

从个体的经验和他人的故事出发，赵玫多角度、多层面地探讨了人在性别关系中所遭遇的种种文化的精神的制约，她对于男人和女人、爱情与欲望的诠释，既充满了炽热的激情，又沉淀着冷峻的思考，是体验思考之后用心灵的汁液酿成的文字。太多属于"女人的问题"萦绕在赵玫的笔下，像循环往复的抒情慢板，那低回不已却又奔涌着激情的基调像女人心底千年的哀声，又像愤激的诉说：为什么美丽高贵的心灵总是受到伤害？为什么在男女原该和谐美好的关系中，却始终充满着背叛、谎言和欺骗？那些"说谎的男人"为什么拥有了爱情却又抵御不住新的诱惑？他们为什么把罪恶归结到女人身上？他们如何甩掉不再明媚鲜艳的女人？他们为什么没有忏悔意识没有罪恶感？世间到底有没有真正的爱情？怎样才能证明彼此拥有？

于是，我们不光从《两性都不完美》《一张稳定的床》《怎样证明彼此拥有》《怎样成为自己》等文中看到了赵玫作为现代知识女性锐敏的观察、深切的感悟和高尚的文化品位，看到了赵玫是多么深入细微地道出了女性真实的心理感受，对她们在两性间的位置与情感，提出了极富思考价值的观点和疑惑，同时，我们还从她纯粹的女性话语中读到了对经典的再诠释，那是典型的女性主义者对权威的质疑和反叛：为什么叔本华恨女人，为什么他关于女人的那些貌似深刻实则远远落在时代和真理后面的观点，多少年来竟被视作哲学？我们为什么要相信这样的哲学？为什么，安徒生所讴歌的女性，总是为了男人牺牲自己甚至迫害自己，让自己每迈一步都如行走在地狱中，最终还要变成美丽而忧伤的泡沫化为乌有？又为什么，就连女性主义的鼻祖波伏娃都要说，没有主人，女人就是一束散乱的花？在波伏娃和萨特堪称绝唱的五十年的心心相印中，谁又知道隐藏着多少的泪水和羞辱，痛苦和妥协？因为就算波伏娃这样的女人，其实她毕生也都是附丽于萨特的，因为就算是波伏娃和萨特这样由纯精神铸成的爱情中，能决定一切的依然是男人！

就是这样。男人和女人。两个群体。爱与恨。还有，性与暴力，以及死亡。在《死于非命的女人，诗人的妻子和血》中，赵玫悲愤地讲述了那些死于非命的诗人们的妻子的命运。她时而"以心会心"，站在那些女人的角度宣泄情绪，时而用理性表达自己的见解，浓郁强烈的感情来自那些女人的痛苦，也渗透了赵玫感同身受的深刻体验，有一种蘸血以笔的凄美和决绝。其实，那些女人自己也是诗人，蝌蚪、谢烨、普拉斯，还有阿希娅。但她们的灿烂被诗人丈夫强大的阴影遮蔽着。并且，当她们死了，锦绣年华那样无助悲惨地死于伤害，也只能以诗人的妻子这样的身份和称谓被人们论起。历史在太多时候惨无人道得就像诗人顾城砍向妻子的那把斧头。但诗人却说，黑夜给了我黑色的眼睛，我却用它寻找光明。那是怎样的眼睛，怎样的光明？赵玫说，诗人们那不朽的诗行是女人的生命和鲜血滋养的，诗人的桂冠是由女人的眼泪和那扎在胸口的荆棘编织而成的。在《智者与狂人》中，赵玫更进一步指出，从来，"圣殿是男人永远的居所，而女人，永生永世要做的，就是供奉于殿堂的牺牲品。像那些被宰杀的被当作祭品的牲畜。流着血。女人的血就是用来祭祀男人的"。

这就是身为女性的赵玫，她彻底，决绝，不原谅，不苟且，不退缩。然而，赵玫并不是女权主义阵地上呐喊厮杀的斗士，而只是桌前灯下不倦地读书思考写作的女人。她用她独特的女性视角和女性语言描述了男女之间的和谐与隔离、忠诚与背叛的关系，她以她的犀利和深刻为解构男权中心文化做出了不懈努力，但这并不是她写作的终极目标。和许多女作家一样，赵玫之所以有这样决绝的女性立场和文化姿态，实非所愿，而出于社会历史情势所迫。她们从不想颠覆了男权话语中心之后再创建一个女权话语中心，而只是想用自己的写作"唤醒公民注意历史和现实性别文化的残缺，参与全人类合理化生存的文化实践"。从根本上实现双性和谐、社会健全发展的终极理想。

最初是从散文集《一本打开的书》认识了赵玫那种触动灵魂的文风，那种高贵天然的气质。那部作品的字里行间，一种源于个人生活和内心体验的感觉奔涌而来，这些感觉化的语言和不无感伤的人生述说，细腻传神的景物描绘，飘忽灵动的意象，以及如歌如泣的抒情调子融会在一起，散发着独特的不容置疑的艺术感染力。赵玫那么善于把握人物的情感，女人内心世界每一寸纤细的感受，男人灵魂深处每一次反叛的悸动，她都表现得情怀激荡，使人不忍释卷。就这样，开始认识赵玫的优雅、唯美、宽宥、智性，以及唯美而智性的文字所表达的温暖和明亮，那些关于男人和女人，爱和欲望，关于这个世界的真谛。和大多数女作家一样，那本"打开的书"有着太多的自叙传色彩，赵玫情感浓烈地书写了她无可比拟、山重水复的爱情，但她依然是独特的。那是1995年，那一年的中国文坛充斥着炫目的潮流和旗帜，当代女作家们几乎集体性地告别了"爱，是不能忘记的"无穷思爱，走进了颠覆男性不谈爱情放逐欲望的新叙事时代。在如此的"喧哗与骚动"中，赵玫却那么"古典"地思念着她远去的爱人，静定地沉浸在地老天荒的爱情苦痛里："那是种生命本身的苦痛，是一种几乎熬不过去的苦痛，是一种绝望，那绝望充满了力量，是因为，爱曾充满力量。"一个有着深刻的生活和思想阅历的女人，一个读书写作的知识女性，其实她是懂得爱的，懂得爱的美好、纯粹和坚韧，也懂得爱无处不在的伤害、背叛和黑暗。然而懂得之后她还可以那样相信爱，就像书中那篇《九零年冬》里坚守在寒冬里的红叶："它们在最后的冷风中疾驰，坚持着火一般的最后的温暖。"

当然，这只是赵玫自己的故事，但三毛说："我的人生观，就是我的爱情观。"一个人在爱情中的善良、宽容、坚持和信仰，反映的其实也就是他对自己、对他人、对这个世界的态度和信念。赵玫生命中这种"火一般的最后的温暖"使读者一次次陷入惊艳之后的深思，感动之后的坚信。她温暖了那些在黑暗而脆弱的人性中迷失挣扎、在绝望和放弃中坚持着的心灵。谁能在没有爱没有信仰的路上走到尽头呢？人类需要互相取暖互相鼓舞。而赵玫，正是以她内心深处稳定的信仰支撑和美好的道德激情，使得她的作品对读者的心灵生活产生了普遍而持久的积极影响。

因为心中有爱，赵玫虽有毋庸置疑的女性立场和反抗姿态，但却能保持理性和节制，她从未把文化的体制的罪恶拿来清算个体的男人，她反对两性关系中任何霸道的一方，对某些女性缺乏谦逊宽宥的强权偏激，表示了深刻的质疑。在《和女权主义者共进晚餐》一文中，赵玫写了一碰到男人就义愤填膺的女人，对她们的偏激意识和行为方式，很不以为然。她对两性关系的问题，有着自己独到的包容心，她强调爱和关怀，强调女人要有一颗不拒绝生活不拒绝真爱的真实的心，强调两性要相互公正、公道与博爱，她希冀符合人类整体利益的两性伙伴关系，她守护的是男女两性的本真存在。

赵玫之所以有这样理性认识的高度，就因为她知识分子写作的智性特质。源于知识分子的视野、品格和精神，使得她很早就突破了女性主义写作很难突破的瓶颈。赵玫深知两性都不完美，她说："女人难道不需要检讨？为什么，我们总是陷入细枝末节，眼泪和妒嫉？我们奉献，但奉献转瞬之间就变成了要求。奉献便有了权利，牵制住爱。""所以后来只好成了怨妇，落入历史的窠臼，成为可悲的标本。"基于这样的认识，赵玫认同伍尔芙的"双性同体"的思想，提倡两性互补互爱，她说"我们是彼此的父母"。而拥有一个人，必须要拥有他的思想。精神，是女人成长自己强大自己的唯一途径。沐浴着精神之光辉的女人，内心充满了善和美，也有勇气去面对世界的真。她不会在两性战场上轻易言败，也不会在自己的生活和文学中驱逐男人，那无异于驱逐了自己最重要的梦想，更不会把自己关在自恋自闭的"独身女人的卧室"，成为越到后来越拒绝的乖戾的玫瑰。拥有着精神力量的女人，她有一面朝阳的大窗子，外面是变幻无穷而又静定永恒的风景，那是无法穷尽的人性之深，也是我们投身于其中并不断获知真谛的生活本身的温暖。

　　这就是赵玫对男女关系做出的独到的女性主义阐释，对男权中心主义的讨伐，对不合理制度的清算，一切都必须建立在女性个体和群体觉醒的基础上。一个乞望着被他者解放的性别是可悲的，一个只会讨伐不懂自省，只会破坏不知建设的性别更是色厉内荏，没有前途的。女人平衡人类，就像水平衡地球，那强大的力量该产生于自身内部，那种美丽执着润物细无声的力量。而拥有这种力量的女性，定然是"能够将美丽和智慧结合起来的女人"。赵玫是如此推崇精神的力量，所以，她始终如一地热爱着那以终其一生的激情写作征服了世界的杜拉斯，那个日日都在读书思考写作的知识分子伍尔芙，那个"最美的存在主义者"波伏娃。赵玫一遍遍地读着她们讲述着她们，她们是如此深刻地影响了她。从这些堪称精神偶像的女性身上，赵玫知道了"思想才是一切美丽的源泉，也才是美丽能够驻足、能够永恒下来的唯一的处所"。而拥有了这种美丽的女人，就拥有了自足的精神家园，拥有了心灵飞翔的自由。她是强大的。

赵玫就是这样一个让精神之光照亮自己灵魂的有力量的女人，也是为双性和谐的文化建构、为人类的健全发展做出了自己独到的人文贡献的知识分子。一个真正的知识分子的思想和知识，态度和立场，良知和责任，充盈在赵玫那些关于文化文学，关于男人女人，关于人类精神的出路的思考中。她看穿一切，却又分担一切；懂得爱，依然相信爱；她解构着，更在建构着。如今，太多的人置身在深不可测的物质时代，深深沉溺于没有思想的黑夜，看不清历史隧道中人类的来处，而未来和家园还在彼岸，还在无法辨明的某一个出口。这样的时刻，我们需要赵玫这样的作家。我们愿意被某种光芒照亮。

正如赵玫自己，刚刚幸福地做了外婆。一个优雅的外婆宣告诞生，一个永不停息的写作者还在继续。她经历了很多，但还在经历生命每一个阶段的完整。她需要被温润的人生照亮。

我的两个鲁院同学

金铃子：我正在过分地爱

金铃子是我鲁院同学，第一次师生见面会上做自我介绍时，她用极具特色的川味普通话念了那句著名的话："美，是困难的。"然后，她说，诗也是困难的，虽然我已经写了二十年了。

然而，从别人的眼睛看过去，诗歌于金铃子却是并不困难的，甚至，那几乎是顺理成章的事——她天生一副诗人相。也或者，是二十年的诗歌生涯打造出了她今天的容貌？她是一个漂亮的女人，但她的漂亮绝不等同于一般世俗女子的娇艳和妩媚，那是专属于一个女诗人的美。那种美有着狰狞的力度。金铃子有一头浓密的黑发，有时候，她把它们编成许多的小辫子，使自己充满异族女人的风情。更多的时候，它们在她的肩头汹涌澎湃着，剑拔弩张着。那是一头桀骜不驯的鬃毛，绿鬓似云青丝如瀑之类柔媚的词语无力形容这样的头发。它更容易让人想起旷野之草，想起烧过旷野之草的野火，想起野火中飞驰而过的骏马那高扬的鬃毛。

四个多月的时间也长也短，我算不上是金铃子走得很近的同学。鲁院时光的弥足珍贵未能改变我素来的疏懒，而鲜艳的金铃子其实也是沉静而踏实的，她每日紧闭房门读书、写诗，还为一份刊物编着诗。她按时作息，从来都准时出现在课堂上和食堂里，而且，她常常在课堂向老师认真提问，常常在课后还和同学热烈讨论。她实在是一个循规蹈矩的好学生，这使我们从未感受到"隔壁住着一个诗人"的刺激和惊悚。好长一段时间，我们只是在过道微笑牵手，或者在教室门口高大的凤尾竹下互相欣赏换季的衣衫。但这样的疏淡并不影响我们之间发生了通透的了解。她曾在我午夜梦酣时打来房间电话，说，亲爱的，我睡不着，因为读了你的小说。她激动地发问：你为什么，要写这样的爱情？你真的相信，世间有这样的爱情？她的语气，似是咄咄逼人的质询，我却听出了小心而热切的求证。但恍惚间，我难以给她铿锵的回答。自此后，我们聊过一些深入的话题，关于故乡、成长，关于女性、婚恋、家庭，等等。她有儿子正读高中，她对老公，有一个孩子般亲昵的爱称。当然，聊的更多的还是关于诗歌。我们也说起那些有关诗坛的飞短流长，种种的相互攻讦，那些以诗歌的名义进行的不堪和卑劣，以及做一个美丽端正的女诗人的不易。金铃子说，让诗坛见鬼去吧，我只关心诗歌。金铃子说，当有一天，我离去，我将留下对这个世界响亮的嘲讽。

我将留下对这个世界响亮的嘲讽。后来我一遍遍玩味着这句话，我是多么欣赏她的快意恩仇。但我知道，对于太多的人，这个比耳光更响亮的嘲讽，比嘲讽更彻底的弃绝，还要怎样让时间一步一步抵达？南行途中，我们不约而同在同一家店里买下了同一个款式的连衣裙，但颜色是不同的，她选了向外绽放的大红，我选了兀自干净的暗绿——这简直像一种隐喻。

因为喜欢，我认真研读了金铃子的诗。和她的人一样，她的诗是那种具备了鲜明的精神气质的诗。读这些诗，你知道她为什么而写，是

怎样强烈坚定的热爱之情在震击着她的心灵，是怎样苦痛而炫目的理想
之光在照耀着她的诗笔。她爱着，恨着，她不可压抑地追求着，无与伦
比地孤独着，这些元素决定了金铃子的诗是内心有力量的诗。那首长达
一百余行的《青衣》开篇没有设置丝毫文字的衔接，没有蕴蓄任何情绪
的铺垫，自由的激情如同喷薄的地下火横空出世："这奇异的世界不能
久留。我们去死／这见惯的青春不能久留。我们去死／这些诗篇不能久
留。我们去死／这平常，平常不过的爱情不能久留。我们去死。"就这
样，素常的诗歌词汇在她笔下有了黄金般的质地，暴力般的冲击力。金
铃子写过一首自白式的诗《我写诗，我只写诗》："我写诗，我只写诗／
这世界总让我激动得颤抖，让我伸出一百只手／抱住一朵桃花的表情／
抑或一株清明草的歌唱／你叫我怎么办呢，这消灭不了的快乐……／我
总能找到，胡言乱语的理由／我是这个季节吞噬的又一个人。另一个
人／再一个人……／我多想将这个春天固定下来。"其实，在生命中的
某一瞬间，每一个人都是诗人，当我们处在一种特别美好的情境中，当
天地万物都让人深深感动时，"你多美呀，请停留一下"，便是最真实自
然的心灵的呼喊。金铃子把这种太多人都经历过而又遗失的诗歌冲动固
定下来了，把那些唤醒过我们的美好场景固定下来了，把人类对纯粹世
界对美好自然的渴望和热爱固定下来了，把一切不复再来的时光固定下
来了。所以，当她说，"我写诗，我只写诗""你叫我怎么办呢，这消灭
不了的快乐"，你又怎能拒绝她的诗，她的快乐？

　　金铃子喜欢在诗歌中用"亲爱的""我爱"这样的语词，这使她的
大多作品都披上了爱情诗的外衣。我想，其实它们之所指是广阔而深邃
的，当诗人深情地呢喃，那么在她灵魂深处应声而出的那个"亲爱的"，
"我爱"，可能是她爱过的一个人，可能是她爱着的许多人，也可能，就
是金铃子自己，更可能，就是诗歌本身："亲爱的，我就是你向世界宣

战的理由 / 是你所有爱过的花朵中最痛的那朵。"正因如此，你难以从金铃子的诗里窥视到那些所谓"女性诗歌"欲盖弥彰、欲露又遮的低暗风景，她诉说的是关于我们，我们每个人的"山川。草原。黑鸟 / 无数迷路的夜晚"，和"街道愈来愈荒凉"，是"阳光与露珠在城市游走 / 这里需要田野、粮食、花朵、音乐"，是我们共同的手"埋掉的那棵梧桐 / 它的痛和殇，它强烈感情的微弱共鸣"，是"我看见一切都迅速离去，我看见 / 人们相遇，相爱，绝望和死亡 / 留下一望无际的贫瘠"之后再诞生的"崭新的悲愁，崭新的快乐"，所以，她说"我的苦难不多，却疼痛了每一个地方…… / 今夜，我只与死于心碎的人们在一起"，所以，她说："我一度是你的，也永远是你的。"

金铃子说：诗歌的力量与词语无关，只与气质有关。这是她作为一个诗人的自觉，警诫自己不要追求外在的辞藻形式，而应追求内在的精神气质和力量。但实际上，离开了词语的气质是不存在的，任何气质都是通过词语来实现的，语言抵达的地方才是思想抵达的地方，所以，金铃子独一无二的词语世界正是她区别于另外一些诗人的重要标志。她的诗歌语言从不云里雾里地绕，从不模棱两可，可有可无，似是而非，她直接、素朴，但又决绝、险峻。那样的语言，你一读就会被它抓住，被它击中，让你一下子深陷其中，跌到现场感的蛊惑中，不由自主地被一种真正的纯诗所喷发的巨大的能量淹没。金铃子，其实她深谙词语之于气质的举足轻重，她说："我这样厌倦了词语 / 它们让我左右为难 / 十分棘手。有的词语 / 仿佛庄严的雪，堆在心边 / 我真害怕，稍不留神，就悄悄化掉 / 有的词语，藏满火焰 / 恰似铁的枝条上，花朵等待燃烧 / 我不敢去碰它们，担心一碰 / 花蕾中的火星，就会毕毕剥剥地炸裂，留下泪水的灰烬 / 有的词语，浑身是刺，如同眼中的 / 钉子，夺眶而出，那么地快速 / 那么地惊心，好像 / 尖锐的往事，一下子就将我钉穿…… /

有的词语，就是明明白白的石头，既硬 / 又重，对于我的爱情，它就是 / 泰山压顶……"

请看这些让金铃子坐卧难宁的词语成诗后的形貌，她写爱情："九月的风，它们经过那桂花 / 花香，一碰即碎。你无法听见花的忧伤 / 我很想模仿一些姿势 / 从头发、手臂、嘴唇、眼睛，长出容光的叶子 / 并开花 / 只为你，亲爱的 / 有东西叫这花死得，又慢又苦 / 你叫它季节，我叫它爱情。"她写失眠："黑夜这只野兽太大，我一个人背不动 / 我还动用了繁星，动用了月亮 / 黑夜这只野兽太大 / 它的奸险是 1 米多长的獠牙，它的贪婪 / 是具有 5 吨容量的胃 / 它的凶狠一旦亮出来，1000 亩广场也难以装下 / 黑夜这只野兽太大，比白昼的长寿湖 / 还阔，比沉痛的歌乐山 / 还重。我的悲哀，仅仅是它身上的一根汗毛 / 我的幸福，被它一脚踩碎……"她写天气："雷雨当前，我应该准备好自己的天空 / 重新整理骨头里的闪电 / 理顺头脑中的狂风……"她有时也迷惘："我不知道为什么 / 我视力有限，却纵情于远观……"她愈来愈坚定："我必须低下头颅 / 用想象不到的勇气 / 成为一个坏人 / 一个罪人 / 一个，一看到悬崖绝壁 / 就跳下去的人。"

鲁院园子里，有两棵很大的桑树。二月底我们初来时，它们只是默立在苍黄的天底下，沧桑的枝干上看不出一点蠢蠢欲动的热情。三四月份，白海棠、红樱桃们把园子开成画一样了，它们却也只是沉静地撑起一树简单的绿。然而，六月就不同了，到了六月，桑树脱颖而出，成就了万众瞩目的丰硕和华丽。数不清的桑葚一嘟噜一嘟噜挂在枝叶间，先是涩涩的红，继而是浓浓的紫，最后成了诱惑的黑。于是，树下出现了许多的手，许多的嘴。大家从桑树上摘下桑葚，连最爱干净的女生们也没有拿回去洗，而是直接放进嘴里。许多年没有这样了吧，桑葚的甜美和甘醇，是阳光的味道，童年的味道，纯天然无污染的旧时光的味道。

七月忽至，归期已近，而桑葚却像是永远也吃不完似的，熟透的果子噼里啪啦砸在草地上，砸在青砖地上，将汁液迸溅的抹不去的伤感弥散开来，空气中发酵着一场巨大的离别。于是，渐渐地，仅剩的日子里，很多人不再到桑树下徜徉了。

诗人金铃子是那个越到后面越灿烂的"桑葚分子"，她在树下拍照、聊天，她朗诵自己的诗"我见过的爱情很多，可是，没有哪一个像你和我"，她挥着手霸气地宣布"我们都是瓜娃子"，她旁若无人地唱李白的《将进酒》和《诗经》里的许多篇章，所有我们平时只能用来读诵的古诗词，她都斩钉截铁地唱出来。她的歌喉并不优美，但却有着和那些永远的诗歌们相匹配的酣畅淋漓。她不停地吃桑葚，就好像再不需要吃别的食物了似的。她开始在桑树下大声地哭泣。

她说，我知道我在过分地爱，我要的就是这样的爱。

马占祥：我的诉说高不过一座山

宁夏和甘肃毗邻而居，据说以前是一家子。我去过宁夏的许多地方，但认识宁夏诗人马占祥却是多年以后的事了。

我见马占祥时，他已誉满京城文学馆路上一处幽静的小院了。据说马占祥坐汽车赶火车，风尘千里，车马劳顿，终于到了那座著名的鲁迅塑像下，他卸下行李，感慨万千地说道："唉，北京真是太偏僻了，离我们宁夏这么远！"就像眼下一些伟大的作品被慷慨的评论家提前送进文学史一样，马占祥这话一经在小院子里大面积铺开，面临的便是毋庸置疑地被经典化，而他个人随即也迅速地被名人化。没办法，出名要趁早，现如今，这是硬道理。

但马占祥却是一个安静沉稳的小伙子。一身机关干部的打扮和中规中矩的小平头，使他和另一些从头到脚洋溢着诗人符码的人区别开来。把他和别人区别开来的还有吃饭。吃饭时，他远远地一个人坐在清真席上。他是人群中唯一的回族。后来，大家熟了，不十分拘礼了，便也端着饭盆坐到他那一桌。但无论是笑语喧哗三五成群，还是形单影只向隅而坐，马占祥都是那么安稳，他笃定而自信。从他的背影，读出的不是孤独，而是孤独的力量。

使马占祥激动起来，使马占祥名副其实像说出北京太偏僻这种狂话的诗人马占祥的，是酒。马占祥爱喝酒，据说常常喝，据说喝完了常常激动。

我有幸见证过一两次他的激动。他红着脸，从座位上摇摇晃晃地站起，他说，大家安静一下，我给你们出个节目，唱个宁夏花儿。然后他低下头，捏紧拳头，像是在下一个很大的决心，然后他猛抬头，用极悲怆的表情喊出：

> 早知道黄河的水干了，
> 修他妈的铁桥者干啥呢？
> 早知道尕妹妹的心变了，
> 看她妈的脸色者干啥呢？

他说是宁夏花儿，其实这是甘青宁黄河两岸广为流传的民谣，我多次听到过不同版本的演唱。但这一次，在遥远"偏僻"的北京，在喧嚣万丈的都市之夜，听着诗人马占祥在来自五湖四海南腔北调的人群中用极西北的味道吼出我谙熟的苍凉，我内心还是被震动了。一时间，千年旱塬上苦情的黄河风卷着他的声音呼呼地从我身后刮过。

后来，我读了马占祥的诗集《半个城》。半个城就是马占祥生活在宁夏的小县城同心的别名。马占祥生在宁夏，长在宁夏，他无可选择地热爱宁夏。而他的诗歌，从命名到内容，自然都是关于宁夏的。

半个城，虽然是"这座不显眼的小城，在传说中失去了半个城"之后剩下的另一半，但它"依旧养育着庄稼河流大地和人民"，所以在马占祥的诗歌里，它是完整的，是被放大了的，那就是马占祥用赤诚的文字建构的诗歌宁夏的形象：西部的，干旱的，回族的；苦难的，坚韧的，壮美的。这是地理学层面的宁夏，更是精神意义的宁夏。马占祥深情歌咏了宁夏广袤的大地上那些被前人悉数写过的壮怀激烈之地：六盘山、贺兰山、西夏陵、腾格里、西海固，他有理由在这些名词里自豪沉醉，做出登高望远凝眸历史的姿态，因为他确实写出了那种裹挟天地的浩然长风，那种苍茫混黄的西部气息。但马占祥没有这样，他做得更多的不是凭吊昔日之荣光，而是抚慰今日之疼痛。他用诗集中占近三分之二的诗篇，细微精湛地展现了那些卑微、沉默、坚忍的山山水水，一村一壑：庙儿岭、张家井、石塘岭、赵家树村、周家河湾村，村里那道干涸的河床，河边被雨水遗弃了的芨芨草。他详尽描述了所有满含希望又收获泪水的农事，那些过早成熟的山芋苗，没能高过手指的糜子……宁夏，宁夏南部龟裂的山川大地，就这样柔软地丰润地走进了马占祥的诗歌。

海德格尔说过，归乡是诗人的天职。幸运的是，马占祥不需要寻找，不需要归去，他从来都在那里，他生命和诗歌的根都深深地扎在那里——半个城，这是具体实在可感知的地理学的故乡，更是一个他聊以安妥自己灵魂的精神家园。他在《小城之一——同心》里写道："城南是一条河。它如一双手般／将小城同心托起。而旁边一块阔大的坟地里／有我的爷爷。三个奶奶。两位兄长。已无法数清的乡亲以及／刚刚大去的李阿訇。城北一大片荞麦长势良好。一大片玉米／迎风挺立。我的父辈在小城同心生活过，我在小城同心／生活过，我的后代也会一样。在小城同心满足而安然。这些都是／可以肯定的。"不止这些，在马占祥厚实悲悯的诗歌里，可以肯定的还有更多的人和事，那些苦难而亲爱的地名共同构建了他的宁夏"干旱的地理"："小城西吉如此狭长。像一个没有结局的故事。从清晨到／傍晚。它依次发召唤声。诵经声以及祈祷声／长长的声音布满了整座小城。它安详平和却包含了／更多……那里还有些坚韧的人。身穿长袍。将头叩向大地。心中燃着／火焰。仿佛传说中的部落……"在就连"向日葵都放弃了春天"的山城固原，"在山与山的间隙。总有秦腔抑或花儿飘起／那是怎样的声音啊／我该炸裂几次才能干净地收听"；"一天之中五次祷告／一年之中一次宰牲／给每个人都赋予圣者的名字／在韦州，命定的生活里／一切都相安无事。就连暗淡的太阳／也会在傍晚把头叩向宽阔的／大地"；"窑山，这大地上的一粒暗疮。内心蕴藏着／煤炭般的黑焰火。在五十载不遇的大旱之年／只让绒毛般的茇茇草淡淡地绿了一下子"；"十万山峦汹涌着聚集张家塬，抬起或深埋了／无数村落。那一刻：鹞鹰收拢了双翅陡然冲向拥有／三棵老槐的山湾"；"我可以肯定堡子山是寂寞的。一个撑天的高大身影在／小城泾源／撑起云朵。鸟鸣。山风。留下阳光。水声。它经历了／更多的目光的／质询。因此它可以见证：一个漂泊的人在小城泾源／听到水声……"

就是这样，干旱缺水、荒凉贫瘠的宁夏高原，赐予马占祥的却是一个雨水丰沛、葱茏自足的诗歌世界。故乡成就了马占祥，一生"在塬上寻找粮食和水"的父老乡亲，给了马占祥一双以悲剧的重量轻盈飞翔的翅膀。他沉重却不芜杂，澄澈而又深邃，他随意拙朴又深情苍凉的诗句使一个叫"半个城"的地方岿然屹立于中国当代诗歌的版图中。

马占祥在诗集后记中说道，写诗二十年，从初次提笔的顽童已到两鬓渐白，诗风由抒情转为写实。的确，马占祥的诗看上去非常朴实，因为他以极写实的手法描述乡土世界，但实际上，他的写实既有抒情的传统根基，又具备一种内在的现代特质。他用词简约，语言克制，摒弃了可有可无的辞藻和修辞，诗句短小精悍，富有张力，尤其在意象选择和转换上，自然轻巧，不着痕迹，但又有深入广阔的内容开掘，表现出了一种特别的现代意味。他常常从突兀而起的日常场景和思绪的承接转换，飞跃上升到一个人在完全的寂静和孤独中所感受到的对生命、空间的触摸和彻悟，这样的诗不见虚弱浮泛的吟唱，内在的支撑使诗句每一个字都瘦骨如铜，铮铮作响。

马占祥生活在"回民的黄土高原"，这使他的诗歌创作必然地笼罩在宗教的光环下。但他袒露在诗歌里的，除了一个信仰者的虔诚，还有一个作为思想者才能达到的现代的审视高度，这种内蕴的勇气和精神使我非常赞赏《参加杨辉爷爷的葬礼》这首诗："六月酷热，那个被杨辉称作爷爷的人走了……／他在八十一年中一直达观而／平民地活着。在最后仍保持着低调的／作风。我仔细地再次端详了这个老人／胡须花白。脸色平静。仿佛一块平静的／石头。阿訇在他身边用《古兰经》的章节／成全他。其实这个老人已不需要任何多余的／——他没有亏欠什么……"

我同样赞赏的还有《宁夏以南：写给高原的诗》，在这首诗里，诗人在"一再提及黄土高原，宁南山区，一座山，一条河和众多庄稼"，提及"山坡羊，苦菜花，阳光，蜜蜂"，提及"戴盖头的姐姐皲裂的脸颊"后，却低声地喟叹："我的诉说高不过一座山。"与这句话相对应的是另一首《我将要到山上去》中的"我不能不到山上去，站在高处，看我生活其中的小城的渺小"。这两首诗两句话多么难得，它们交相辉映，写出了诗人马占祥难能可贵的两个方面：在山川河流，在自然万物，在沉默劳作的人们面前，永远保持着敬畏谦卑的态度，永远清醒地告诫自己："我的诉说高不过一座山。"与这样的态度和胸襟相匹配的是，"我不能不到山上去，站在高处，看我生活其中的小城的渺小"的眼界和立场。作为一个诗人，马占祥做到了谦卑地低下去，低下去投身于渺小和苦难，从尘埃里唱出了神性的歌吟，与此同时，他又警醒着，他挣脱羁绊，完成着对自身对环境对生活的审视：站在高处，俯视渺小。正因为有了这两样最可宝贵的秉性和品质，马占祥正在成长为一个越来越优秀的诗人。

今夏，兰州多雨，黄河水涨潮，几度淹没了四十里风情河堤。每日出门忧虑于一场场突降的狼狈时，心中总会蓦地想起马占祥。想起马占祥在北京的饭桌上，猛地扬起手机，无比欢喜地喊：宁夏的短信，那边下雨了！宁夏下雨了！他脸上的笑，他眼里的亮，像极了一个孩子在宣布：明天就过年了！——但这样的欢喜也是孤绝的，并没有太多的响应和共鸣。人们沉浸在自己的话题中，关于人类明天的走向，关于现代人今天的灵魂，关于后现代时期文学的处境。太多凌空高蹈的宏大思想，使许多人的脸上深刻着恰如其分的忧患，谁又分得出心去关注一片遥远天空下的一场小小的雨呢？谁又愿意从滔滔的热闹中抽身而出，安静地聆听马占祥诉说正在夜降喜雨的那个小城呢？那里，是他祖辈生活的地方；那里，自古以来，十年九旱，十种九不收；那里，年均降水量只有200毫米，蒸发量却是2300毫米；那里，清亮的水源总是离村庄太远，一位回族妇女行走在下沟上塬崎岖不平的挑水路上，桶里的水每洒一滴，她就"哎哟"一声……

那么，现在，宁夏也下雨吗？半个城，它在下雨吗？我的城市里这不期而至的连绵不绝的恼人的雨，会不会是诗人马占祥身后那些苦焦的千沟万壑久盼的甘霖？那么，那些旱塬上的庄稼，那些坚挺在村口如同战士般的矮树，那些在崖畔上开出皱褶的花朵的马莲草，不会再遭遇一瘦再瘦的命运吧？

太多的人说，诗歌是无力的。我不是不知道这个，在今天，诗歌的光芒微弱到不足以照亮一条手机短信撒播的短暂黑暗。但我仍相信，一首纯粹的高尚的诗，就是一场好雨。相信那个妇女溅洒出去的每一声疼痛的"哎哟"，都让马占祥用双手掬起，捧进了他的诗歌——那是生活对一个诗人所能赐予的最好的礼物：上天的雨水。

藏地书札二则

世界上所有的梦早已被梦过

"看着从庞措神山上飞下来的雄鹰在头顶盘旋时，我多么想把内心的感受写下来啊，可是，我们掌握的汉字远不足以表现内心模糊的冲动。"

这是一个叫夏超晋美的藏族小孩发出的感慨。在庞大的汉语面前，他是那么地力不从心，但当时的他并不懂得这样的无奈却蕴示了一种极美好的可能：面对神奇博大的自然，面对生命中不可复制的感动，这个孩子在用心呼喊，你真美呀，请停留一下，我想用手中的笔把你定格下来——这样的渴望，因这样的渴望而产生的无力感，都是诗人才具有的禀赋。

事实正是这样，多年之后，"夏超晋美"成长为一个叫格绒追美的作家，如今，他所掌握的汉字，不但可以惟妙惟肖地还原童年时那种无可名状的忧伤和冲动，而且如诗如画地抒写了一个雪域村庄神秘的前世和今生，他的笔直朝着个体、家族、民族的幽暗、魔幻、动荡、恒定的心灵史去了。他已挺进到了藏族文化的深处。是的，读完《隐蔽的脸——藏地神子迷踪》这部长篇，我无比欣慰地感受到什么才是真正的藏人写藏人。

它当然也是有缺陷的，譬如小说故事的停跳、事件的碎片式，譬如人物形象的稍嫌平面，等等，它甚至不是自足的，存在着文本内在的矛盾和困惑。但它是鲜活的，真切的，深远的，诚实的，它是我所读到的反映藏地生活和涉藏题材的作品中，最让我感到亲切的一部。共同的历史文化记忆，深植在我们的血液中，这使我在读格绒追美的《隐蔽的脸》时拥有了穿透汉语文本直视母族历史的第三只眼，一只隐蔽的眼。

作为一个具备完全的民族文化自觉和对故土家园有深厚情感的藏族作家，格绒追美在二十五万言的《隐蔽的脸》中表现出了他的文学"野心"，他要以这部小说为起点写出他的家乡康巴大地的神韵，对康藏近一个世纪的风云际会做出史诗般的展示，进而对整个藏区的民族历史文化的变迁和生长，过往和现状给予现代性的审视和反思。其实，这样的努力，有许多人已经做过，许多人已经做坏。有关青藏，有关康巴，可见的多是些被外界的期待视野所规训了的书写，藏区在这样的文字中看似瑰丽多姿，风情摇曳，实则浅尝辄止，面目全非，还有那些大量的所谓地域、民族文化的浮光掠影的展示——格绒追美不是这样，他做到了以文学的能指之笔抵达雪域高原的历史所指，所以，甚至可以说，我们可以拿《隐蔽的脸》当一本历史书看。

这样的深厚和沉潜，首先建立在作者对家乡水乳交融的情感基础上，可以说，格绒追美的文学世界离不开广袤而神奇的康巴大地。西藏作家次仁罗布曾认真地对我说，你要评论格绒追美的小说，你最好先去游历他的家乡。我深以为是，遗憾的是，我至今未能完成完整的康藏之行。但我从格绒追美的笔下清晰可辨地看到了他的家乡，看到了他身后的山，看到了他脚下的根——他的创作和生命深植的根。格绒追美出生在四川甘孜的牧民之家，小说中的那些河谷村庄曾经是他长大成人的真实居所，而之后的求学求职，他虽走进了城市，但这只使他具备了在一定的距离外审视故土的眼界和立场，而并未削减他对过去的人和事一丝半毫的热情和眷恋，他的情感视野从未离开过故土人情。格绒追美创作的起步，就是从歌咏生养他的康巴山水开始。多年来，他以一颗敏感多思的真诚之心，游走在故园和城市之间，在乡野村史和浮华现实之间的缝隙中，思考着"父亲""母亲"们的故事，找寻着一条通往前生往世的村庄之路。他的执着坚持、厚积薄发使藏民族幽深玄奥的历史之门徐徐打开，露出了被时间之尘遮蔽已久的脸，真实的脸。

　　然而，历史从来没有唯一的正解。所有的历史，都是在真相和幻影之间，在既定和生成之间摇摆不定的。面对一张"隐蔽的脸"，述说其实是无力的，怎样深入的表达，勾勒的也只能是半张脸，甚或连这半张脸也是模糊不清的。我相信格绒追美对此有着极为自觉的警醒，他是机敏的，他巧妙地采用双线结构交叉叙述的方式，一条线索是现实时空中定姆河谷村落中一个家族的兴盛衰亡，各色人等的生死爱欲，而另一条线索是藏地神子"我"对整个定姆河谷、定曲河岸的俯瞰，对所有故事的统观，是自由的精灵之身对雪域高原的人和事、大地和天空、云彩和雨露的穿越，是对所有的现实和缥缈、幻想和真实、历史和虚妄的疑惑、质询。因为有了这条线索，有了如此匠心独具的关于"我"的人物设计，贯穿始末的象征、隐喻的意味使文本与曾风靡中国的拉美魔幻现实主义浪潮遥相呼应，同时也形象地阐释了藏文化其本质上与现代文明的不同，那就是：在把握历史，言说世界时，藏人往往是以神话的传说的种种神迹和预兆的途径完成的，他们更愿意以"梦"解释现实，以心象抵达物象。

　　不仅如此，神子"我"的设置更重要的意义在于，格绒追美通过这么一个形象再一次让人们深陷于哲学的痛苦：存在是尴尬的。神子穿越一切，观古知今，但他无法获得肉体和语言，对于他人，对于世界，"我"是不存在的，而一旦"我"幻化为一个叫"夏超晋美"的俗世中人，所有的前世记忆便完全割断，对于今生的他，曾经的"我"也是不存在的，成了难以言说的他者。肉身和灵魂的交融永无完成之时，那么，"哪里才能找到我最终的歇脚之地？何处是我灵魂孤旅的归宿？"因此，藏人对信仰生命一般执着的追求或可得出答案，短暂的肉体生命其实是在黑暗的混沌中，只有以灵魂不灭的信仰贯穿肉体生命，肉身才能安妥，才能澄明，同时，灵魂有了肉身的依托，才不至于像飘浮的幻影，才能成为可以言说的存在。

与哲学的高度相匹配，《隐蔽的脸》有宏阔的写实结构，它以"风轮""风语""风马"三篇章分别记述了藏区历史的三个重要阶段：土司统治时期，解放和解放后的革命时期，经济开放时期。定姆河谷是封闭而偏远的，但正如广大藏区许多的村镇一样，它并不因为地域和文化的双重边缘而幸免于现代化车轮的碾轧和冲击，它已经历过苦难伤痛的震动，如今又走进了别样的惶惑和迷茫。如何展示一个民族一路踉跄而来的伤痛历史，对此格绒追美的态度是不做回避，也未虚化。他对政治权力介入导致的藏人价值体系的动摇，经济浪潮冲击引起的信仰体系危机，民族的边缘文化生存状态在强势的外力作用下已经发生和还要发生的一切，都表现出了深刻的认识，他的历史反思是审慎的，内蕴的，但也是鲜明的，富有批判性的。在他的笔下，无论是活佛、头人、僧人还是村民，都经历了属于自己的苦难，苦难远非一人一事，而是从个体心灵延伸到整个群体的民族命运，是雪域高原独特的地理文化环境下的欲望、挣扎、毁灭、堕落、重生的故事，是在旷古的苍凉和无奈中，百年的痛苦与寂寞中，寻找家园的流浪长旅。

　　难能可贵的是，格绒追美在小说中直面苦难，袒露伤痛，但他并没有止步于表现苦难，陷入到苦难叙事的泥潭中；面对一段独特幽暗的历史，他也没有以肤浅的愤激的控诉，宣泄自己的话语权，充当时间的审判官。任何人都无力拨开历史的重重烟雾，还以本来面目，指明康庄正道。既如此，与其做愚蠢而徒劳的虚设与推断，不如从已经完成的时间和事件中，发现那些历经劫难但颠扑不破的恒定的原初的美和活力，那些历久弥新的精神和信念。格绒追美正是这样做的，他以涅槃般的文化反思，建构了对一个民族个体苦难的超越。小说中所有郁结的忧伤、疼痛、苦难，最后都在面对浩瀚文化历史时空的憧憬中，被升华为一种向上的力量。这正是藏族文化的精神质地，它在外来暴力下确曾有过萎缩，它在金钱迷惑中也许正在蜕变，但没有什么可以从根本上动摇藏人对自然、人性、神性、信仰的追求。正因如此，格绒追美是焦虑的、伤感的，但却不是虚无的，颓丧的，他以一颗刚性而柔软的悲悯之心抚摸着母族故土的疼痛。太多的山川河流千疮百孔，然而不灭的是大地上生命原初的美，轮回中必然会生长更美好更合理的梦想和现实。虽然"世界上所有的梦早已被梦过"，但对精神彼岸的探寻将永无止境，这是一个村庄生生不息的根基，也是一个民族繁衍生长的命脉。就这样，《隐蔽的脸》用贯穿文本的大叙事和随处可见的鲜活的小细节完成了诗化的历史建构。

　　格绒追美的汉语表述有着一种不能忽略的个人风格。可以说，读《隐蔽的脸》，最扑面而来的就是语言的魅惑。这倒不是指它的语言所表现出来的那种华丽、空灵、铺排、雍容，而是说这样的华美形式所蕴含着的独特意味，这种意味所表达的精神质地。阿来评价《隐蔽的脸》说："用汉语写藏人生活，常痛惜于那些似乎用藏话才能表达的意味的消减。这部小说却用汉语把藏人对自然、对神性、对人性的知与觉表达得如此细致真切，让我深受鼓舞。"这话甚为恰当地说明了《隐蔽的脸》语言运用的妙处所在。这使我相信，在藏族作家中取得了最高荣誉的阿来确是懂藏语的。是的，几乎只能用藏语才能表达的意味，用精妙的汉语表达出来，这就是格绒追美不同于其他涉藏题材的作家的地方。他的语言里有血浓于水的母族记忆，有无法抹杀的民族胎痕，有无法仿制的康巴地域特色，汉语的汪洋大海丝毫没有淹没他一个藏人的口吻语气，这种口吻语气的地道娴熟和精妙每每让我在阅读中忍俊不禁，掩卷而笑，但这种会心一笑却不足与外人道也——有时候，那些令我唇齿生香的话语其实根本就是母语的直译。我是多么欣喜地看到，原来，母语可以以这样的形式走进汉语，使之最纯粹的意味奇妙地存活在另一种语言载体中。

说到这里，或许有人会认为外族读者对这样从母语"直译""意译"而来的汉语存在某种程度的阅读隔膜，实际上，这种担心根本是不存在的，甚至恰恰相反，因为好的东西总是共通的，连接最广泛的人性的。《隐蔽的脸》以其精湛的藏、汉语的化用和汇通，激活的是更多的人久违的乡土记忆，它本身的优美、华丽、流畅、准确更是毋庸置疑。小说中随处可见的比兴、隐喻、排比、递进等汉语修辞，藏地典型特色的谚语、民谣，就像金子般的诗章，像熠熠闪烁的群星，像纷然坠落的珍珠，又像康巴草原的风，风中飘荡的风马。这种美令人目不暇接，却又能句句直触心灵。

关于语言，格绒追美自己讲过来自民族的传承："数千年来，从祖先嘴里流淌出的是山泉、珍珠般充满诗意的语言。这语言据说得到过神灵的加持，充满了弹性、灵动，如珠玉扑溅，似鲜花缤纷，常常让人心醉神迷。特别是说唱雄狮大王格萨尔的传奇故事时，那语言的魔性像一片云雾罩在你整个身心之上，使你飘盈在神话的云烟中。"读完《隐蔽的脸》，我相信格绒追美"珠玉扑溅、鲜花缤纷"的语言也是接受了神灵的赐助的。

评论《隐蔽的脸》是一次对我来说多少显得奇怪的写作过程，我把我心领神会的感受写下来时，却发现它与我之所思其实相去甚远，在这样一部藏人视角、藏人知觉的著作面前，我仿佛第一次对自己的汉语表达产生了怀疑，我无力用手中之笔撩开蒙在《隐蔽的脸》上的迷雾。但我又想，谁又能真正看清那张完整的"脸"呢，或许，我的无力也正是作者格绒追美的迷惘？他极力想要厘清历史，抓住真相，然而，旧的迷雾弥漫不散，新的还正在滋生着，被创造着。更或者，现世并不需要你揭露幻影背后的真实，恰恰相反，"隐蔽的脸"才是外界的期待。这正如小说中所写的，改革开放开辟旅游业后，定姆河谷被打造成了全球盛传的"香格里拉"，外面的人不断拥来追寻香格里拉。"这使活佛和村民们疑惑、不安：天上的香巴拉怎么会是现实的存在，它什么时候来到了人间？那我们是不是已经生活在佛的净土了？"

是的，还怎能言说这无法言说的尴尬？到底是谁，给雪域高原披上了一层神秘的面纱？人们为什么一方面热衷于自欺欺人地制造幻象，一方面却又乐此不疲地想要寻找真实？

小说的结尾，神子经历了尘世轮回后，终于又抛弃肉身躯壳，像一缕光箭远走高飞了，因为"我""不想听到凄楚的哭泣，不愿看见有人在偷情在盗窃在寻欢作乐，甚至还有人计划着谋财害命，诡计多端者的脸上笑意正浓——""我"对自己说"我要远离这是非不分、罪恶渊薮之地"。神子可以逃离，但人间永远炊烟正浓。"如果天空倾斜起来，你没有办法找到一根撑木，将它擎起。如果人心离人走远了，那么，也没有办法找到一根撑柱吧？就像天空自己变回来，走向平衡，人心也要靠自己走回来吧？"

被西藏的月光照耀的人有福了

被西藏的月光照耀的人有福了。

我的脑海中无可抑制地涌上这句话,当我捧读藏族女作家白玛娜珍新近出版的散文集《西藏的月光》时。当我一篇篇读下去,这种感受回环往复,不断激荡着心灵。娜珍说:"此生我老了,我的余生,将在拉萨结束,就像之初,在拉萨诞生。这是每个热爱拉萨的人,自始至终的心愿。"她说,"无论去任何地方,捧着我的心,我只想回到西藏。"

从她的月光撩人中抬起头,我的窗外是城市日夜不息的喧嚣和一年比一年更猖獗的酷热。那么多匆匆的人流车流,他们要去向哪里?他们是捧着心,去向一个能给灵魂以清凉慰藉的地方吗?在他们心里,还有一个这样的地方吗?

在我的心里,还有一个这样的地方吗?为什么,太多的港口,最后都成了驿站?为什么,终点又成了起点,归人终是过客?为什么,没有一处风景,一片海,一座山,是最后的眼睛和心灵想要看到、皈依的家园?也或者,不是没有,而是它还在前方某个未知处,等着我们在对的时间对的地方,完成唯一的相遇,唯一的停靠?

像一只倦飞的乌鹊,绕树三匝,却无枝可依。这是太多的现代人共同的心痛。

但白玛娜珍却可以说:"啊,西藏!我已洗净身上的尘土,请你伸开手臂!"

是的,在西藏的阳光照耀下,在西藏的月光沐浴下,一点点地洗掉身上的尘土,让灵魂焕发出原本的洁净和光亮,让生命拥有该有的欢畅和意义。这就是白玛娜珍的《西藏的月光》所娓娓道来的心愿。

白玛娜珍是无比热爱西藏的,在一篇篇写人记事述怀的文字里,她从多个角度，不同侧面，淋漓尽致地写了西藏之美，写了在西藏生活的幸福感、安全感，写了唯美唯善唯乐的西藏的人们。西藏之美，美在慈悲、豁达、纯真，美在简单、快乐、自由。《光河里的女儿鱼——回忆我的外婆》一文中，娜珍追述了外婆历经坎坷而无比美好的一生："前半生像一场爱情的传奇，后半生孤独等待中，生命却并没有枯萎，而是那么灿烂，像一株朝向太阳的向日葵。"外婆干净，豁达，善良，乐善好施，众多的邻居，馋嘴的孩子，过路的陌生人，都是外婆热情接待的座上客，"将快乐建筑在助人之上，是外婆生活的一种大智慧。所以，连夜晚可爱的小老鼠都是外婆的好朋友"；"外婆身上从没有那种年老妇人的沧桑和悲苦，一切喜怒哀乐像高原的天气，转瞬即逝，不留痕迹"；"她的晚年没有孤独寂寞，没有那些个失眠、头痛的毛病，生命无疾而终"。外婆笃信佛经，每天吃过早餐便去转经，风雨无阻。"环绕大昭寺转经，就像与佛祖并肩走在一条宽敞的大道上，外婆浑身像是充满了力量和快乐，她红光满面，走得很快很轻巧。"外婆活泼，顽皮，风趣，是院子里的故事大王。讲故事时突发异想，手舞足蹈，逗乐不断。她80多岁时，依然爱美，弥留之际说的是："瞧，我的脸色太难看了，我想要涂点口红和胭脂。"

这是娜珍用心灵的文字镌刻的她外婆的形象，这也是西藏的土地，西藏的文化滋养的"西藏的女儿"。这样的阳光明媚在娜珍的笔下屡屡出现，快乐无羁的女友黛拉，公交车上扭着身子跳舞的司机和售票员，保护误入男厕所的女孩的康巴汉子，劳动中唱歌嬉戏的藏族民工。最给人留下深刻印象的就是娜珍自己的儿子，《西藏的孩子》一文中的旦，他是西藏的孩子，大自然的孩子，他整个的童年和少年时代都是在安详和谐的环境里无拘无束地游戏着度过的。在游戏中快乐地学习，这和现下中国在越来越重的考试压迫下抬不起头来的孩子们形成了多么鲜明的对照啊。且在缺氧的高地一天天长大，但他的健康却让人看到了最心怡的绿色和希望。娜珍这篇文字，虽是她自己的爱子的"游学小记"，但锋芒和忧患直指现下教育的巨大错失：人，到底该如何成长，学习最应该给予人的是什么？教育的最终目标到底指向哪里？也许，西藏的孩子在考试中出类拔萃的确是少数，但为什么他们获得快乐和幸福感的心灵能力却是独有的？

就是这样的外婆和孩子构成的西藏，就是这样一个快乐美好的西藏，才使得娜珍发出了不无天真的感慨："张爱玲如果在这里，在拉萨的人群中，她的人生也会被感染得笑逐颜开吧？"

然而，虽然充满艳羡，但我们知道这并不是全部的西藏。没有一个恒定不变的"西藏"，这是生活在西藏的人们日日所感知的现实，也是作家必须要冲破所谓"最后一片净土"的思维惯性所要面对的真实。娜珍热爱西藏，但她保持着足够的警醒，她并没有沉浸在千年的牧歌想象中，假装看不见被现代洪流裹挟着的西藏，所以她是焦虑的，痛苦的，《西藏的月光》多角度全方位地表现了西藏的"净土"之美，但同时，也对今日西藏在现代化进程中所面临的文化转型给予了深切的关注。她在《百灵鸟，我们的爱》中沉痛地叹息："没有酷暑，没有蚊虫，没有贼的拉萨，消失了"；《射向红尘的箭》中她直面物欲横流的现实所导致的藏族青年的信仰危机和人性迷失，写了洛桑和曲珍离开故乡在拉萨的红尘欲海中随波逐流，挣扎毁灭的故事；《央拉和央金》叙述了同样来自牧区的两姐妹央拉和央金到拉萨打工谋生的经历。当古老的牧业生活与城市文明已成为一种对立，这些乡下的女孩子进退两难，二者无法兼得。其实，她们的梦想很简单：想要像城里人一样洗上热水澡，看电视、穿时尚的衣服，想有钱替父母治病而不必因此去乞讨……进城后，央金积极学汉语找到了外面的活，央拉做了保姆，她随作者去了更繁华的城市成都，然而她并不开心。她困惑于城市生活的冷漠和疲惫，她说："他们穿得很好，这里冬天也开花，为什么他们不会笑呀？"她开始想念拉萨的太阳，想念牧场的空旷和遍山的花儿，想念童年那自由自在的放牧生活。回到拉萨后，央拉表示再也不去成都了。她形容成都是一个让人身体流汗，心脏结冰的地方。这个单纯快乐的牧羊女，最终难以融入城市的生活，无法在其中展开自己的新生活。

作品的结尾，央拉辞别拉萨回到高山牧场的家。但问题是，在那里，她还能重新开始曾经无牵无挂无忧无虑的生活吗？还有，那样的生活，驻留在她今天的家乡吗？白玛娜珍感慨道："也许央拉、央金和我，我们今生只能在城市和牧场之间，在心灵的安详和城市的浮华之间，在传统生活和现代文明之间痛苦徘徊。假如有一天，我们内心的信仰，我们世世代代对生命的理解，人民的习俗，能够被发展的社会所维护，幸福一定会降临如同瑞雪和甘露……"

《没有歌声的劳作》是这类主题中最有力度的一篇散文，白玛娜珍的笔触直指时下，关注底层，对藏族人赖以生存的传统的文化习俗和劳动方式在现代化进程中所遭遇的阵痛、裂变，对藏人在现下社会生活中的孤独、尴尬和无奈，表达了深切的忧患意识。

在市场经济的狂潮袭来之前，拉萨的所有藏式建筑都是由本地藏族人承建的。娜珍写到藏族民工干活干得很细致漂亮，同时"他们干得悠然自得，每天中午坐下来吃饭喝茶就要花去近两小时，劳动时，他们当然还要唱歌。那些歌声和着潺潺溪水，时高时低，仿佛预示着我向往已久的那舒展的生活。劳动的快乐像一首诗，史诗，使这个民族拥有高贵的精神"。然而，现实却是无情的，逐渐地，拉萨的建筑工程基本由外来工程队承包，而藏族民工由于缺乏新技术和干活的松散状态，开始找不着活干，就算找上了，也是打下手。2007年，一个内地民工一天最低的工钱为一百元，一个藏族民工的日工资最高才四十元。如今在建筑工地和其他劳动场所，藏族人和外来人一样不苟言笑，甚至有着更战战兢兢的面孔。娜珍沉重地感慨："市场经济，正在以它简单粗暴和急功近利的方式，将所有的劳动门类，沦丧为一种纯粹的生计，我们每个人，不觉中也已变成了组成它的一部分。伴随这种遥远的期望，动听的歌谣将永远消失。而没有歌声的劳动，剩下的，只有劳动的残酷；同样，从劳作中分离的那些歌谣，保护下来以后，复原的只能是一种假装的表演，而非一个民族快乐的智慧。那么，我们该要什么呢？是底层人们的活路，还是他们欢乐的歌谣？而不知从何时起，这两者竟然成为一种对立，而这，就是我们如今生活的全部真实与荒谬。"

是的，这是今日西藏所面对的真实与荒谬，也是当下极具普遍性的一个社会境遇：放眼望去，神州大地处处充斥着煞有介事的文化保护和虚假的民俗表演，而文化、民俗之所以存在的根基却已被抽空，田园乡村一日日荒芜，传统的劳动越来越不能给劳动者带来物质的满足和心灵的安逸，更奢谈乎什么劳作过程中的欢愉。也许，这是现代化进程中必然要面临的尴尬境遇，富足和进步总是要以付出优美的传统、以人心的满目疮痍为代价。任何人无力在现阶段内使其二者兼得齐美，作家要做的可能只是以手中之笔尽力捕捉现实之痛，为山川河流千疮百孔的今日之现实留下一份文字的见证。这样的见证在近二十年来绵延不绝地出现，在当下常见得几乎成了文学的又一母题，但在白玛娜珍的笔下，因其特有的藏地特色，更因其感情的忧愤沉潜，对转型期社会的文化反思充满了一种苍凉的人生况味和历史惆怅，显得尤为深沉有力。

白玛娜珍就是这样一个富有写作使命的作家，她以广阔的社会生活书写表现了自己的现实关怀立场。西藏的月光给予她的不仅是清洁单纯的心地，更有敏锐多思的头脑和执着进取的精神。虽然在《西藏的月光》一书中，她也娓娓细述了种花养狗的经历，与子嬉戏的快乐，女友来往的情谊，"爱欲如虹"的痛苦，但她从未落入一些女性散文写作风花雪月的窠臼，而是深层地表现了一个女人生命中最真实的喜乐和隐痛，也表现了一个生活在西藏的现代人在当今急剧转型的社会中所感受到的复杂思绪。娜珍以饱含着生命汁液的文字淋漓尽致地展示了自己内心的困惑、纠结和忧戚，她发问，她思考，她真诚地记录了自己与时代同步的心路历程。也许，在当今涉猎青藏题材的诸多作品中，她的《西藏的月光》算不上是深刻的，在姹紫嫣红的女性写作园地里，她也远未形成圆熟的个人风格，然而她是独特的，她的可贵就在于她是一个正在成长的作家，她捧着一颗心行走在一种对永恒困境的探索之路上。

白玛娜珍说："我的作品在纯情中潜伏沧桑，在沉淀中青春依然摇曳。我喜欢这样的创作状态和人生状态。《西藏的月光》就是这样一本文集。"可以说，她的自我评价是非常中肯的。因为有生命的投入，有内心的挣扎与痛苦，《西藏的月光》字里行间潜伏着沧桑，渗透着饱含生命真情的忧思，又因为有西藏所赐予的简单洁净和明朗乐天，娜珍的创作更表现出了纯情的质地，"青春依然摇曳"的感觉。她的文字促人深思，但不会使人悲观，她表现更多更用力的依然是西藏的阳光灿烂，西藏的月色纯净，是生活在西藏这片神圣古老的土地上的人们不灭的精神和信仰。她的写作为今日西藏留下了纯美的文字留影，也为西藏外的红尘世界提供了一份有参照价值的心灵生活的坐标，是西藏书写中有重要意义的文本。

神秘博大的西藏，成就了简单快乐的白玛娜珍，她轻轻的吟唱让我钦羡，让更多的人深深体味到，一个人，拥有家园是幸福的，守护家园是庄严的，而走在寻找家园的苍茫长路上，是值得的。

春天，想起两位诗人

我只能用一种方式守望甘南

2013 年春节，吉祥水蛇藏历新年，诗人刚杰·索木东偕年轻的妻子和一天天淘气起来的稚子，回到了他的家乡——藏王故里，洮砚之乡卓尼。当他暂别生活了近二十年的繁华城市，一路向南向遥远的甘南之南驶去，当甘南在车窗外渐次绽开，刚杰·索木东的脸上心上该是怎样的表情？衣锦还乡的世俗自豪，是否使他格外关注到了那些在寒冷的天气里捧着书本憧憬着远方的少年？他们多么像他遗留在这片土地上的十六岁。或者，轻薄的成就感转瞬就被另一种更有力的情感消融？那是巨大的幸福和悲怆，它们横亘在故土的每一缕空气中，只要他走来，每次他走来，它们便倾巢出动，候在他必经的回乡路上："一条悠长的路通向甘南，亘古的风雪塞满我的温暖／故乡啊，甘南／一堆篝火燃起一匹马的寂寞／贴紧热身子是你痛心的贫穷……"

这一切，都在我的想象之外。一直以来，关于刚杰·索木东和他的诗和他的甘南，我基本处于失语状态。他和它们离我太近，亲缘缠杂的生活使我无法退居到一定的距离外，保持一个恰如其分的审美姿态。但终究，在重复了无数次的阅读之后，我必然地要面对自己的混沌和错杂，如同刚杰·索木东说的，"我只能用一种方式守望草原"。

二十年前，刚杰·索木东在跨进大学校门的同时，就开始了他的汉语诗歌创作。虽然他读的是数学专业，虽然数学被称为"最迷人的艺术"，但显然，奥妙无穷的演算和推理却并不能有效安妥一个离乡少年的狂躁悒郁，心灵的出口无可选择地指向了诗歌。这被当时的老师同学所讶异的专业错位，或者说不务正业，究其细里其实是再自然平常不过的事，藏民族有发达的抒情传统，民间生活中充斥着古老的谚语歌赋，许多人开口即诵，藏族作家的文学创作也大多从诗歌起步。刚杰·索木东开始以诗歌的方式述说时，身前身后已堆集了太多的同族诗人。他和他们并无异样，在一天天变着模样的城市里，浪迹于意念中的故乡，那离别半步即成天涯的草原。从那个时候开始，刚杰·索木东一路写到了今天。今天，那些青春做伴的身影已渐次相忘于江湖，诗人和诗歌共同告别了曾葱茏无比曾辉煌无比的好年华——但诗歌，依然是眉头的结胸口的疼，但歌咏故乡依然还是需要用剩下的日子慢慢去面对的事。诗人刚杰·索木东，在经历了生活中的太多之后，比以往更加确信，没有什么途径比诗歌更能抵达故乡，没有什么词语比故乡更适合安眠在诗歌中。

"草原尽头我两手空空，悲痛时握不住一颗泪滴。"这是生活在草原之外的另一个世界的诗人海子偶尔路经草原时留下的诗句，但这分明是刚杰·索木东的切肤之痛。广袤的甘南草原，美丽如画的藏家山水，在现下铺天盖地的旅游宣传里，它是美轮美奂的图景，是关于各种奇异浪漫的风情、优美淳朴的民俗的演示，是许多个"最后一片净土"中的其中之一。但在生于斯长于斯的儿女眼里心里，它其实是立在村口地头悄悄抹泪的白发亲娘，她的胸口不再是你恬然安居的地方，她注定要看着你远去，但你注定永难割舍，"远去的脚步／在那条老路的尽头／踩响整整一生的思念……"是的，刚杰·索木东所有的诗章只是在轻轻地诉说：故乡是甘南。而他，在远离它的地方，"坚持用一种方式"，"坚持用一种心情"，"坚持用一种姿势"，"完成着一生的眷恋"。

故乡是甘南，刚杰·索木东的故乡，我的故乡。甘南从梦中走过，月光诗一样铺满金子般的草原。但即便是在梦中，我们也忘不了，甘南并非乐土，它有多么美丽博大，就有多么荒凉贫瘠，它有多么温暖悠扬，就有多么局促忧伤。它在夏日里捧出世间最美的海子，又在初秋的第一场风雪里就让羊群和草地在凛冽的肆虐中褪尽了颜色，它诞生了传奇和史诗的那些英雄部落，如今在城镇化的潦草和慌乱中，呈现着尴尬苍白的命运。这样的故乡，刚杰·索木东在他乡的忙碌奔波中，从来没有停止过回望，他叩问自己："走出故里我就能摆脱困苦吗／甘南，遥望经年的故乡／贫穷苦难夜夜撕裂我流血的心愿……"多风雪的甘南，"羊皮袄捂不热的甘南"，总是不经意间就错乱了诗人的天气，"秋末，对一场大雪的虚构／其实是对故土和乡愁的虚构／那些在秋雨中／缺少狗吠和鸟鸣的村落／那些在秋雨中／散去炊烟和歌声的寨子／此刻，向乡而望的眸子里／过冬的念想／还会是回归故里的匆匆脚步吗？"

"故乡是甘南"，是刚杰·索木东的创作母题，这使得他的诗歌很容易被划归到乡愁诗的谱系。这是一个无比强大久远的谱系。从最初的《诗经》中"我徂东山，慆慆不归。我来自东，零雨其濛。我东曰归，我心西悲"的乐句开始，乡愁便成了再无断绝、历久弥新的诗歌主题。屈原说："陟升皇之赫戏兮，忽临睨夫旧乡。仆夫悲余马怀兮，蜷局顾而不行。"李白说："举头望明月，低头思故乡。"杜甫说："万里悲秋常作客，百年多病独登台。"贺知章说："少小离家老大回，乡音无改鬓毛衰。"马致远说："夕阳西下，断肠人在天涯。"在现当代诗歌中，郭沫若有《黄浦江口》，闻一多有《太阳吟》，戴望舒有《游子谣》，余光中的乡愁诗更是以浓得化不开的中国情结，震撼了海峡两岸共同的心弦。乡愁诗一路走来，风情万种，"悲凉之雾，遍被华林"。虽然如今的乡愁，其产生的背景时势已大不同，但古典的传统的影响还是明显地表现在刚杰·索木东的诗歌中：对民族的认同、皈依，对故乡的思念、眷恋，对文化的挚爱、追寻。深沉的悲患情怀，强烈的民族意识和鲜明的文化精神，使刚杰·索木东拥有了属于自己的诗美建构。而惯常的主题在他的诗中因其独特的藏族文化和甘南地理，而显得更加深邃、斑斓，他以他清新流丽的诗篇为源远流长的中国乡愁诗画上了一笔别样的色彩。

但其实，我并不想做如此理性而愚蠢的分类和概括。我知道，刚杰·索木东之所以"用四季的四种方式怀念甘南"，之所以绵绵不绝地写着草原，写着草原的星空、神鹰，格桑的绽放和马莲的忧郁，写"大金瓦寺的桑烟刚刚升起"，写"黝黑的屋檐下畏寒的麻雀"，写"长夜漏风的黑帐篷"里"以泪洗面的新娘"，写"阿妈刚把最后一粒种子／连同秋天一起收起／一场大雪／已经迫不及待地落满草原"——是的，他之所以刻骨铭心于这一切，只是因为这就是曾属于他自己的过往岁月，这就是他自己的青春记忆。所有的追怀都让人"想起十八年前的那个少年"。正是在这一点上，刚杰·索木东的诗歌从根本上区别于那些在东部期待视野下的所谓西部诗歌，那种邀宠炫美式的"民族写作"，更区别于那些观光客冷漠时髦的漫笔纪事。无关痛痒的浮尘，从不会缭绕在刚杰·索木东的诗笔之下。对于他，所有的地理人情风土民谣，都是成长的印迹，都是心灵的故事。他以自然的笔调记录它们，他以神圣的情感追怀它们，那些正在草原上一点点消逝的事物，那些渐行渐远面容模糊的古老文明，他愿意以自己的方式定格在挽留中，如同老家的木楼早已在时间中倒塌了，但他的灵魂始终流浪在它的旧尘缭绕中。是的，刚杰·索木东轻声吟唱的只是一支旧调子：并不是什么东西都是可以拆除，可以重建，可以从头再来的。关于故乡甘南，关于甘南大地上的一切，它们本来就是他，他与它们融为一体，而如今，"游牧在一座城市"，他不过是找到了可以回望、追怀它们的适宜地点，找到了弥合那种身心撕裂的无奈方式。他让自己深信不疑，诗歌的力量正在于此，它以微弱之光持久地照耀着我们黯淡紧窄的人生里那些柔软的缝隙，那些存放在记忆深处的眷恋和热爱，放弃和疼痛。

正因如此，刚杰·索木东的诗自然，本色，真挚，热烈，是纯粹意义上的抒情诗。在当下的语境中，"感动"是一个被极其滥用的词，但我仍然想说，刚杰·索木东的诗会感动很多人的心。也许，他的忧伤，他的悲愁，他对于故乡甘南多年如一的执着守望和呼唤，显得太简单绵软了一点，太"正常"公共了一点，但诗歌最重要的最不可或缺的诗人心灵的力量，刚杰·索木东从不缺乏。真情的重量，远胜于一切旗帜潮流的标识，胜于任何先锋后现代的诗歌技艺。

2010 年，对诗人刚杰·索木东是一个有重大意义的年度。这一年，他喜得贵子，完成了一个男人生命中至关重要的阶段。在《2009，最后的絮语》中，他写道："不知道春暖花开 / 在今年会是什么样子 / 不知道初为人父 / 在今年会是什么样子 / 向上，再向上一点 / 似乎 2010 年 / 我会这样提醒自己。"事实上，他正如自己所期许的那样，向上，再向上了一点。除了生活和公务上的成就，2010 年，他开始涉足小说创作；2010 年后，在诗歌创作上，他有了长足的进步，诗风趋于更加深沉、内敛、丰富。更值得关注的是，他的目光在眺望故乡甘南的同时，终于也落到了他所身处的城市环境中更广大的艰辛奔波的人群中，他开始切入到了更凡俗更真实的日常中，去面对现代人共同遭遇着的漂泊无根的心灵现实，由此，他的乡愁和抒情有了与之前不同的另一种况味："那十

个来自高原的蝈蝈 / 在水泥铸就的窗台边 / 叫了整整一夜 / 那十个远离
潮湿的泥土 / 和阴凉洞穴的蝈蝈 / 那十个远离嫩绿草芽 / 和甘甜露滴的
蝈蝈 / 在尾气和闷热充溢的笼子里 / 在自来水和温棚菜的饲料里 / 叫了
整整一夜…… / 曾伴随麦浪曼舞的十个自由的蝈蝈啊 / 我知道，此刻 /
在这座临水干涸的城市 / 你们和我一样 / 无法做到优美地高歌 / 当生灵
被视为玩物 / 有谁还愿意 / 仔细聆听 / 羸弱的我们，卑微的我们 / 嘶哑
的诉说，咳血的音阶"。(《十个蝈蝈，或远离的高原》)

　　《残缺的世界》是一组简洁有力的好诗，刚杰·索木东作为一个诗
人的独到观察和表现力，在这组诗中得到了充分的发掘。多年城市生活
的忧心焦虑结晶出了思想之果，草原少年的柔弱心灵开始以悲悯之手抚
摸匆匆人流视而不见的"残缺的世界"，那些在高楼大厦的角落被我们
擦肩而过的伤患疼痛："谁能对一只断手熟视无睹？ / 藏我于衣袖吧 /
藏我于，永远 / 无人可见的黑暗 / 我将于一缕血痕间 / 独自珍藏 / 有关
扼腕的 / 所有秘密"(《残缺的世界》之《断手》)。"你真能给我一个支
点吗 / 哪怕只是 / 给我，用一截木头 / 触摸大地的 / 甜美谎言"(《残缺
的世界》之《断腿》)。"如果剜心之后 / 尚能存活 / 那我必将选择 / 永
远的沉默 / 这个世界已经残缺 / 如此，即使拥有 / 一颗七窍玲珑的心 /
我又怎能 / 把深处的创伤 / 向人类诉说"(《残缺的世界》之《空心》)。

　　长冬无雪，但春节之后是情人节，是元宵节，热闹总是找得到一茬
又一茬的理由。在被烟火璀璨装扮着遮没着的城市天空下，你会觉得一
个人不融入盛世的欢娱，是可耻的，所以，当刚杰·索木东颠簸在回乡
又离乡的路上时，我正疲累于远离故乡远离藏历的节庆里，看着春天渐
次降临。这样的时刻，想起海德格尔说，归乡是诗人的天职。想起另一
个优秀的甘南诗人阿信说，回得去的叫老家，回不去的才叫故乡。想起
刚杰·索木东"在古老的屋檐下，醉卧成游子的模样"，他是否看清了炊

烟升起的方向，感受到了血脉奔流的那份通畅？或者，"失去母语的那个村庄"，已然成为他此生无法回转的故乡？或者，他正在贴近着的甘南，我正在遥望着的甘南，注定要成为我们共同的甘南记忆？还要经历多少次的归去和离别，我们终将淬心砺骨地懂得，"自己既非过客，也不是归人"？

好在，还有诗歌。因着诗歌，那一场遥远的风雪再一次温暖地落到了我迷茫干瘠的思念里："年关的那一场大雪／已经不再那么可怕／所以，我有大把的时间／和大把的心情／给在城里出生的儿子／堆一个憨厚的雪人／这样，在他的尖叫声里／就会找到回家的路／偶尔也会／在宿醉的夜半／偷偷醒来，偶尔／也会在静谧的院落／数数童年的星星／温暖的炉火旁／已经很难听到／亲人太多的叮咛了／因为自己，也在／慢慢老去。"

老去的，只是年纪。因为我们依然愿意相信，不老的是青春，是无论何时何地都以心的温度焐着的故乡，是故乡之脉盘根错节生生不息的诗歌。

绽放在茫茫雪原的半枝莲

我似乎在等待一个人的到来，因为五月的理塘依然白雪皑皑。

这是梅萨的诗句。读到这句诗，我的眼前便浮现出一幅壮阔而绮丽的图画：雪域高原，千峰之间，大风激荡，经幡猎猎，一个身着曳地藏袍的女子站在风口，皑皑白雪包裹着她，环佩叮当缭绕着她，她眯起眼望向天空上面的天空，道路前面的道路。她在等谁，怎样的一个人，怎样的一份情，将辜负这旷世的等待？黄昏渐次褪去，终于，她站成了海子诗里的一个姐妹，所有的风只向她吹，所有的日子都为她破碎。

这是我的梅萨想象。事实上，梅萨娇小，纤柔，而且温婉，合群。但多么奇怪，从第一次知道她，一直到见到她，到朝夕相处中成为亲密的朋友，我一直都顽固地坚持着自己的这种想象。我心目中的女诗人梅萨，她的鲜艳要更狰狞一些，快乐要更爆发一些，孤独要更决绝一些。

梅萨是四川雅江人，自小生活在甘孜州府康定，那个被一首月亮弯弯的传世情歌映亮的小城。在中国，或许没有人不知道那首情歌吧，世事沧桑，年华更替，但跑马溜溜的山上那朵溜溜的白云，在绵延不绝的吟唱中，以亘古不变的姿势招摇着天籁之美。它缭绕旖旎的旋律，端端溜溜地撩动了多少爱美多情的心灵，使他们对遥远的康定小城滋生无限的向往。记得一次聚会上，梅萨理所当然地被大家叫起来，红着脸颊唱那首《康定情歌》。可是，难道只有我一个人觉得那决然不是属于她的歌吗？"李家溜溜的大姐，人才溜溜的好哟，张家溜溜的大哥，看上溜溜的她哟。一来溜溜的看上，人才溜溜的好哟，二来溜溜的看上，会当溜溜的家哟……"这散发着浓郁的农耕文化气息的歌词和旋律分明更像是汉地宅院里的甜言蜜语，更像是廊檐亭台上的温婉情致。但梅萨属于辽远，属于空旷，属于冷冽，属于山河磅礴的广袤藏区，而不仅仅是康定一隅。

当然，梅萨与康定密不可分，她日日生活在那里，安守着那里的美丽和清寥。身后的跑马山，眼前的雅拉河，是她最坚实的精神支撑，但尽管如此，尽管文学表达与地域维度的关系越来越得到强化，大家言必称福克纳的约克纳帕塔法，马尔克斯的马贡多，大江健三郎的北方四国森林，奈保尔的米格尔大街，杜拉斯的湄公河岸，鲁迅的鲁镇，沈从文的湘西，萧红的呼兰河，以及眼下正在千宠万爱中的莫言的高密东北乡。因了这一切，荣格多年前说过的一句话"扎根于大地的人永世长存"，成为卷土重来的新时髦。在所谓"接地气"的热潮中，作家们一哄而上，在越来越模糊越来越飘忽的"故乡感"中掘地三尺地寻找着故乡，尽管梅萨跻身于其中的康巴作家群风生水起，已然成为一个值得关注的文学现象，但我还是不想顺手揽起"故乡"和地域文化资源的理论武器评析梅萨，在我心里，我们始终只有一个共同的故乡——喜马拉雅，巴颜喀拉，贡嘎雪山，阿尼玛卿，"金子一样的山上开满了金子一样的鲜花"，连绵的山下总是连绵的草原。"逐水草而居的游牧部落／在蓝天白云下自由迁徙"，马蹄飞扬长袖如云处，梅萨一袭长裙，款款而来，一百零八颗红珊瑚在她的手腕上璀璨如火，她黑色的鬈发随风狂舞，波涛起伏。是的，事实上，她就是如此美丽，如此大气，有着荒野一样的力量和自由。这样的一个梅萨，必定是通过她的诗歌被建构起来的。除了诗歌，还有什么更能勾勒出诗人最真诚、鲜活的面容？这个夏天，当我一遍遍地打开梅萨的诗时，我感受到了一种交汇的震颤。"日落，一头牦牛走向天边。"这极具镜头感的诗句一下子把我带到了甘孜草原的天地苍茫中。曾经，在我涉足过的青藏山河，我无数次地被那样的黄昏之美击中，今天，它再一次通过梅萨简洁有力的造句俘获了我。她说，"极寒高地，暴雪肆虐／一年四季只能用冬天来谈论"。她说，"七月，如火的北京／你的那件白色 T 恤让我人面桃花／雷电交加伴随一场大雨／有些爱情在七月阵亡"。她说，"心的周围布满了眼睛的血丝……"我得承认，梅萨的诗自然，本色，甚至简单，清浅，但却真挚，热烈，鲜明，从不似是而非，不无病呻吟，不欲盖弥彰、欲露又遮，它们是有形体、声音、温度、色彩和重量的表达。

梅萨喜欢写雪，她的诗里总是小雪曼舞，大雪纷飞。这样的诗歌意象自然源于她生活之地的海拔地理。梅萨的康定也和青藏高原上的许多地方一样，长长的风雪季节迷蒙了春的概念，千年积雪以信仰的光芒闪耀在高高的贡嘎山巅。而梅萨笔下的雪，正是藏地凛冽的物候之美和

圣洁的心灵之美的具象化。雪，承载着整个藏民族的内在诗意，镌刻着
民族文化最深刻的烙印。对"雪"绵密往复的深情述说，凝聚了一个雪
域女子全部的情感。这里，有对故乡的热爱和坚守，对民族的眷恋和皈
依，对文化的自觉和追寻，也有对爱情的缠绵和领悟。哪个女子不渴望
一场盛大的相遇，一份恒久的拥有？一个雪中的女子，该是更懂得守候
的意义吧！然而，所有的爱情都有料峭的身影，太多的女人都适合在幻
灭中眺望，当渴望中的那一场美好盛大的相遇，理想中的那一份天长
地久的拥有，终于像雪一样扑面而来，又像雪一样倏忽而逝，等待的人
站成了怎样的一枝料峭寒梅？怎样的一副执念于无望春汛的傲拔冰雕？
"雪海茫茫，心境岑寂／候鸟的最后一次迁徙／将雪原的天空分割东
西……"梅萨深谙苦与乐的人性世界，她不撒娇，不煽情，她写出了痴
迷的相思和等候，写出了深刻的孤独与悲怆，痛苦的苏醒和告别，"一
个人的夜晚"，她"以雪为墨，以石为砚"告诫自己："不许守着长夜嘶
声呐喊／雪原的回音漫无天涯。"一个迎向缘起和相约的女子是幸福的，
而走过"割舍和凋零"的女子，她，是强大的。

　　"我的笑，宛如一朵燃烧的莲／绽放在被月光雕琢的古城。"梅萨
说。毋庸置疑，梅萨喜欢莲，"莲"是她诗歌中的另一个关键词。除了
频频写到莲，她的诗集也直接以《半枝莲》命名。如果说"雪"是梅萨
的此在，地域，物候，生活，情感，那么"莲"就是梅萨的彼岸，精神，
灵魂，信仰，智慧。在此在的境遇中分分合合，下陷，沉沦，在对彼岸
的追求中生生不息，超脱，飞升，朝向至真至善至美的澄明之境。"莲"
在藏族传统文化中的象征意味是不言而喻的，梅萨深谙藏人心理，拥有
完全的藏人视角和知觉，她的"莲"之语就像一首首境界舒放、格高思
逸的藏语古歌，字字行行都是向往神性追问人性的心灵独白，吟唱着对
高原母土对民族文化的挚爱深情，对神圣信仰的执着求索。她的创作是

有根的，是带着地气的温热的，她从未停留于外在的追求与表现上，而是尽力让诗歌直达内在的诗意，这种诗意属于康定山水，属于更辽阔广大的康巴文化，但更是属于整个藏民族的深层诗意。雪域净土，无限地接近太阳，接近神的呼吸，慈悲无边的佛光沐浴中，梅萨不停地跋涉在她的民族和这片土地所赐予她的命运之旅中，赤诚谦卑，以写诗的方式潜行修远，触摸生命的本真。由此，她拥有了生活与德行之美，找到了尘世之人穷其一生苦苦寻觅的精神家园，也建构了属于她自己的诗歌风骨。

　　一个被雪花滋养，被莲光照耀的女子，她和她的诗，注定是要被时光祝福，被岁月玉成的。而当我想起她，想起我们共同的明亮的故乡，我觉得自己也被照耀。

看破红尘爱红尘

莫言在 2012 年斩获诺奖的盛事，使得从来绵延不绝的关于中国文学与诺奖的话题一时间鼓噪而起，达到了无以复加的热闹，至今不能平息。而国内的一些重大文学奖项，不断掀起着新一轮的"喧哗与骚动"。这样的情景，不由得让人回头打量起以往与评奖有关的一些作家作品，譬如范小青的《女同志》。这部长篇曾入围第七届茅盾奖，后遭落选。但时隔十余年我仍然觉得，相比当年摘冠的某些所谓大作，《女同志》是一部更好看而耐读的小说，是一部有读者的小说。这样的评价猛一看似乎显得太低标准，太平常，但事实上，静下心想想会发现，如今的文坛上称得上好看又耐读的小说并没有多少，因而，真正拥有读者的小说也没有多少。许多人认为现在是娱乐网媒时代，是看图时代，读者心浮气躁，只愿意消费一次性的文化快餐，而很难安心捧读四五十万字的长篇。这自然也算实情，但究其细里，道出的只是局部真相，问题的另一面是，那种真正能以作品本身的吸引力使读者安心坐下来的文学正越来越成为稀缺的事物。所以，绝不能一味地把责任推诿给接受群体。

其实，这正是现下我们所处时代的病象之一：看似"文化"当道、文学盛行、书籍泛滥，据说长篇小说以年产三四千部的速度生长着，作品研讨会此起彼伏，但越来越多的读者却越来越远离着文学。常见的情景是，一部新作问世，马上就被炒作成"好评如潮"，或"恶评如潮"，但谁都知道，那样的"潮"，无论是"好"是"恶"，说到底都是"圈子"里的自娱自乐，并不关乎真正的人潮人海的好恶喜悲。GDP 依然在增长，城市人口也在渐渐超过农业人口，但关注文学、真正用心读书的人数却从未有喜人的涨势，这其中的原委当然有大小内外种种因素，但毋庸置疑的一点就是，文学自身唤起人的阅读兴趣的能力在减弱。自现代主义成为新的传统，文学热衷于艺术技巧的创新，执着于思想意念的表达，漠视主题、忽略人物、淡化故事情节早已成为常态，应该说，这样的小说，自然有它无可替代的文学的实验性意义。但从接受层面看，小说，尤其是长篇小说，必须得有可读性强的故事，得有气韵饱满、呼之欲出的人物，方可吸引住读者的注意力。从这个角度说，范小青把自己归于了纳博科夫对作家所做的最传统的定位："讲故事的人。"2006 年我初读《女同志》，最突出的印象就是，这是一部充分地显示了作者的叙事耐心，同时也是检验了读者的阅读耐心，可以培养读者纯正的文学兴趣的好作品。它直面当下社会现实，写人的处境和命运真实而贴切，不诡异不猎奇，不剑走偏锋不刀光剑影，是能引起大多数人情感共鸣的普通人的"奋斗史"。它写故事写得很老实地道，没有玩弄观念上的花样，细实绵密，稳扎稳打，情节复杂曲折但不离奇且有头有尾，与我们对生活本身的理解相一致，也符合一般读者对叙事文学的故事性阅读期待。

小说题目很好，我相信，作者范小青肯定是懂得这个题目的醒目的。醒目的微妙、独特，醒目的反讽、挑战意味。当"同志"这个曾深入人心的称谓逐渐淡出社会主义中国的集体话语，并在另一个文化语境中奇怪地成为一个特殊人群的暧昧代称之后，"女同志"更是一种渐行渐远的记忆了。然而，一个语词的消失并不代表一个群体的消失，在当今的社会生活中，依然活跃着大批被称为"女同志"的女性。但奇怪的是，自20世纪新时期以来的小说，几乎写尽了形形色色的女性，但唯独在表现这个领域方面未曾有太多的建树。在文学话语中，"女同志"是一个遭到冷落和忽略的群体。这种现象，反映出的还是人们对女性的认识问题，好像只要写女性就天然地与宏大叙事与社会政治主题不搭边，好像只要写女性就只该是爱情婚姻的永恒主题，只该是身体叙事欲望叙事，只该是关于苦难和沦落的底层叙事。"女同志"这个称谓高调盛行在"时代不同了，男女都一样"的语境中，如今随着这个称谓的淡出，时代好像又再次不同了，好像又让女性统统回归了自然人的身份，退回到了"私人生活"，或者，只是让她们属于职场商场这些固定化概念化的领地。这种认识，实在是脱离国情，不接地气，它表现出来的只是文学的缺席，而不是生活的真实。我们知道，尽管女性解放的进程是如此任重道远，但毕竟，实际的情况是如今的女性已遍布社会公共生活的各个领域，包括自古以来专属于男人的官场。

范小青的《女同志》写的就是这样一类女性，活跃在从中央部门到地方乡镇各个党政单位的女机关干部，体制内官场上的女性。迈入新世纪后，有相当一部分小说开始涉足这一题材，以新颖的选材角度和独到的表现手法逐渐填补了一个文学领域的空白，其成绩可圈可点。范小青的《女同志》是其中一部优秀的长篇，以温婉而冷静、尖锐却不失温情的女性叙事，写出了女性的柔弱细腻和仕途官场的坚硬阴暗之间极富张力的文化对抗，表现了当下中国的政治女性群体复杂矛盾的心灵和命运。

"女同志"，只一个称谓，便框定了体制内一个普通而又特殊的女性群体的人生轨迹。"女"而"同志"，是在性别和政治身份的双重规范下，在权力秩序的强力约束中，一群鲜活美丽、形态各异但正在被严酷的现实一步步格式化的女性，万丽是她们中的代表。这是一个在权力场上一步步成长起来的女同志，也是一个真正在小说细密紧凑的叙事中成长起来的人物。她初登场时，性格游移、简单，尚未定型，似乎是很随便的一次机会，她从一个中学女教师变成了市委机关女干部，人生走向由此彻底改变。用作品中另一个女性伊豆豆的话说，好戏就这么开场了。因为年轻漂亮，工作勤奋扎实，并且能写文章，从而赢得了向问秘书长的爱惜、赏识，她很快被提拔，并从此一步步卷进权力旋涡的中心。虽有坎坷沉浮，但在许多实力人物的提携帮助下，尤其是在初恋情人康季平甘愿以自己的生命为她铺平道路的奉献中，万丽的能力得到了最大程度的发掘，她在仕途上不断进步，官职不断晋升，在作品的尾声处，万丽已是南州市副市长的候选人了。

这很是一个立得起来的人物形象，她本性的善良、温情、率真，她逐渐练就的成熟、理性、功利，她在私人空间的柔软感性和越来越趋同于环境的冷漠坚硬，她在权力场上滋长升级的欲望野心和在体制内行走的精神痛苦，她的一步步被政治撕裂、异化，和对此所做的清醒柔韧的抗争，在作品多重交织的刻画维度中，一点点地浮现，并逐渐地鲜明、丰满起来。万丽从政伊始，她的前男友康季平就评价说："万丽，你是一个有野心的傻女孩，你这一辈子，会在无休止的欲望和善良天性的矛盾中痛苦到底，你会将这两者的斗争进行到底。"知万丽者，莫过于康季平，他这句话几乎就是对万丽未来官场生活所作的点破式的预言，同时，这也是万丽身边诸多官场女性的共同的内心情结。因为善良的天性，万丽在同行的人安之若素地接受乡镇企业外贸加工的羊绒衫时，感到一阵阵的不安；当与她有利益竞争的女同事金美人、余建芳、陈佳等人在仕途上跌跟头时，她不曾有一时半会儿的幸灾乐祸，而是从内心为她们感到痛惜；她从不抖搂别人的隐私从没想过陷害别人，当向问东山再起她被提拔重用时，她没有志得意满的骄傲，而是觉得自己升迁得太快了见人都不好意思；因为善良的天性，她从没有利用自己"年轻漂亮"的资源走过所谓的"美色路线"，并对此怀着足够的警惕，当权力意志与公理正义发生隐秘的冲突时她一次次流泪，做着力所能及的反抗。她在个人生活中保留着纯粹的女人心，毫无顾虑地放弃了政治联姻的机会，不顾康季平"他不适合你他帮不了你"的反对声毅然嫁给了不求上进的小科员孙国海，只是因为"他好"；她放弃了在省委党校的毕业典礼上做重点发言的政治机会，连夜奔向生病的女儿。

这就是万丽，然而这又不是全部的万丽。全部的万丽，如康季平所言，注定了是一个要在权力欲望和善良天性中进行痛苦斗争的人，注定了要拥有清高但躁动的灵魂。从鬼使神差地偷偷报名参加机关招干考试开始，万丽便踏上了一条不归路，她一步步谙熟并顺应机关生存之道，在残酷的权力竞争中不断"进步"：从妇联的一个小干事到副科长、科长、办公室秘书、旧城改造指挥部副总指挥、区长、房地产老总，最后竞选副市长。随着职务升迁，她从一个文弱矜持的知识女性逐渐变成足智多谋、杀伐决断、大权在握的女强人，"一个越变越强悍的女人"，用女友伊豆豆的话说，"动辄一挥手，动辄一挥手，真像一个铁娘子"。她和丈夫的共同话题越来越少，连女儿看她，都是怯生生的眼神。她和康季平心心相印，情深意笃，但整个作品中写到的两人仅有的一次"幽会"，却因为精神不能完全放松、投入，而显得潦草、尴尬，与激情想象中的身心完美结合相去甚远。这样的描述看似平常而淡定，却蕴含着极其复杂的况味：仕途劳顿已在不经意间侵蚀、掠夺到万丽最隐秘、私人的空间，原本属于一个女人的简单纯粹的生活的美和自然生命的欢乐之感，都从她的指尖渐渐丧失着。爱与被爱的能力，在另一种社会政治能力面前日渐萎缩，不攻自破。小说接近结尾处有这么一个令人心酸的情节，康季平死后，她有一天去他的墓地，她计划不接任何电话，不想任何事，就那么静静地陪他一天。然而一接领导秘书的电话，她又本能地以最快的速度离开了那里，把康季平远远地抛在了墓地。

这是一个已然成长起来的万丽，在对权力的趋同，对功名的追逐中，她终于百炼成精，立于不败，但同时令人备感温暖的是，这依然是一个"未完成"的人物形象，就像她那悬而未决的最后的职务一样。虽然工作已经占据了她全部的心思，"上进"之路已经侵吞了她所剩无几的个人空间，她作为女人的那一部分心性在严重地扭曲着，她的心灵发生了太多的畸变，她的人生在逐渐地被格式化，但尽管如此，万丽却绝非一个在名利场上如鱼得水心安理得地享用既得利益的官场中人，绝非在权力虚幻的光环下忘乎所以的浅薄之徒。在人性与现实的冲撞中，在权力意志与性别文化的潜在抗争中，她依然有矛盾有挣扎，有理想有迷惘，她的个性和良知依然在顽强地生长着，她对政治对个体生命的异化，体制与秩序对个性心灵的强力规范有着清醒的认识。小说中几次写道："万丽就觉得，自己心里那块坚硬的东西，继续一点一点地在扩大，在扩大。她想制止它扩大，但她制止不住。""我的心在一点一点地坚硬起来，而且越来越坚硬，我要是不硬起心肠，我就工作不下去。"这实在是颇有意味的心理刻画，一个在权力旋涡中日夜费神的女性，却时刻关注着自己的内心，并对心灵的变化保持着如此的警觉，这说明在万丽日益强悍的铁娘子的外表下，依然掩藏着一颗敏感多思的女人心，在显赫的生活中她依然存留着强烈的痛感，她从未曾丧失拒绝被权力异化和奴役的独立品格，她是清醒的。

但问题是，清醒了又能怎样？醒后又去向何处？在对权力的追求本身中，又如何有效地抵制权力对人性的侵蚀？权力就像是无人能摆脱的魔咒，牢牢地控制着每一个对它心生向往的人，谁也不想急流勇退，而向上的路又是步履维艰，稍有闪失就可能前功尽弃，覆水难收。万丽身边的女同志们一个个饱尝着这样的辛酸：精明强悍的金美人一路风光，却只是因为无心纠正了首长把油菜认成萝卜的错误便戛然中止了接待处长的工作；一贯作风谨慎的许大姐为给丈夫求官导致晚节不保；年轻清高的女研究生陈佳因与上级的恋情给仕途蒙上了阴影；潇洒历练的美女伊豆豆为了要给爱情一个交代，结束了自己的婚姻，结果却吓跑了多年苦恋她的男人，他不愿意拿半生的功名去换爱情；最惨的是余建芳，她兢兢业业，恪尽职守，完全是体制内的顺民，但就在要上任县长职务时，却因为"私情"败露而丢掉了这一步步熬到爬到的位置，功亏一篑。

这就是这些体制内女同志的人生境遇，如作品中所说："机关的女同志，是捂熟的花，开也是会开的，但不新鲜不生动，刚刚开出来，就好像已经枯萎了。"但在透视这未开先衰的悲剧性时，其实也不应该忽略事情的另外一个方面：某些女同志在政治上的落难恰恰因为是人性上的复归，坚硬的政治铠甲并没有从根本上磨灭她们内心深处对爱、对真情、对温暖的渴求，强大的权力意志也未能使她们的女人性消失殆尽。当一贯"满脸形势政策"的余建芳置功名前途于不顾，忘掉一切地扑到她暗恋的生命垂危的情人身上，"谁也拉不起来"时，那一瞬间她完成了从一个"女同志"向"女人"身份的回归，她丢掉的只是一个官位，她捡起来的才是一个本真的自己。所以后来，众人视野中的余建芳并无落魄潦倒之感，她依然踏实平静地工作、生活着。幸耶？不幸？成败得失来得如此残酷甚至荒诞，身处这样的环境，万丽常常感到渗骨的悲凉。然而她人在官场身不由己，她只能像康季平要求她的那样："看破红尘爱红尘。"说来，红尘之事，人们往往痴迷于其中，最难是"看破", 但一旦"看破", 便也就冷了那份"爱"之心。所以, 既要"看破", 又要去"爱", 这实在是一个不低的境界。《女同志》正是从这个角度, 反映了身处红尘中的女同志万丽和红尘之间极富微妙的关系, 凸显了万丽这个人物形象极富厚重和张力的模糊性。昆德拉说: "如果说小说有某种功能, 那就是让人发现事物的模糊性。"本雅明也说过, 真正优秀的小说, 是"在生活的丰富性中, 通过表现这种丰富性, 去证明人生的深刻的困惑"。我想《女同志》就是这样一部让人发现了事物的模糊性, 并证明了人生深刻的困惑的好小说。

也正是因为万丽这个人物的特质,《女同志》才与多年来盛行不衰的所谓官场小说区分开来, 范小青的着力点, 不在于描绘官场的阴谋斗争, 那些形形色色的有关权力的潜规则, 不在于暴露社会的黑暗、欲望的沉浮和人性的堕落, 她所做的是向内心挺进, 她关心的是人的灵魂。通过万丽这么一个官场女性, 小说要表现的依然是文学恒常的主题, 要追寻的依然是能够温暖普通人的那种爱和真情。这种爱和真情也许在当今的生活中已日见稀薄, 但却真实地存在着, 而且永远比权力更为深刻广大, 更富有力量。基于这样一种认识, 范小青在作品中, 对体制和个体生命的对峙其实做了温婉柔曼的处理, 情节推进中也完全打破了一写官场就要写腐败写交易, 写人进了官场就得学坏而一学坏就马上官运亨通的模式, 在万丽的成长道路中, 我们看不到这样现成的公式, 范小青没有把万丽处理成当下官场小说中那些被权力奴役, 也被作者的模式化写作奴役的"符号"式的女性形象。很多次关键处, 读者都悬着颗心, 好像万丽就要"学坏", 好像整个环境中有形无形的力量都在拉扯着人物下坠, 然而, 终是没有。范小青在可靠的叙事中, 让人物避免了在太多既定的思维中似乎必然遭遇的命运, 让她的女同志万丽不管有多难, 不管如何机关算尽, 但在内心始终信奉着那些正面的价值: 作为一个干部的工作能力和热情，作为一个知识分子的理想和思考，作为一个女人的情感和品格。康季平的朋友，有闲云野鹤之美名的肖世平第一次见万丽，就评价说："万丽是个聪明的老实人。所谓聪明，就是能看透事物的本质；所谓老实，就是看透了以后，仍然做自己应该做的事情，不做自己觉得不应该做的事情。"这句话，对于万丽，算得上是一句中肯的评价，但从根本上说，这也是一种过高的期许，几乎不可能实现。身为官场中人，每一步都如履薄冰，殚精竭虑，怎么能坚持"只做自己应该做的事情"？在一个由"控制""支配""领导""服从"这些关键词构成的权力生态中，一个人如何才能"不做自己觉得不应该做的事情"呢？事实上，万丽许多次无奈地做过违心愧悔的事，利用他人，欺瞒上级，背叛友情，这一切注定是无法避免的。但可以肯定的是，万丽始终以"做自己应该做的事情，不做自己觉得不应该做的事情"监督着自己，考验着自己，她在原则问题上坚守着良心、道义的底线。作品结尾，万丽再次遭遇强大的对手，面临严峻的考验，她是否会接受叶楚洲的建议，为扳倒对手不择手段呢？作者有意在这里结束小说，就是要为读者留下一个意味深长的悬念。我觉得，按照万丽自身的成长逻辑，她依然不会为了副市长的位置去做她"自己觉得不应该做的事情"。她虽爱"红尘"，却早已看破、参透，她不会为了"红尘"彻底弄脏自己。现在的她，早已不是故事开头时那个清纯稚嫩的女孩了，但她还是尽力让自己沐浴着斑驳的阳光，她应该是光明的。

　　钱锺书曾在《围城》中发表议论说，女人参与政治，对政治而言，无异于灾难。这是标准的男权中心观点。《女同志》这部小说，和小说外的现实生活中如许多叱咤风云的女同志，都证明了钱锺书这句话的腐朽和狭隘。但问题是，一代代传承下来的文化传统中，官场确乎是一个女性不该涉足的领域，就是在今天，在我们大多数人的观念里，政治依然是男人的政治，而大多时候事实也是如此。范小青作为女性，她其实是深知这点的，深知这些女性作为政治人尴尬的生存境遇，深知在强大的文化和体制双重规范下女性所付出的沉重代价，而社会洪流中，能够决定一切的依然是男人，所以，她笔下的每一个女同志，她们的荣辱兴衰几乎都和男性有着直接的联系，成也男人败也男人。从这里，我们看到了作者范小青在这部作品中表现出来的温婉冷静但又无可遮掩的女性立场，以及从女性立场出发的深刻的社会批判和文化批判的主题。

因此，不能不提到万丽身边的男人。万丽的进步可以说直接来自于向问秘书长（后来是组织部长）的赏识和提拔，后来，又是叶楚洲以雄厚的经济实力帮助她挺过难关，宣传科长赵军在万丽最失意时给过她帮助，就连那个拉着万丽的手说黄段子让万丽惧怕不已的董部长最终也还是帮了万丽，这些男性人物的青睐，基本保障了万丽在艰难仕途上的顺利前进。更不用说康季平了。康季平，这是成功女人万丽"背后"的那个男人。他的存在就是为了万丽的存在。他为了心底对万丽一生一世的爱，也为了青年时期对万丽的亏欠，简直做到了为万丽的发展肝脑涂地无怨无悔的地步。是他帮助万丽走进机关，帮她揣测上司所好，帮她理顺同事关系；是他为她每一步的升迁做幕后高参，帮她做出正确的选择；是他高瞻远瞩费尽心机让她上了免试的研究生，先于他人实现了高学历；是他为她铺就了一张上通下达的关系网，上至省官大秘下至民间贤达，只要对她有用的人和信息他都四处去捕捉，为此不惜喝酒给自己的身体以致命的打击；是他连夜飞北京，为了让处在紧张工作中的她在那儿感受到"身边有他"；是他，在生命垂危的阶段，为了不让她操心谎称自己在国外，却在医院的病床上用电子邮件帮她解决着一个个难题；是他，因为怕她伤心，死都不肯死在她面前。

康季平，就是这么一个至情泣血、生死相许的男人，有关他的一切是这部作品最感人的所在。这么一个人物，让我们油然想起了"爱，是不能忘记的"时代，想起了新时期初一代女作家所精心构建的那些理想男性形象。那些完美的男子，代表了女性最高的爱情理想，同时也是女性的人生理想和生命追求的最为直接最为显明的外化。但自 20 世纪 80 年代中后期开始，女性主义文学话语便终结了"男性神话时代"，尤其到 90 年代，中国的女作家集体性地"不谈爱情"、驱逐男人，文学视野里几乎找不到一个"正常"人格的男人了，更遑论什么理想化的男性。可以说，男性已被置于万劫不复之境地。而《女同志》，却以精心塑造的男性形象康季平让读者重温了尘封已久的一种感动和浪漫。这不能不说是作者范小青在新的时代为女性文学所做的贡献：走出简单的两性对抗，建构双性和谐共处的人类终极理想。

　　但问题也就出在这至纯至真的人物身上。且不说小说对这个人物的过于理想化、神秘化的艺术处理，单就他和万丽的关系来说，虽然在生活中被这样一个男性珍爱着一路扶持着，当是做女人的最大幸福，但在这样一部表现人生深刻的困惑的作品中，康季平的存在毫无疑问毁损了万丽这个形象的普遍性意义。万丽真是太幸运了，并不是所有在"善良天性"和"权力野心"的交锋中挣扎的女同志，都能拥有这么一个爱人。万丽的"进步"之路险象环生，风生水起，但因了康季平的奉献，就显出了现成，轻飘，有点有惊无险的感觉，因而使得小说对女同志这一群体的艰难生存处境的表现打了折扣，可以说，作品在重新建构了男性神话的同时，很大程度上消解了"女同志"这个话题的沉重、深刻和悠长。尤其是到了最后，得知向问原来就是康季平的舅舅时，所有的疑惑便都有了答案，我相信读者会有一种受骗的感觉——原来如此。如此巧合，如此完满，如此山重水复但水到便是渠成，如此千辛万苦却原来早有佳人玉成。

这样的人间难得几回闻的爱情和浪漫，或许源自许多女作家共有的内心深处的理想主义情结，范小青也不例外。但对于《女同志》，它是一道美丽的藩篱，阻碍了作者向幽深的人性和人心做出进一步的探索，使得这部小说在一种有难度的写作道路上出现了相当程度的滑坡。尽管如此，在大多数普通读者看来，这仍然是整个故事中最好看最让人情不自禁地掉泪的高潮情节，仍然是这部小说之所以吸引人的魅力所在。在人心不古的后现代社会，太多的人只能在内心中保留着对一份恍若天籁的爱情的向往和存念，而除了文学艺术，还有什么能春风化雨般抚慰人生的残缺，为尘世中的我们馈赠这样一种弥足珍贵的安慰呢？

霸王意气尽，贱妾何聊生

　　大部分人知道李碧华的名字是因为电影《霸王别姬》。这部出品于1993年的电影，不仅在当时票房大卖，且荣获多项国际大奖，更重要的是，光阴荏苒中它越来越奠定了华语电影的经典地位，二十多年来，一直被追赶，从未被超越。《霸王别姬》的成功当然是因为集合了一部电影之所以成功的一切元素，但其中最不应被忽略的是李碧华原著小说的功不可没。可以说，电影《霸王别姬》懂得李氏作品的底色和精髓，拍出了世事沧桑、岁月幻丽中的侠骨柔情，爱恨刻骨，那种"通俗中见斑斓，曲高而和者众"的好。

　　事实上，李碧华早在20世纪80年代，就以"继琼瑶、亦舒、林燕妮等之后的又一个言情小说女作家"这样的定位成名于港台文坛了。走不尽的情天恨海，说不完的痴男怨女，两性情感从来都是文学不变的主题，李碧华的作品一以贯之言情小说的内容和路线，改编为影视剧后，赢得了巨大的市场卖点，被读者、观众、媒体和评论界广泛关注，享誉海内外。但究其实质，李碧华又是极不同于其他的言情作家的，她的小说以其独特的内涵、深刻的主题、妖艳诡异的文风和独辟蹊径的艺术技巧，拥有着纯正的文学品格。李碧华是言情的，她写尽了人在情感和爱欲中的百味人生，表现了堪称绝唱的爱情追求。她擅长写情，但又不止于写情，她在写情中融入了历史的、社会的、美学的、哲学的意蕴，她笔下的人物独具一格，有着复杂丰富的心灵世界，故事不落窠臼，瑰奇诡异，雅俗共赏，非一般言情小说可以比拟。李碧华开辟出了介于严肃小说和通俗小说之间的第三条道路，她在港台文坛乃至全球华文文学界，都是一个极其独特的存在。

我觉得，李碧华的小说首先属于"好看小说"，其文本给人的阅读快感是无可比拟的，可谓一路奇峰迭起，奇花异树，风光无限。李碧华扣人心弦、发人深省地塑造了一系列女性形象，对这些女性的情感、生活和命运做了深度探索。在两性书写这样古老的主题框架里，她完成了迥异于一般爱情小说的创新。在对女性性别宿命的描述中，她传达了自己的情感和价值取向，表露了鲜明的女性主义视角和立场，以独树一帜的艺术创造性表现了女性主义写作的反抗姿态。

女性是李碧华小说绝对的主角，在纯然的女性叙事中，每一个故事都是女性的故事，每一个女性形象都是鲜活生动、呼之欲出的。她们无一例外地具有美丽绝伦的容貌，同时又无一例外地甘愿为情而痴为爱而狂，不惜付出一切的代价，包括生命。《秦俑》中的冬儿在强大的帝王威势前毫无惧色地将活下去的机会送给蒙天放，自己像一只火凤凰纵身扑入火海；《生死桥》中的丹丹为了夺回失去的爱情，甘愿抛弃生命与尊严；《诱僧》中的红萼公主在战乱中用自己柔嫩的胸部为石彦生挡住了致命的一剑；《青蛇》中的白蛇为许仙上天入海、求盗仙草、水漫金山；《霸王别姬》中的菊仙为段小楼洗尽铅华，落魄时从不离弃，危难处挺身相救；《潘金莲之前世今生》中的潘金莲，情路坎坷欲海沉浮，但对武松的爱永远是纯粹的，不计代价的；《满洲国妖艳——川岛芳子》中的川岛芳子冒着巨大的政治风险，救出身陷囹圄的情人；《胭脂扣》

中的如花为十二少诀别人世繁华，青春花容从容赴死，到阴间后因不见旧人音讯又毅然付出折寿的代价重奔阳间苦苦寻觅……

就是这样一群女人，爱得痴情狂烈，无一念功利算计，不留一丝苟且退路。这样的女人，应该是女人中的极品。然而，在女性几千年来被遮蔽被书写的历史中，她们却被男权文化视野界定为人所不齿的"妖女荡妇"。是的，她们当然不是传统意义上的好女人，她们出身卑贱，"不是婊子就是戏子"，不符合男权文化所期许的"天使贞女"的形象，但她们从本质上绝非妖女荡妇，她们身为下贱却从不自甘堕落，在红尘泥淖中苦苦挣扎只是为了内心纯真的渴望。她们只是些活在爱情中的女人。就因为"本分的东西都成奢望"，因为本该拥有的一切却拼死都难抓住，这些本为平常的女人才变得疯狂、叛逆、另类。

不肯认命、敢作敢为的抗争意识是李碧华赋予她的女性人物的最耀眼的光彩。冬儿是为秦始皇求长生不老药的五百童男童女中的一员，她的命运只能沿着既定的轨道发展，不可走错一步。然而当她遭遇到初恋，她做出了最彻底的反抗：抛却了童子身，并进而离开队伍扑向爱人的怀抱。她让爱情战胜了王权淫威，她以死挑战了不自由的生；芳子一生都在抗争被出卖、被背叛、被利用的命运；青蛇不甘于在西湖断桥下只做一条蛇，不甘于永远在姐姐的故事中扮演一个配角，她敢爱敢恨，敢作敢为，最终手持利刃结束了负了姐姐和自己的男人的性命；丹丹不甘心生活在平庸男人的羽翼之下，她不断从失败和挫折中奋起，硬是在上海滩闯出了自己的一片天地；菊仙勇敢地挣脱了妓女的生活，无畏地面对着抗争着一生中无休无止的世俗冷眼、战乱灾难、政治迫害和永难摆脱的宿命的三个人的情爱纠结；如花向不让有情人终成眷属的黑暗社会做出了惊世骇俗的反抗，就是在阴曹地府，她都没有一丝让步；潘金莲在奔赴来生的路上，一把推开孟婆茶，字字见血地立誓：我不要忘记，我要报仇！

就是这样，李碧华的女性主义立场是鲜明而决绝的，她塑造了这样一群光彩照人的女性形象，歌颂了她们惊天地泣鬼神的爱情追求，但同时却让她笔下的男性几乎毫无例外地软弱、自私、猥琐、渺小，他们是担当不起那样的女人、那样的爱情的。这其实是一些不相配的爱情。对男性劣根性的剖析，对男人深沉的失望和愤怒贯穿在李碧华的所有作品中。在《青蛇》中，她借白蛇之口这样评价男人："那是一种叫女人伤心的同类——苏小小的男人，叫她长怒十字街；杨玉环的男人，因六军不发，在马嵬坡赐她白练自缢；鱼玄机的男人，使她嗟叹：'易求无价宝，难得有情郎。'霍小玉的男人，害得她痴爱怨愤，玉殒香消；王宝钏的男人，在她苦守寒窑十八年后，竟也娶了西凉国的代战公主——"

这就是两性的历史，这就是被那些美丽的女人用生命爱过的男人，薄情寡义，负情弃义。他们没有一个是值得信任的。就是因为他们的懦弱、退缩、苟且，女性才不得不以柔弱之躯迎战外界社会的天罗地网；就是因为他们的负情、背信、釜底抽薪，女性倾尽所有背水一战，却失去了身心最后的栖息地；就是因为他们自私、残忍、霸道，女性在千疮百孔伤痕累累后还要被钉在永远的耻辱柱上，男权话语一统天下的书写历史是永远不会还她们以本来面目的。

李碧华也不是对天下男人一网打尽，她也塑造了"好男人"的形象。蒙天放的痴情，石彦生的英勇，武龙的忠厚，唐怀玉的体贴，十二少的风情，段小楼的忠诚，正因为男性具备了这些可爱的特质，女性们才焚心似火地投入。可是再做更深入的剖析和挖掘，就会发现女性的爱情在绝大程度上是盲目的，这些男性在故事中的表现终究是"不可爱"的，他们不过是一群懦弱而自私的男人罢了。他们在关键时刻没有能力保护自己所爱的女人，而且常常在女人的荫庇底下苟活于世。李碧华无情地揭穿了这些男人伟岸美妙气质下的利己主义心态和软弱无能的懦夫相。可以说，这些男人在女人的爱情女人的命运中，最终只是完成了他们唯一能完成的使命：背叛。李碧华笔下比比皆是的男人的背叛，残酷地毁灭了女人的生命，扼杀了女人的信仰：《潘金莲之前世今生》中武松的虚伪残忍，《诱僧》中石彦生的反复无常，《满洲国妖艳——川岛芳子》中芳子的父亲和情人对芳子无休止的背叛。《霸王别姬》中段小楼在红卫兵小将的严刑逼供下终于"霸王意气尽"，致使在任何逆境中都不曾低头的美丽强悍的菊仙含恨自尽。《胭脂扣》中的十二少在爱人殉情后，背信失约，苟活人世，形如僵尸，"命比拉面还长，越拉越长"。为着他，如花死了两次，第一次生命虽灭却怀着对爱的眷恋，等待五十年后灵魂返世真相大白，如花生生地又被杀了一次。更不要说《青蛇》中的许仙，许仙是集中了男性所有劣根性的一个典型形象。李碧华毫不留情地戳穿了他"翩翩美少年"的皮囊下猥琐、疲惫、始乱终弃、临阵脱逃、贪生怕死的性格特征和精神实质。他本身就是个令人生厌的角色，哭哭啼啼、婆婆妈妈、朝三暮四、水性杨花。青蛇从一开始就很清楚，"许仙并不好，但我俩没遇上更好的。"许仙更是一个阴险奸诈之徒，他懦弱的外表下隐藏着一颗精明异常的心。他早就洞悉白青二蛇妖身的秘密，却佯装不知，坐观两女子对他的痴恋争夺，心安理得地享受她们所有的奉献。更为卑劣的是，他拥有了美如天仙的白蛇后，又勾搭更鲜嫩的青蛇，伺机携款私奔。"整宗事件，他获益良多，却始终不动声色。""他简直是财色兼收，坐享其成。"就这样一个无耻卑劣的男人，可怜的白蛇却为了他冒死偷盗仙草，违天命斗法水漫金山，甚至不惜残忍地割断与青蛇相依为命的姐妹情缘。

这就是李碧华的经典爱情叙事。这样的爱情里，少了太多通常言情小说中的浪漫和甜蜜，拂之不去的是刻骨的悲凉。爱情是女性人生的第一要义,却往往是男性求生、求名、求利的牺牲品。女性把最美的时光、最宝贵的爱情给了男人,但她们最终却找不到一个可以依靠的坚定的肩膀,抓不到一双同甘共苦的手。她们爱情的对面是一片虚妄。她们在无底的绝望中,也许最终爱的只是自己的爱情。许仙说:"我不相信这样没有要求的爱情。"这句话可谓是对男人背叛真爱的注脚,深刻地说出了白蛇和许仙、李碧华笔下众多的美丽女性和不堪的男性之间的大不同。男性本质上是没有爱情信仰的人。这是不同性别的人的本色和质地的不同。李碧华以如此清醒独立的女性意识深入地剖析了男性的劣根性,表现出她对男性无以复加的深深失望、鄙夷和对整个男权社会的有力质疑。

西方著名的女权主义批评家艾莱娜·西苏说:"女人不是被动,便是不存在。"是的,女性只能被动地要求爱或不爱,而无法主动地索取爱。女人只有恪守被动的品质,任何主动的主体的追求都被视为离经叛道,必然遭到男权传统文化的唾弃镇压。因此,李碧华小说中天生丽质而不肯安分、命运坎坷而绝不屈服敢于抗争的叛逆女性们,注定就是男权文化统治下必欲除之而后快的"妖女荡妇"。她们做了最大胆的挑战最顽强的抗争,但几千年积淀下来的男权传统文化套在她们身上的枷锁是巨大的,牢固的,无所不在的。她们始终无力摆脱,她们的反抗史其实就是她们一点点被这个世界压迫、吞噬的血泪史。她们疯狂的报复抗争在更为强大的男权思想的压迫下显得软弱无助。在这个以玩弄女性为快乐、压抑女性以为功的男权社会中,李碧华笔下的女性终究逃不过那冥冥之中的黑手魔爪。这是女性作为弱势群体难以摆脱的宿命。

通过作品中女子们的悲剧命运的反复上演,李碧华对男权社会做出了非常独特有力的挑战。她的女性主义表达是不同凡响的。她揭示出悲剧的根源和制造者就是男人和他们背后的强大的社会文化体系。冬儿死了，红萼死了，菊仙死了，如花身心俱死最终在绝望中回到了阴曹地狱，川岛芳子从天真无邪的漂亮女孩一步步沦为政治阴谋的牺牲品，白蛇被镇压在塔下忍受骨肉生离之痛，还有潘金莲，"身为众用，末了死于非命"。如果不是因为那些男人，她"不过也成了个寻常妻小，清茶淡饭，无风无浪地颐养天年"吧，是谁使她"到底惨死，尚要背负一个千古第一淫妇之恶名，生生世世，无力平息"？李碧华立场鲜明态度决绝，对男性的洞察和剖析是那么细致深刻，她对男权社会"吃女人"的本质做出了彻底勇敢的鞭挞和针锋相对的反抗。

在李碧华构建的女性故事中，追求和反抗贯穿在每一个不甘认命、不愿服输的女子的行动中。相比那些所谓的天使贞妇们，她们是光芒四射、魅力无穷的。但同时不可否认的是，她们的追求是盲目的，反抗是无助的。李碧华作为一个具备清醒独立的女性意识的现代女子，她在批判男性霸权的同时，也对女性的自我弱势心理做了深入的剖析，表达了她理性的思考。

芳子回顾自己的一生时曾说："女人所以红，因为男人捧；女人所以坏，因为男人宠，——也许没了男人，女人才会安息。"这句话可谓深刻地道出了男性的强势力量对女子的完全控制，女子身处在男权文化的汪洋大海中的身不由己随波逐流。她们的抗争无法使她们获得最终的自主权。她们始终无法获得思想上的完全独立。当十二少决定离开如花时，如花绝望；当五十年后返阳世看到活着的十二少，如花同样绝望。"一个女人要到了如斯天地才死心？就像一条鱼，对水死了心。"这是李碧华的文字，是她生为女性设身处地感同身受做出的自我审视，充满了铿锵的理性批判精神。应该说，这也是李碧华用刀片划过每个女人心口的切肤之痛。为什么女性是鱼？只能是鱼？既然是鱼，怎可摆脱水的控制？水要鱼死，鱼怎能不死？既然是鱼，又怎能不依附水的需要，不顺应水的欲望？鱼也叛逆，鱼也抗争，但除了在水中折腾出几许无谓的浪花，或将自己抛尸在干涸之地，鱼能奈水何？

但为什么，女性是鱼？为什么，"霸王意气尽，贱妾何聊生"？

唯有真正的独立抗争，唯有彻底摆脱男权强加在女性身上的枷锁，有形的和无形的，女性才能赢得自己的天空。唯有彻底摆脱做一条鱼的命运，才能真正完成对水的颠覆。李碧华塑造了一系列美丽非凡的女性形象，又让她们的爱情追求、人生理想乃至青春生命在男权压制下被淹没被吞噬，正是想告诉我们：女性若不具备成熟的现代独立人格，不从根本上对男权社会进行制度的讨伐，仅凭强烈的抗争意识和盲目的个人意志，是无法从强权势力中突围出来的，只有成长壮大自己，才能彻底摆脱男权奴役，摆脱性别宿命。

就是这样，在对男性霸权文化的强烈的质疑和有力的反抗中，在对女人命运的深度拷问、对两性关系的残酷挖掘中，李碧华表现出了鲜明的女性主义立场和特异大胆的反抗姿态，她和她的小说文本是当代文坛上一道亮丽的风景线，带给我们独特的审美形象、全新的审美体验和深刻的人生启迪。被评论界称为"天下言情第一人"的李碧华，其作品的思想深度和批判社会的力度，其实都不可与"言情"同日而语。事实上，她艳异，孤绝，冷冽，究其实质，是反"言情"的。

"自传"如何"小说"

　　从 2009 年到 2010 年，读书界很是热炒了一阵女作家虹影的自传体小说《好儿女花》。据说此书一问世，就在本来就不沉寂的文坛上"投下了一颗重磅炸弹"，一时间，"业内各路评论家力挺，网络民意高涨"，说什么《好儿女花》是用"残酷人生与母爱和解"的心灵之作，表现了"大历史背景下每个小个体的小历史""比真实的历史还要历史"，说什么虹影敢于"直面严酷人生，深入人性，拷问心灵"，因其"独特而凌厉的现实主义笔法"被谓之"心狠手辣的现实主义"，如此等等，好评纷纷。

　　我认真读了《好儿女花》，我是不喜欢的。我不知道《好儿女花》这本书，若抛开加在虹影这个名字之前之后的譬如什么"脂粉阵里的英雄""女权主义文学的领军"，什么"文坛十女将之首""十大人气作家之一"，又什么"最受争议的作家"等这类"修饰语"，抛开"自传体"这个极富招徕性的定性，其作为小说的独立的文本价值能有多少。它琐屑，重复，散乱，拖沓，纠缠不清于几十年来家族阴暗暧昧的旧事和"我"在海外的"辉煌"经历和迷乱的情史。因停留在过于具象、直白的生活的表面上，缺少有机的艺术沉淀和拓展，整部小说既缺乏个体生命的葳蕤体验，没有触及到深刻的内心问题，也鲜见社会历史的鲜明印迹，是一部视界狭窄格调低萎的作品。即使单从驾驭故事的能力和叙述技巧上说，它的艺术性也是极其可疑，乏善可陈的。它唯一的卖点和看点其实最终都落实在一点，这就是：《好儿女花》是女作家虹影继《饥饿的女儿》之后的又一部"自曝家庭隐私"的"自传体小说"。

正是在这一点上，关于这部小说就牵涉到一个写作伦理的问题。"自传体小说"和"自传"之间是否可以画等号，"自传"如何"小说"？其实很多作者笔下的人物或多或少都是有自传色彩的，自《红楼梦》问世，就有索隐派从不间断地挖掘曹雪芹和怡红公子贾宝玉之间的对应关系。鲁迅小说里那个"离乡——回乡——离乡"，常觉得"北方固不是我的旧乡，但南来又只能算一个客子"的孤独彷徨者，大概也有着许多鲁迅的影子吧，还有郁达夫的"于质夫"，巴金和《家》。女作家里（女作家似乎更容易"自传"），杜拉斯和她永远的中国"情人"，卢隐和《海滨故人》，杨沫和《青春之歌》，乃至张洁、林白、棉棉，等等，这样的例子太多了。然而可贵的是，这些作家，留下的终于只是"小说"，是"文学"，而非"自传"。他们的"自传性"已然上升成了纯然的"小说性"，他们的个体经验最终提炼出的是人类的共同经验。再来探讨其中的自传性质，除了史料价值外，于小说本身其实并无太多关系。那么，相比这些带有一定自叙传色彩的作品，直接冠之以"自传体小说"之名的小说是否就可以"自传"得口无遮拦，汪洋恣肆，"自传"得接近于无限透明，"自传"得直接还原了生活的本来面貌呢？

《好儿女花》被传媒网络和"业内各路评论家力挺"的原因是这部书"敢于直面残酷人生"的"真实性"。诚然，真实肯定是自传体小说最首要的元素，但却不应该是唯一的元素。一个创作自传体小说的作家，他仅有丰富的值得"自传"的人生经历是不够的，再加上有把自己的人生端出来给别人看的勇气也还是不够的，他必须同时具备另外两项更为可贵的禀赋，那就是回顾自己的人生时与自我形成审美距离，把自己当成他者进行理性审视和自我批判的写作精神，以及能从生活的形式之真实中提炼出、升华出人生的实质之真实的艺术能力。也许我这句话其实就是对近年来时常遭人诟病的被人斥为落伍观点的"文学源于生活，高于生活"的重复，但即便是，又有什么错呢？如果自传体小说不高于自传，自传不高于传主真实琐碎的日常生活经历，如果读者看到的只是"真实"，如果这种"真实"不能提供给我们深刻的人生感悟，庄严的责任意识，不能让人看到有启迪意义和引示价值的别一种人生，甚至退而求其次，都不能让人在阅读中体味到一种美好的纯粹的审美愉悦，而只能昏昏然地随着作者的笔，一头扎进他所设置的狭窄琐屑的自怜自恋的怨怼泄愤的泥淖中，那么，我们又有什么必要期待这种原生态的以自曝隐私为噱头的"真实"呢？

祖露"真实的自己"的勇气，《好儿女花》的作者虹影从来就不缺乏。虹影说过，中国当代的不少女作家都太自恋，她和她们不一样。看上去，虹影真的是特别敢于面对自我，特别不自恋的一个，她不美化自己不矫饰自己，回忆自己的过去时始终抱着"白刀子进去，红刀子出来"的决绝态度。在第一部自传体小说《饥饿的女儿》中，她自剖了自己贫穷低微的贫民窟出身，世人眼里卑贱罪恶的私生女身份，以及更为惨烈的十八岁怀孕堕胎出走的遭遇。应该说，这样的文字确实有一种惊世骇俗的力度。但问题是，这种虹影式的残酷的成长是特殊的、个案的，它的"小说性"太弱，无法折射、透析人的普遍的共同的境遇。那个在长江边绝望地奔跑着的"饥饿的女儿"形象，她让我们联想到的仅仅只是作家虹影的少女时代，她停留在和一个具体的特定的人的对应关系上，从根本上缺乏一种超乎"真实"的文学力量。

许多人喜欢虹影卓尔不凡的才华，睥睨世俗的叛逆精神。确实，她是一个有着极致的个人风格的作家。然而，凡事都有度，自揭身世如太轻易太泛滥，就会失去原本的严肃和沉痛而走向暴露癖，不必要的近乎"自虐"的自我剖示，何尝不是另一种形式的自恋？事实正是如此，近十年来的虹影动辄在小说、散文、随笔、对话、创作谈里提到贫民窟、私生女、生父养父、名声不好的母亲，十八岁的性，以及后来的"鬼混"、浪游。这些关键词源源不断从虹影的笔下口里流出，广为人知，渐渐变得习以为常，失去了最初切割人的神经震撼人的心灵的那种疼痛的力量。我们当然无权指责虹影对自己历史的过于沉溺，一个人只有身处其中，才能明了那样的恐惧和黑暗有多么幽深，对生命的侵蚀有多么强大。但问题是，你既然选择了以文学的方式叙说这些经验，那么你就必须离这些经验的产源地远一点，离那些不能忘怀的时间和空间远一点，离原生态的"真实"远一点，换句话说——离"自己"远一点。离这一个"真实的自己"远一点，才能离更多人需要的文学近一点。

和当年为她奠定声名的《饥饿的女儿》一样，其续篇《好儿女花》依然是一部离作者自己太"近"的小说。作品从母亲过世"我"回重庆老家奔丧写起，在丧期三天里，一点点地揭开家族阴暗沉重的历史，对母亲卑微而顽强的生平进行了回顾。与母亲的生前际遇这条线索并行展开的是两个女儿的情感经历："我"当年跟着学者丈夫移居海外，勤奋写作终赢得于国际文坛声名鹊起，但家庭遭变，她真心想要相伴一生的丈夫给她的不是一个家，而是"性爱俱乐部"。在这样令她身心破碎的"自由"中，她遭遇了真正的爱情，但这段异国恋终究无疾而终。后来，她离开伤心地伦敦，定居北京写作。

另一条线索是"我"的小姐姐出国到英国后和小唐生情，她为了要和小唐在一起，毅然和国内的丈夫离婚。他们在英国一起生活了七八年，按英国法律已构成事实上的婚姻。后来小唐到中国的大学教书，临别出海关时两人还抱在一起难分难舍，然而小唐一到中国，就有了新情人。小姐姐为此专门回国想要挽回，然而小唐情断义绝，态度恶劣，视旧人如陌路，于是小姐姐决计报复，借母亲丧礼之名把小唐骗到重庆，众姐妹闷棒打昏小唐，把他拖到山洞，让他"在老鼠药和硫酸中选一样"，若不下跪求饶，就"下他身上一个零件""让他余生当太监"，但最后看小唐自残了手指就心软放掉了他。

"我"被丈夫所伤，小姐姐被小唐所伤，小唐被自己的花心所伤，世间太多故事，都不过是"男女"二字。伤心的婚恋故事，读多了，也只扼腕叹息罢了。但虹影的故事绝不止于此，她让"我"的故事和"小姐姐"的故事在最后突然有了一个石破天惊的重叠：小姐姐暴力报复小唐之后，"我"冲小姐姐吼道："他是我丈夫，还轮不到你来对他做什么！"

这就是媒体热炒的所谓"二女侍一夫"！这就是曾羡杀了多少人的"文坛金童玉女"婚姻的最后版本。自然，这也是《好儿女花》这本书最赚人眼球的地方。虽然虹影把此书献给了女儿 Sybil，自言写这本书的初衷是为了让女儿通过这本书知道自己的外婆，自己的妈妈是怎样的女人，知道自己有着怎样的血脉之根。但她的女儿还只是幼童，书写成后她并没有藏之高阁等女儿长大，而是交给了市场和读者，这就意味着她的写作愿望和外界的期待视野是两条并无太多交叉的线，"外婆是怎样一个人"的叙述，固然能打动人心，尤其是母亲晚年因身边儿女的不体贴到江边捡垃圾的事确实能刺痛世间每一个为人儿女者，虹影的忏悔之笔刀一般划过了我们共同的伤痛，但只要是对虹影有一定了解的读者，大致在《好儿女花》之前就已对"母亲"知之大概，况且这样一个善良苦难隐忍坚韧的母亲形象，除了所谓的"坏名声"之外，与我们在生活中在文学中熟悉的经典母亲形象并无二致，所以到头来，"外婆是怎样一个人"已不复重要，她只成了背景故事，整部书的聚焦点实际上还是落在"我"这一代人的故事上。

其实说穿了，"二女侍一夫"在我们的文化语境中本身并不具备多么猎奇、惊艳的力量，有力量的是这"二女"是谁，这"一夫"又是谁。到了这个层面，我相信许多人宁愿这只是纯粹的小说而已，但作者在故事推进中处处设置的无法不对号入座的"真实性"，强有力地解构了整部小说的"小说性"，使之基本丧失殆尽，剩下的就只是"自传体"了。

关于作品中的男主人公，这"二女"共侍的"一夫"，虹影有这样的整体评述："他一面是个大学问家，一面是个让我想起就会心酸疼痛的人。不管是作为我的丈夫或是作为小姐姐的情人，他都不是一个坏人。"然而，这样的好评价虽看上去显得公正平和，但因其含糊、笼统显得极其微弱，而与"他不是一个坏人"相反的那一面却在丝丝入扣的叙述中显得无比鲜明丰满：他在 80 年代离婚后从伦敦回北京找一个可以做妻子的人，他大撒网，约会了很多女人，"和女画家在公园亲热"。后来他把这些艳遇都讲给"我"听，说到关键处就卖关子，说"请听下回分解"，他与"我"一见面就问我是否处女，知道不是后很高兴地说"你就是我想找的人"，见面当天他就要求看对方身体，要求做爱。他把"我"接到英国后，说不能养着"我"，建议"我"去做人体模特赚钱，因为"我"不想拍脱得一丝不挂的情爱录像，他极其失望。结婚后，"他说你可以和任何男人女人睡觉，但得告诉我""但不许对别人说爱，不许爱上，我就会永远爱你"，"他有时要我对他的朋友好，要我和他的朋友做那种事。他的朋友当着我的面说，并不喜欢我"。他说他的梦想就是所爱的女人在俱乐部跳脱衣舞给他看，"我"勉为其难，终究没有脱光衣服就停住了，为此他很不快。他在"我"怀孕之后，断然说我们是不需要孩子的，然后在"我"做流产手术的当天，就抽身离开去见前妻。他和小姐姐住在"我"用稿费买的房子里。当着"我"的面，他和情人去上床。一起吃饭，他永远都是让"我"付钱。在两人的关系进入白热化阶段后，他躲避再三不和"我"见面，但一见面就提出让"我"给他买手机……

够了。用不着再说他把前来国外投奔"我"的小姐姐变成他的情人，然后在拥有了小姐姐的痴情后又有了新的情人，用不着说他在"我"官司缠身时以帮忙为名行了离婚之实等等这些大动作，真的用不着再罗列太多恶行劣迹了，单凭以上那些"小事"，读者完全可以做出判断：所谓"文坛金童玉女"的表象下，其内里却是如此不堪的真相！而在这样糟透了的婚姻中，那个大学问家男人扮演了一个多么致命的角色啊。一个活动在公众视野中有一定影响力的文化名人，就这样在又一个前妻的"小说"里，被剥下了最后一件遮羞的衣服。

但触目惊心之后，可否问一句：这个体无完肤的男人，真的是"真实的那一个他"吗？

这样问，并不是质疑这个以"真实"为主打色的故事的真实度。我宁可倾向于相信虹影是一个不说谎的女人。但为什么，就这桩婚姻和这个男人，她不久前会写下完全不同的文字呢："我当然是睁着眼睛找丈夫，满世界男人里挑……老天可怜我，唯一的一次，好运的光环掉在了我的头上""感激给了对方相识的机会，说话的机会，感激相互价值的认可；感谢相互给予，相互需要——虽然经常他不在我身边，但我也能感到他的气息他的声音他的微笑，他就在我身边，我一点也不孤独"。

孰是孰非，孰真孰假？我倒认为它们都是"我手写我心"，都是由衷之言，之所以如此"始终参差，苍黄反复"，答案只有一个：此一时，彼一时也。人都爱说事情的"真相"如何云云，其实世间没有绝对的真相，只有此时此刻此情此景中看得见的"真相"。虹影自己在书里说得极是："男女关系真是奇妙，好时两个人恨不得时时刻刻就是一个人，不好时比仇人还仇人。"所以，"好时"的真相和"不好时"的真相哪一个才是"更高的真相"？哪一个才更趋近"本来的真相"呢？

做这样的比较是无谓的，自古清官难断家务事，公婆各有说法，问题的核心是：就算你当下掌握着自以为是的真相，那么，把它抖出来亮出来，就是合理的吗？就是必要的吗？除了晾晒男女私人空间中人的卑琐原形外，它能为读者提供什么艺术的愉悦感和有价值的思考？一个人有了作家的身份，是否就公然地拥有了给隐秘事件穿上一件"小说"的马甲然后满天下出版发行的特权？在一场失败的婚姻中，在这样多少显得畸形甚至变态的三角多角关系中，"我"对重要当事人小姐姐的过错无一触及，对自己，也缺乏应有的自我审视，只有"要说有罪，那就是我，我是罪的源头"的泛泛之语，而所有具体的实质的罪责都落到了另一个人身上，这样的立场，是否太少一个为文者应有的理性和公正？这样的"真实"，是否太过缺失对人性的深度剖示？这样一部没有"小说"只有从一己的私心出发的"自传"，这样一种缺乏人类共同的情感、经验，共同的信仰支撑和美好的道德激情，只能满足读者的窥视欲而无力对他们的心灵生活产生积极影响的"文学"，为社会，为人文，还能提供多少有益的东西？

虹影说她写《好儿女花》不是为了报复谁，但实际上她报复了；她说她不是要泄愤，但实际上她这样做了；她说她把"他"当作亲人，当作父亲，但实际上爱情没有了，取而代之的绝不是亲情。

看看这些刻薄怨毒的文字吧："我是一个没有心的人，他把我的心弄坏了！""他年纪那么老，思想教条陈腐不堪，为人骄傲，眼界窄小，一身匠气，脾气还固执，他毫无生活情趣，喝咖啡也是速溶，逢年过生日从未送人礼物或庆祝，与人交往，永远隔着一层心思，你想想你收过他一束鲜花和巧克力吗？他走路完全是一个老年人，身上气味也是老年人，手上皮肤都是老年斑，从不做家务，睡觉打呼噜，不喜欢运动，不喜欢戏院影院餐馆，也不讲究衣着""他总自诩受西方高等教育，满脑子西方自由主义，却是个传统的中国男性中心主义思想的人""六十好几了，年龄不饶人，每月必将一头白发染黑，死神在逼近！怀抱一个年轻的女人，可以借女人的青春抵抗衰老，可以靠性欲的快乐，延长生命""而我丈夫呢，和他在一起的照片，我几乎都是暴露身材，曲线毕露，很浓烈的口红，红艳放荡，甚至是小娼妇，小婊子。他呈现我的另一面，或把另一面夸大"。

"褒见一字，贵逾轩冕；贬在片言，诛深斧钺。"其实笔下留情并不比刀下留人来得轻飘，为什么要如此地用文字的利刃劈伤曾"相互给予，相互需要"的人，也劈伤自己？为什么不能再沉淀一点，再淡远一点，再距离一点，再"小说"一点？这些事，这样的情绪，这种太陷于事象的真实，如此地"自传"出来，于当事人，是一种极不公平的"缺席审判"；于读者，只能多让人看到一些"没有光的所在"；于自己，虹影说："我知道，只有写完这书，才不再迷失自己，并找到答案，即使部分答案也好。"她痛苦地发问："上帝，人怎么做才能获得救赎呢？"但我觉得，这本书很难使她找到不再迷失的答案，她如此的写作绝非一条有效的救赎之路。因为母亲的"好儿女花"是污泥里开出的洁净之花、宽容之花，因为开给女儿的"好儿女花"应该是从"长年堆积在心里的黑暗"中破土而出的澄明之花、感恩之花，因为要慰藉自我的"好儿女花"最终只能是心灵的悲悯之花、人格的良善之花、境界的高阔之花。

也因为，读者期待的，文学需要的，都不是——她今天拿出的《好儿女花》这样的"恶之花"。

此文写成时，却偶然地看到一条很有意思的旧新闻：《好儿女花》被评为"2009亚洲周刊十大小说"第二名，而获冠军的正是张爱玲的"自传体小说"《小团圆》。真是无独有偶啊！唉，《小团圆》，不说也罢！

虽然，在太多"真正敏锐的张爱玲欣赏者"们看来，只要是张爱玲的手笔，那便是毋庸置疑的繁花盛开，绚烂至极，如同胡兰成说过的话："我只觉世上但凡有一句话，一件事，是关于张爱玲的，便皆成为好。"但依我愚见，《小团圆》的写作，除了给今天的人们"贡献"了一个不堪卒读的"真的张爱玲"之外，实实称不上一个"好"，它只不过印证了傅雷先生早就对张爱玲做过的批评：走的是"一条庸碌卑俗的下山路"罢了。

既然，被虹影奉为"文学的祖师奶奶"的张爱玲在写"自传体小说"时尚且如此，那么，被张爱玲的"渊源""传统"滋养成长的徒儿徒孙们，如此地"自传体小说"，也或者就不是什么奇怪的事情了。

趟过男人河的女人

好的文学作品有时是一条欢唱的溪流，虽清浅见底，却也记录了一路逶迤而来的生命印迹；有时是一面沉吟着的湖水，虽寂静无声，却也印证了周遭葳蕤的四季晨昏。但更多时候，好的文学作品是那博大深邃而又变幻无穷的大海，在每个时段里，它都有令人心动的颜色；在每个视角里，它都有值得珍存的构图。是的，但凡成熟而优秀的作家，其作品提供给读者的定是一个多向度的动态的艺术世界，经得起人们在不同的期待视野中做出不同的解读和阐释，从中得到立体的多元的启示。可以说，叶梅的小说集《妹娃要过河》就是这样一个开放性的文本，无论是选择地域文化还是民族文化、民俗学的视角，它都会馈赠给读者一个别样的艺术世界。

叶梅的小说多取材于她的家乡，位于三峡流域的湖北恩施一带。那里是巴蜀、巴楚交会之地，有着丰富的文化积淀，每个地方都有说不尽道不完的故事，生动鲜活的民间话语和优美的山水一起滋养了她的文学世界。同时，叶梅写的是她的母族土家人，这是一个有着独特文化心理习俗的民族，他们世代成长在大巴山下，山是他们不变的刚毅品性，他们常年生活在长江的龙船河边，水是他们心底流淌的悠悠柔情。巴山楚水这一方水土一方人，造就了叶梅独特而丰富的原乡叙事。所以，关于叶梅的小说，有很多种界定，譬如三峡文化小说、生态小说，譬如鄂西风情小说、土家民俗小说，譬如新乡土小说，等等。文本本身的丰富性为多重解读提供了足够的可能性。

但总有一面窗子是最适于看海，是不可替代的唯一的最佳的角度。打开它，才能切入到那最深邃最斑驳最内里最核心的部位，打开它，最美丽也最真实的风景才向为我们次第绽放。对于叶梅的小说，这面窗子就是她笔下的女性人物的情感与命运、疼痛与挣扎、宿命与反抗。只有读懂这些女性，才能读懂叶梅的小说。也只有打开这面窗，那别种视域中的风景，你才能领略到其中的况味。称叶梅的小说为"女性小说"是再恰当不过了。

对此，作者叶梅是有深刻自觉的，她说："所以，这是一本关于女性的书。"她写了大量的女性，生活在大山深处和龙船河畔的女人们的苦与乐、爱与恨构成了她整部小说集《妹娃要过河》的主色调。她用心浇铸了一个个鲜明丰满的女性人物，对这些女性的情感、生活和命运做了深度探索。在对女性性别宿命的描述中，她寄予了生为女性的所有真切的人生体验和情感，表露了鲜明的女性主义视角和立场，以独树一帜的艺术创造性完成了深刻而广阔的两性书写。

在叶梅的家乡，在她笔下的所有故事发源的地方，传唱着一首著名的民歌："妹娃要过河，哪个来推我？"叶梅以此为小说集命名，在后记中她说："在河的彼岸，星空闪烁的彼岸，有着女人的希望，虽然河水深浅不一，有着不可知的风起云涌，但过河——是一件多么诱惑女人的事情。"这话非常恰切地道出了女性与生俱来的对外面的世界的向往之情。是的，相比男人，女性对彼岸对远方对"生活在别处"有着更强烈执着由来更久的渴望，彼岸寄托着她们的梦想，代表着截然不同于此岸生活的另一种更"文明"更"高级"的生活方式，代表着女性不懈追求的别样的幸福，代表着美。所以，对彼岸的向往和过河的热望，是一代又一代女性前赴后继的心灵疼痛，也是她们从未放弃过的精神飞翔。

正因为"过河"有着这样的意义，敢作敢为、不肯认命的抗争意识就成了叶梅笔下的女性人物最耀眼的光彩。无论是接受过学校教育的现代农村少女，还是生活在大山深处浸淫在巫山巴水蒙昧文化中的传统女性，她们无一例外地拥有敢于担当、爱恨如火的性格特征，美丽、泼辣、倔强的形象在叶梅鲜活生动的叙事中呼之欲出，她们内心世界每一寸纤细的感受，灵魂深处每一次反叛的悸动，都表现得情怀激荡，你甚至都能感受到她们艰难地"过河"时那肌肤的温热，她们的青春和生命定格成"五月飞蛾"时那心跳的节奏。

《花树花树》中的昭女一出场就表现了她的与众不同，她对她的生活、命运的不妥协、不认输。"女子读书横竖是没用的"，但她硬是自己做主在严寒的环境里读完了高中。村子里需要民办教师，她觉得自己合适，但村长以必须嫁给他儿子为条件。昭女不服村长的淫威，她到镇上找乡长，争取到了她"认为自己应该得到的东西"，她看不上太给她相中的会过日子的后生，因为和乡长志趣相投，一步步走近并相爱，她敢于冲破世俗，追求自己的幸福。但乡长在"进步""提拔"面前表现出的反复、犹疑令她失望，她最终拒绝了他"我们结婚吧"的请求，也拒绝了做"朋友"。昭女的清醒、自尊、独立不仅表现在这里，更让人肃然起敬的是在故事的结尾，昭女毅然放弃了从民办教师转为公办教师这个让多少人等白了头发的大好机会，只因为是乡长特意为她谋来的，昭女便羞于接受，而是让给了更应该得到的人。她想参加成人高考圆大学梦，如果考不上宁愿到省城打工。

其实，昭女接下来做什么并不重要，重要的是她已走在"过河"的路上，她正在尝试"我依靠自己的力量，到底能往前走多远"。《五月飞蛾》的女主人公二妹也是一个有着这样的理想气质和积极健康的生活态度的乡村女孩。她不想学妈，不想重复山里女人"一看灶头二看线头三看床头"的人生模式，她到城里打工，虽然时有不顺，但始终明明白白把握着自己，对于爱情，对于未来，她都不轻言放弃。"石板坡的二妹就在这座城市里，守望着随时能到来的希望"，二妹的希望也是每一个过河妹娃的希望。《乡姑李玉霞的婚事》里，聪明漂亮又泼辣能干的李玉霞不甘心受说媒人的摆布，她要"自己的事自己操心"，大腊月一个人跑到城里，找上了对象，从此过上了滋润的生活。

在叶梅的笔下，内心有力量的女性不仅仅只是接受了"外面的世界"洗礼的现代乡村少女，与昭女们的人生态度遥相呼应的是另一类传统女性的倔强、刚烈、勇气和坚韧。昭女的太宁愿一生守着穷困，也决不接受负心人的经济补偿，她至死都不原谅。《撒忧的龙船河》里的巴茶在祖祖死后，自己挑选覃老大一块生活。此后，在覃老大有了"客家妹子"后，她又不屈不挠地和被遗弃的命运做着抗争。《青云衣》里的姐儿兼具女性柔媚和男性率烈的性格，勇敢地过着风里来雨里去的生活，她主动向中意的男人表达爱情，乐观而又坚定。更富于传奇色彩的是《最后的土司》里的哑女伍娘，她善良、纯情，但敢作敢为，当爱情到来时，她不管不顾地追求自己的幸福，然而当她最后不幸沦为男人之间争斗的牺牲品时，她毅然抽身而出，不再眷恋让她伤心失望的男人，而是将自己美丽的生命祭献给真正的神。她在舍巴日祭祀中狂舞至死，完成了一个女人最大程度的反抗。

这些女人，注定是不幸的悲剧的女人。她们的生活环境、文化传承像绝难搬动的山横在面前，使得她们无法实现过河的心愿。她们永远也不能像昭女、二妹们那样理直气壮地面对过河的诱惑，彼岸于她们永远是无法企及的梦幻。然而她们不屈的抗争，她们不过河毋宁死的心性，就像熊熊烈火映亮了那毁灭了她们完成了她们的河水，也炙烤着苟活于此岸的人们的灵魂。过河的意义和价值正是通过这些终究过不了河的女人们体现出来的。

也正是在这些女人身上，叶梅凸显了她最深沉的忧患意识。她不是浮泛抒情的浪漫主义者，而是熟悉乡野生活，深深地扎根于泥土的创作者，对幽暗的女性生存，她更有着足够的警醒，所以，她深深地知道，与妹娃们要过河的热切愿望相对应的其实不是彼岸的五彩鲜花，而恰恰是此岸的遍地荆棘，那些让她们每迈出一步都要付出血痕代价的伤痛。是的，每一个做梦的妹娃都想要过河，然而，横在她们面前的是一条怎样的河？仅有过河的热望，仅有义无反顾的勇气，是否就能泅渡这没有航标却处处暗礁恶浪的河流？

答案自然是否定的，因为叶梅笔下的龙船河，它其实和世界上许多河流有着一样的名字，它们都叫"男人河"。男权文化在人迹所至的每一个地方都布下了天罗地网，土家人的山寨并不因为原始僻远而躲开了它的阴影，巴山楚水并不因为独特的风情而让它的女儿们演绎着浪漫恣意的人生故事。所以，在《妹娃要过河》里，你看不到对边地风俗肤浅的猎奇，看不到对少数族裔生活当然的想象。在水流湍急的龙船河边，深一脚浅一脚走着的不只是这一方水土的妹娃，更是自古至今所有负重前行伤痕累累的女人，所有被梦想诱惑被河流淹没的女人。是的，叶梅的深刻与广阔正在这里，这不只是关于土家妹娃的别样叙事，而是一本深切地表达了广大女性命运的书，它沉重忧患的主题挖掘的是恒常的人性，揭示的是普遍的现实。

如前文所述，昭女是这部作品里很有光彩的一个女性形象，她自尊自强，自绝于上一代女性的生活轨迹，也不认同妹妹瑛女太过短浅的"过河"目标，她想走得更远。然而，她自身的理想主义色彩并不能丝毫改变她所身处的环境。她虽然是寨子里唯一的高中毕业生，但这并不意味着她就可以正当地获得当民办教师的机会。她找乡长，乡长帮了她，那只是因为乡长恰巧和她有着相同的经历，"帮她就是帮自己"。昭女当成了"先生"，但她既不能靠自己的辛勤工作转为公办教师，也无力使相爱的男人为了她不计代价地离婚。昭女如果留在龙船寨，要走的路只有两条：要么接受乡长"做朋友"的要求，在别人异样的目光中成为"公家人"；要么毅然回家当农民。显然，这两条路都不是执意要"过河"的妹娃昭女所情愿的，所以她选择了第三条路：自己到县城去参加成人高考，如果考不上就到省城做小保姆或到餐馆打工。

这样的一个结尾看上去是亮色的，是令人温暖的。昭女的形象在小说文本内是已经立体起来的，读者有足够的理由相信，这个深山里的少女所具备的"现代性"已使她完成了精神层面的"过河"。无论她能不能圆大学梦，无论她将来会有怎样的遭遇，她都不会是一个甘于沉沦任命运摆布的女子。她不是在离开家乡时砍掉了代表自己和瑛女命运的那两棵花树吗？

然而，对这样一部紧扣社会脉搏表现农村女性命运的小说，我们的阅读和思考都不应该是止于故事的。在当下中国，从乡村到城市，无数个昭女奋斗的苦乐年华，正是如火如荼上演着的悲喜剧。因为并不陌生于文本外的现实，所以我们难以对昭女远离龙船河的背影投以太过乐观的目光。用不着太过深究，任何人都能预知这个妹娃前行之路的艰难和漫长。一部好的文学作品的魅力和价值正在这里，它留下的喟叹不是个案的，短暂的，它结晶的问题是悠长的，是严峻而沉重的：像昭女这样的乡村少女，她如何过河？她怎样才算是真正过了河？过河以后的人生之路，又有着怎样的挑战和羁绊？河的彼岸，等待着她的究竟是怎样新的生活，新的河流？

即便如此，面对有形无形但都强势得固若金汤的"男人河"，昭女毕竟迈出了令人欢欣鼓舞的第一步，而更多的女性却是激情而盲目地倒在了过河的路上。男权文化的阴影无处不在，强大的传统习俗和现实痼疾所支撑所滋养的性别压迫如影随形，过河妹娃们的梦想和抗争往往被凶险的河流所摧折，所吞噬。昭女的太一生磨难，痛苦地臣服于煎熬的命运；昭女的姑虽生活在城市，物质条件优裕，仕途风光，但一样难以摆脱女人的宿命，无法完成心灵的自由；昭女的妹瑛女存想着过河的热念，为了改变生活，为了一万块的开店钱，她委身于邪恶的男人，但最终因被欺骗而付出了生命代价。

《最后的土司》中美丽的伍娘就是一个被剥夺被戕害的典型。她虽是一个哑女，但聪颖过人，完全具备表达自我的能力。但问题是，在她爱着的外乡下和她敬畏如神的土司面前，她是没有自我的，她天然地丧失了言说的权利，她只能被"他者"言说。外乡下爱伍娘，但更爱自己的尊严，他恪守汉地的贞操观，残忍地伤害纯洁无辜的伍娘；土司看似爱伍娘，但他爱的只是自己的权力，伍娘在他眼里不过是龙船河所有属于他的"私物"中的一件，只因为外乡下染指，他才突生畸爱占有了她。这样的两个男人，一个以外乡的"文明"观念，一个以本土的野蛮礼俗，合力逼死了伍娘。虽然她的过河愿望如此地简单可行，不过是想在龙船河边男耕女织自食其力，不过是想把自己的儿子搂进怀里，亲手哺育他长大。然而，龙船河埋葬了她对未来所有美好的期许，最后她在疯狂的舞蹈中死去。死是她对彼岸幸福不灭的诉求，也是对此岸现实绝望的控告。

伍娘的"哑"是一种"有意味的形式"。这不是为了故事的激烈、传奇而设置的偶然性情节，我相信这里寄寓着作者沉重的思虑：哑女天生不会说话，如同这些被侮辱被损害的女人天生就是女人一样。生而为女人，无论她有没有会说话的舌头，注定她是失语的，是言语完全暗哑发不出声的弱势角色。

就是这样，在这些刚健明丽而又忧伤凄绝的小说叙事中，叶梅表现了她鲜明而决绝的女性主义立场。她塑造了一群光彩照人的女性形象，歌颂了她们热切的"过河"愿望和为爱情为自由敢于赴汤蹈火的勇气。同时，她满怀哀伤地看着她们失落、受伤、绝望，乃至于陨落她们花一般绽放星一般灿烂的青春和生命。她凝望着她们的泪和血，虽然痛惜如刀，但却无力改写笔下的故事，因为她深知故事外的女性一路走来的历史，那些幽暗的无法言说的过往，以及太多被宏大话语遮蔽的今天。她明白，虽然世界上也许只有一条龙船河，流淌在她的家乡，而在无数个妹娃面前，总有无数条坚硬的河流，欲藏还露着那由来已久的狰狞。而要趟过这样的河，不仅需要妹娃后面另一种性别另一双手偶或有之的推助之力，更重要的是，妹娃们必须要自己具备现代独立的"过河"人格，从根本上摆脱男权文化强加在女性身上的枷锁，投影在女性心灵的阴霾。女性要过河，她必须是男人河里向自己渡来的诺亚方舟，是用自己的心力建构的一座桥，一个等待着被他者解放的性别是可悲的，一个只会在观念上兴风作浪而缺乏自省品格的性别是无望的，所以，在深入揭示"男人河"的黑暗叵测的同时，叶梅的笔触也不时写到女性桎梏自身的弱点：上一代女性的自我弱势心理，她们在动荡中表现出的保守、软弱、势利、随波逐流，进入消费时代后新一代妹娃们的虚荣、盲目、浮躁、冲动……这样一种向内的审视，使得叶梅的女性叙事有了辽阔广大的视界，镇定和恺的品格，自省批判的精神。所以，她虽有着鲜明的女性立场和反抗姿态，但却能保持着高度的理性，她没有像另一些女作家那样在自己的文学中驱逐男人，让男人只是作为一种罪恶的象征"缺席"存在，或者将男人处理成太过丑恶的形象，尽管对男性劣根性的剖析贯穿在所有作品中，对男人深沉的失望和愤怒弥漫在字里行间，但她还是在对两性关系的探讨上，表现出了自己独到的包容心。她写出了在强大的传统礼俗、道德禁忌中男人同样面临的内心冲突和痛苦，写出了体制社会中男人生存的艰难和无助。她懂得不应该把太多"男人河"的罪恶拿来清算个体的男人，所以，在叶梅的笔下，并不是随处可见十恶不赦的坏男人形象，恰恰相反，她以理解和关怀的笔触，尽力捕捉了男性善良和无奈的一面，写出了他们的梦想和悲哀。虽然男性在女人故事中的表现终究是不可爱的，但他们的懦弱和自私也使自身深受其害，且无处诉告。正是在这一点上，叶梅突破了女性主义写作的瓶颈，她没有一写到男人就义愤填膺，表现出那种缺乏谦逊宽宥的强权偏激，而是以设身处地的男性关怀揭示了男权主义带给男女双方的深重不幸。需要"过河"、渴望"过河"、无力"过河"的不仅仅是女性，所以，她深邃悲悯的目光观照的是"男人河"两岸挣扎在永无止息的疼痛、永无答案的困惑中的男女，她直面人类残缺的存在，她守护的是男女两性的本真理想。

龙船河日夜不息地流淌着，它"温顺又刚烈"，那低回不已却又奔涌湍急的波涛像过河妹娃们心底亘古的哀声，又像愤激的诉说。然而，正如叶梅自己所说："但那条小溪却在不断变化着。"是的，世界上没有一条一成不变的河流，也不会有"在悬崖上展览千年"的女性故事继续上演，连土家女儿的"哭嫁歌"都换了新词呢。虽然，河水依旧"深浅不一，有着不可知的风起云涌"，虽然"过河"的事业依旧任重而道远，但当我们看到叶梅，这个从大巴山下、龙船河畔以坚实的过河足迹走出了自己的人生之路也走出了文学之路的土家女儿，看到她这部浸透了历史的苦泪也承载着未来的希望的《妹娃要过河》，我们有足够的理由相信，在龙船河畔，在巴山楚水，"在神秘的香格里拉，在苍茫的青藏高原，在黄沙漫天的大漠，在江南的水井，还有在身背行囊远渡大洋的人群里"，以及在更多的"别处"，到处是已经涉水而来或者正义无反顾行走在"过河"路上的女人。

一本书，一段历史，一条回乡路

2018 年新年伊始，收到了鲁院同学赵宏兴新近出版的长篇小说《父亲和他的兄弟》。

赵宏兴给人最深刻的印象，是他常常挂在脸上的笑。好像他始终就那么笑着。温润祥和的谦谦君子之笑。而文如其人这句话，用在他身上是极适合的。赵宏兴的文字，无论是诗歌、散文，还是小说，其精神质地都和他的人一样，朴实且温和，深广而善良。在这部《父亲和他的兄弟》里，我再一次读到了这种极富个人标识的为文风格。按一般理解，《父亲和他的兄弟》是很容易写"严重"的苦难题材，饥饿死亡中的命运跌宕，利益冲突下的兄弟反目，无一起事变不让人悲从心生，无一处恩怨不让人扼腕叹息。但赵宏兴举重若轻，他内心勃发的热情，胸口堆积的愤懑，诉之于笔端时往往就变成了娓娓道来的日常，云淡风轻的爱恨。这源于赵宏兴一贯为人的修养，慈悲的心怀，也体现了他在文学创作中的自觉性，对一种独特克制的小说叙事艺术的追求。

《父亲和他的兄弟》一书的故事跨越 20 世纪的几十年岁月，算得上是一部年代戏，但情节主线并不错综复杂，主要叙述了父亲的命运遭遇和兄弟失和的来龙去脉：农村知识分子出身的父亲通过自身努力，完成了身份的变化，成为一名"公家人"。后因突遇家庭变故，为拯救濒临消亡的家庭，父亲辞去工作，回乡种地务农。几年后，当父亲可以重新恢复供销社的工作时，却因小叔出面诬告，使他痛失翻身良机。继续当农民的父亲在穷困的劳作中，频遭精神的打击，因为土地、伙牛、丧母等事件，和小叔的关系越来越走向不堪，直至彻底破裂，反目成仇。两个人在乡村发展的大背景下，进行着完全不同的人生。

小说的结尾，在外打工发了财的小叔回乡盘划坟地的事，父亲被迫再一次遭遇他的算计。虽然，小叔这一次无法得逞，但这并不能使人感到释然，反而更添一种难言的况味。生而为人免不了殊途同归，再自私强势的人也不能抵挡时间的洪流，当算计争斗了一辈子的小叔和父亲一样最终都必须要面对"坟地"的归宿时，那日渐凋敝的村庄里，是否会发生最后的宽恕和救赎？

我得承认，阅读这部小说的感受，于我是很难轻易表述的一件事。虽然苦难在乡村叙事中向来是不变的主题，虽然像"父亲"这样背负着百转千回的苦难宿命的人物形象，我们已在太多的文学作品里见识过，但赵宏兴的《父亲和他的兄弟》还是让我经历了一种强烈而新鲜的震撼。艰难的乡村生存困境，破碎的亲情伦理关系，层层悲苦，种种不堪，无法抑制地慨叹、伤痛之余，更重要的是，这部小说里的人和事使我有一种不忍面对的尴尬——是的，尴尬。譬如，奶奶为了能从食堂多打一份爷爷的饭，硬是死死瞒着爷爷已经死了的事情，到不得不发丧时，爷爷的尸首已经腐臭了；譬如，父亲虽为孝子，但在明知小叔极端不孝的情况下，他还是无奈地让年迈的奶奶按月轮流在两家住，及至饥寒交迫的奶奶在年关腊月被小叔折磨而死；譬如，为了抢一摊牛屎，小叔狠下毒手，长棍打得母亲半个月走不成路；譬如，父亲多次忍无可忍去找小叔评理，但每一次都颓然而归，连一个耳光都没有抽到，因为只要他动手了，小叔肯定会打他；再譬如，父亲为了女儿的学费，豁出脸面去找小叔借钱，小叔碍于外人在场借了钱，但仅仅过了三天，他就黑着脸气势汹汹去父亲家索要……

　　已经够了，无须再列举书中更多的情节了。就是这样。那些场景，过目难忘。那一幕幕从心里痛到骨缝的人间惨象，那一次次让人战栗、震惊，却尴尬得哭不出泪的亲情撕裂。我不知道当赵宏兴写下这样的篇章时，内心有过怎样的挣扎？没有哪一个作家看到自己的笔下出现如此的图景，会不为所动，波澜不惊。但让我惊异的是，在一个极尽繁复的苦难文本中，赵宏兴的笔调始终是平静的，淡定的，从容的。他不渲染苦难，似乎苦难原本就是生活的本相；他不夸大同情，不极尽愤怒，因为再深刻的同情也于残缺的生活无补，怎样熊熊的怒火也照不亮人性的黑洞；他不煽情人物的承受，父亲在面对接踵而来的打击时，没有哭天喊地，没有悲痛欲绝，脸上挂着的是逆来顺受甚或麻木的表情——不须笔墨铺陈，便力透纸背，这才是真实的文学书写。是的，面对饥饿，面对穷困，一介农民，除了加倍地辛苦劳作，还能有怎样的反抗？面对恶魔般的小弟，一个善良的懦弱的兄长，除了发狠说一句"我们俩不是一个娘养的"，除了寄望恩怨如云，又能做如何的了断？

　　可以说，赵宏兴的"父亲"，是中国文学人物长廊上众多父亲形象中的又一个，普通而独特的"这一个"。他老实，木讷，软弱，也无过人的谋生技能，除了年轻时放弃公职这个极富自我牺牲精神的重大举动，接下来的一生，他几乎没有太多的个人选择，只是被动地接受着命运的摆布。但与此同时，他与生俱来的善良、宽厚、坚忍的品格和美德，即便是在物质最匮乏的年代，也恪守"做生意人要诚实，不要以为别人没看见，菩萨是看见的"；就是在受到小叔最恶毒的陷害和算计时，也不过是去理论一下，回来后自己生生闷气罢了，从未想过以其人之道还治其人之身；而在荆棘遍布的悲情人生中，无论跌到怎样的低谷，他都不曾有过自怨自艾，一蹶不振，他从未放弃为人子为人夫为人父的责任，放弃过让家人过上好日子的梦想。极度的绝望之后，往往是再一次地给自己打气，再一次地乐观面对，从头再来："父亲的脚步越来越坚定了，不再踉跄。"

在小说快要接近尾声的第八章，赵宏兴这样写："天地茫茫间，只父亲一个人影在路上奔波着，黑色的影子、孤单的影子、沉重的影子……影子向前倾着，是负重的，是冲刺的，有一股力量在他的身体里积攒，使他快要脱离肉体的身体像要飞翔……"——一个飞翔的父亲！文本至此，所有重峦叠嶂的苦难兀地爆发出了出其不意的诗意。一个在生活的泥淖里翻滚的底层农民，一个为最基本的生存条件含辛饮泪一辈子的苦命父亲，终于在另一个人生维度得到了他本应得到的理解、认可和尊重。是的，父亲的内心里，应该是一直住着另一个他自己的：那是打算盘打得大珠小珠落玉盘的他，那是喜欢在贴年画的墙上贴地图的他，那是大声背诵"但我坦然，欣然，我将大笑，我将歌唱……"的他，那是也曾经历了浪漫初恋的他——真可谓往事如烟，不堪回首啊。生存的困境图穷匕见，葬送了一个有志青年别样的人生可能性，生活的淤泥层层堆积，埋没了一个乡村知识分子也曾有过的激情和向往。最初的一切在现实中早已面目全非，不知所往，但谁又敢肯定人也不是那个人了呢？海明威说，一个人，你尽可以把他消灭掉，但就是打不败他。没错，父亲就是这样的一个人，就是在濒临被消灭的绝境时，他也从来没有被真正打败过。

正是对笔下人物的内心世界和精神质地有非常深切的把握，赵宏兴平实得近于白描的叙事中，才穿插进了如此"浪漫主义"的一笔。但由此一笔，作品的格调便为此一变，人物形象立体起来了，好像整个故事的情境也飞扬起来了。是的，从尘埃里从泥浆里从最晦暗处开出来的花，才是历经沧桑真纯不改的初心之花。有此一笔，小说凄风苦雨的命运叙事中，便升腾而起蓄势待发的诗意，架构出了真正的苦难诗学。这世上，从来没有始终如一的心灵依傍，也不存在亘古不变的亲情温暖，唯心安处即故乡，父亲一生的磨难、艰辛，一生的隐忍、退让，都是自求心安无愧，不负天地良心——应该说，他做到了。所以，他的灵魂，虽然一辈子都因为无力超脱沉重的肉身存在而备感痛苦，但在最后的停靠处，却是安妥的。一个负重前行、从没尝试过在无羁的天空下自由飞翔的人，事实上是最懂得、最贴近飞翔的本真意义的。

这个"父亲"，该是有着赵宏兴自己父亲的影子吧？小说的许多地方，从开篇描写年迈的父亲进城看病，到结尾处父亲变得老态龙钟，"我"带妻子女儿回老家下杜村过年的情节，都可以看得出作者并不想掩讳的自叙传色彩，而在《后记：天下父亲》中，赵宏兴更是直接写道："从我记忆起，家里就在不断说着父亲的各种事情……后来我决定写他。"正是这种亲历者的回望视角，使得这个极富普遍性意义的乡土故事，同时又具备了一种私人化写作的特征，颇见独特的叙事张力。我在阅读中，不由得一遍遍想起我所熟悉的赵宏兴，却原来，他温厚笃定的笑容后面有着那么多悲酸的心结。生于忧患死于安乐，贫穷坎坷的成长记忆，艰辛磨难的家族历程，更能赋予人砥砺奋进的精神，正如小说里所写"我们因为生活在贫困的家庭中，只有发奋学习，才能逃离苦难"。而父亲的正直善良，宽以待人，应该如血脉传承在赵宏兴的品格中，才使他成就了收获的人生吧。

对于我这个缺乏乡村生活经验的人，阅读长篇小说《父亲和他的兄弟》另有一种不期而至的别样心得，那就是关于作品浓郁的乡土气息，尤其是，迥异于北方的安徽肥东农村的地域文化与风土人情。从自然山水地貌，婚丧节庆风俗，到耕牛年猪挂面，四季农事收成，赵宏兴娓娓道来，无一生僻，他的文字细微又清丽，朴实而隽永，读来有一种身临其境的现场感，乡风乡俗扑面而来。这样的功力，源于他对原乡故土的无比熟悉，对父老乡亲的深厚情感。他笔下的故事都发生在一个叫"下杜村"的地方，那也是现实生活中他的故乡。他曾经对它无比叛逆，决绝地远离，而多少年后，乡愁遍地，他具备了在一定的距离外审视它的眼界和立场，这才发现"下杜村这个名字在我的心头呈现出另一种意象来。它坐落在肥沃的土地上，和千千万万个村庄一样淳朴，安详。现在我可以呼它为故乡了，这个金质的名字是我用近二十年的时光打磨出来的"。

众所周知，这些年来，文学表达与地域维度的关系越来越成为津津乐道的话题，"故乡"和地域文化资源对作家的影响得到极大的关注。赵宏兴以自己的创作实绩印证了关于地域性的理论考量，他的作品就像一幅幅肥东农村的山水风俗画，他追本溯源的追忆与还原，使更多的人共鸣了那片土地上的苦难回声和坚强搏击，"下杜村"由此成为一个鲜明的文学地理坐标。可以说，赵宏兴用近二十年的时光打磨出来的故乡，终于使他自己成长为一个有根的人，一个能以完全的文化自觉为沉默的土地发声代言的人——对于一个作家，这实在是无与伦比的幸福。

所以，究其实质，说长篇小说《父亲和他的兄弟》是在体认父亲的历史，回望幽暗的过往，毋宁说是在打量自身的存在，拷问明天的去处。二十年时光，二十万字的爱恨情仇，其实不过是一条深深浅浅的回乡之路，一条安妥灵魂的求索之路。

图书在版编目（CIP）数据

就连河流都不能带她回家/严英秀著．-- 北京：作家
出版社，2019.1

（中国少数民族文学之星丛书）

ISBN 978-7-5212-0378-3

Ⅰ．①就… Ⅱ．①严… Ⅲ．①散文集－中国－当代
Ⅳ．①I267

中国版本图书馆CIP数据核字（2019）第031556号

就连河流都不能带她回家

作　　者：严英秀

责任编辑：史佳丽　李亚梓

特约编辑：杨玉梅　郑　函

装帧设计：孙惟静

出版发行：作家出版社有限公司

社　　址：北京农展馆南里10号　　邮　　编：100125

电话传真：86-10-65067186（发行中心及邮购部）
　　　　　86-10-65004079（总编室）

E-mail:zuojia@zuojia.net.cn

http://www.zuojiachubanshe.com

印　　刷：中煤（北京）印务有限公司

成品尺寸：152×230

字　　数：210千

印　　张：17.5

版　　次：2019年6月第1版

印　　次：2019年6月第1次印刷

ISBN 978-7-5212-0378-3

定　　价：39.00元